溯迴之魔女

有馬二—著
星遙ゆめ—繪

目 次

#【推薦序1】

秀實／世界華文作家交流協會學術顧問

1

以「族繁不及備載」來形容小說的品類繁多，適合不過。在西洋的文論中，小說也被認為是最為「叛逆」的文類。因這種極不安份的情況，讓許多不可能的都出現在小說當中。我極為仰慕那些優秀的長篇小說作家，我認為他們對這個世界的觀察是超越同時代的人，走在最前面的。最佳例子莫如英國小說家歐威爾George Orwell的《一九八四》Nineteen Eighty-Four。這部反烏托邦的科幻小說當中所描述的，如今正逐一在現在的各國社會中得到驗證。日本小說家太宰治的《人間失格》中極其污穢頹廢無賴的人物，放眼如今滿街跑。我常沉溺在這些長篇的閱讀之中，深宵無眠時，甚至會懷疑他們是否介乎神與人間的「超人類」。

有馬二的《溯迴之魔女》暫時完成首兩卷，第壹卷約十四萬八千字，第貳卷約十五萬六千字，總字數凡三十萬。於小說這種文體而言，字數的多寡則為小說家為對生存與世界的詳略不一的解說，並對文本的內涵與藝術價值產生重要的影響。我喜歡以形狀不同的木塊的中國積木來比喻短篇，而優秀的長篇小說非單止於「文學」而為「啟示錄」或「創世紀」。《溯迴之魔女》屬科幻現實品類。當然純粹的科幻並不可能，必得與人間的事務有所關聯。讓作品擁有更多的流行元素以吸引讀者。

2

《溯迴之魔女》為新體小說而採用了傳統章回小說的結構模式。且看「第壹卷」整體之結構：

楔子
第壹回　經年怨患餘遺恨　一室低徊起禍根
……
第拾參回　新仇幾度渾未報　舊意千重總成空
結末
SP1
SP2
SP3

在小說藝術上說，這是對情節的鋪排與遏止。小說情節有所謂「伏筆」與「高潮」。小說家在面臨這些關頭，總是喜歡作出某些暗示或鋪墊。論情節鋪排的經典，哥倫比亞馬爾克斯的《一件事先張揚的謀殺案》（臺灣譯：馬奎斯《預知死亡紀事》）就相當的精采。小說類似一件凶案的紀實報導，悲慘的結局已然為讀者知悉。但小說家能通過暗示與鋪墊引發高潮。除了被害者納賽爾外，小鎮的所有人都知道維卡里奧兄弟磨刀行凶。而最終這樁謀殺案仍舊不改原定的計劃，在人口稠密的廣場上上演。情節的構思以致鋪排，於一個小說而言是極其重要的。《溯迴之魔女》以不同的章回，鋪墊出曲折婉轉的情節，為讀者帶來了強大的可讀性。

3

近讀民初詩人徐志摩翻譯的《曼殊斐爾小說集》THE SELECTED STORIES OF KATHERINE MANSFIELD（南京譯林出版社，二〇一五）。當中收錄了八個短篇。文中徐志摩這樣評論曼殊斐爾的小說：「一般的小說只是小說，她（曼殊斐爾）的小說卻是純粹的文學，真的藝術。」（頁76）而曼殊斐爾是這樣的回應：「That's just it, then of course, popularity is never the thing for us.」（是啊，當然，流行從來與我們無關。）（頁87）。

藝術小說與流行小說是最為常見的「二分法」。但也是評價小說尤其是所謂流行作品最危險的方法。藝術小說最大的特色在「一種述說的技巧」，而其呈現在「極細節上的描寫」。擁有大量讀者的日本村上春樹的作品，無論短篇或鉅構，均不乏細膩的描寫。像一萬多字的中篇《螢》。小說的最末，村上寫到了那在速溶咖啡空瓶裡的螢火蟲。花了約一千五百字。我極為喜愛這種細致的述說，「螢火蟲忽有所悟似的，驀然張開雙翅，旋即穿過欄杆，淡淡的螢光在黑暗中滑行開來。」（上海譯文出版社，二〇〇二年，頁28）。《螢》是村上成名作二十餘萬字《挪威的森林》的前身。小說之鉅構或短篇，其間學問大矣哉。

《溯迴之魔女》第拾壹回寫到武打場面。以文字描述繁復而快速的動作殊為不易，而有馬二彷若順手拈成。且看其文字功力：

上半身不動如山，下半身腳趾勾起，整捆木劍堆抄起至腰間。殺手意識到不妙，即時撲上前。馮子健右手抓住布袋，爆發前衝，五步的距離縮成三步。剛爪鋒利捋來，馮子健錯步旋身，背部擦過殺手左肩，右手將木劍上的套索掛在右腰，左手拔劍，毫無凝滯遲鈍。仗賴迴旋時的勁力，左臂甩出，一劍橫砍，朝殺手右後頸抹去。

文字為所有文學藝術的根本。其為一種形式。只要有優良的述說文字，便成就優良的文本。於小說而言，語言文字更是其區分於「故事」的重要元素。於情節，於文字，《溯迴之魔女》都是值得推薦的！

二〇一九年七月十五日　午間，於香港新界將軍澳婕樓。

【推薦序2】

梁科慶博士

最初認識有馬二時，他是個中三學生，一臉青澀傻氣，熱愛寫作。今天的有馬二，已成家立室，抱著初生的女兒，一臉幸福，依舊傻裡傻氣，依舊熱愛寫作。

那年，初中生有馬二告訴我，計劃寫十萬字的長篇小說，我不以為然，按一般人的寫作經驗，勸勉他循序漸進，先寫好短篇，再試長篇。有馬二並沒聽我，大約一年後他開始在網上連載《龍印》，果然是部十萬字的長篇巨著，洋洋灑灑，嚇得我幾乎跌破眼鏡。

這個小朋友，不容小覷。

從小到大，有馬二其貌不揚，沒營業員的口才，初相識的人要聯想到他是一位作家，恐怕有點困難。殊不知，他的一桿筆可以寫得天花亂墜、瀟灑流麗；他的腦袋神思飛馳、天馬行空、點子層出不窮。因此，他的另一個隱藏身分「網絡惡搞者」也是鮮為人知。

有馬二在網上忽男忽女，忽老忽幼，形象百變，或諷刺時弊，或大發嘮叨，或談笑聊天，或跟你開個無傷大雅的玩笑，或分享打機心得，或分享浪蕩趣事，或貼幾張美少女漫畫，總之逍遙自在，樂而不淫。

當然，有馬二有其嚴謹的一面，有一段日子，我們在香港中央圖書館共事，他是研究助理，協助我搜集和分析香港文學作家的資料。這工作看似輕鬆，其實很花時間和耐性，尤其那些在香港開埠初期的南來文人，流徙頻仍，資料匱乏，要追蹤他們的腳跡，殊不容易。有馬二每天在圖書館裏跑來跑去，翻查大量昔日書刊，小心核對每一條線索，抽絲剝繭，互相對照印證，確實無誤，才肯落筆記錄，態度一絲不苟。

有一天，有馬二告訴我已跟閱文網站簽約，計劃半年內寫三十萬字定期上載，他的故事建基於明代史實，加插現代想像。這次，我不僅沒半點意外，反覺理所當然，以有馬二搜集史料的本領、想像力的豐富、文筆的紮實，完成這個計劃，毫無難度。

至於這本《溯迴之魔女》，是第五屆金車島田莊司推理小說獎的獲獎作品。

在香港，推理小說是文學版塊當中的一塊「未得之地」。作者少，作品也少，園地更少。奇怪的是，讀者非常多。不過，大家都在追看歐、美、日的翻譯作品。沒讀者，沒市場，香港的出版社對本土創作的推理小說，望而卻步，寧願斥資購買外國作品的中文版權，另加推銷宣傳，也不敢冒險投資在本地作者身上。當然，在商言商，我們不能苛責出版社，因為投資虧本，沒人可憐。市場環境如此不利，有馬二有機會在台灣出版推理小說，實在可喜可賀，盼望他闖出一條新路，為香港作家取下這塊「未得之地」。

【各界名家好評推薦】

有馬二以帶點武俠小說的筆觸，帶出了一個融合科幻、推理、冒險等元素的故事。讓我想到黃金時代的港產片，不拘泥形式但又如煙火般的炫目驚奇。

——文善（香港推理作家）

融合懸疑推理與精采的世界觀設定！（還有漂亮的封面），充滿魅力的角色與有趣的對白，經過一次一次輪迴的主角最後能抵達完美的結局嗎？還是這只是另一場陰謀的開始……本書安排了一層一層的伏筆以及別具巧思的設定（更棒的是還有美少女封面），一口氣看完後只希望作者趕快交出續集啊啊啊！

——八千子（尖端原創大賞作家）

楔子

狹隘細小的空間內，除去前後相連的座位外，凡是雙手可觸及之處，均堆滿按鈕、儀表盤及拉桿等等繁複且不明的機關裝置。在大片透明玻璃覆蓋下，極目所及，均漆黑冰冷，死寂無聲。只有眼前發白的螢幕，不斷跳出各種數值及文字。

一名少年坐在前面低階座位，全神貫注盯著螢幕。忍受乾澀的雙眼，逐行逐句檢查，確定無誤後，終於鬆一口氣。打量螢幕角落顯示的時間，猶豫半晌，扭頭望向背後那位年約七八歲，坐在高階座位的女孩：「最後能否問閣下一個問題？」

閉目養神的小女孩，聽到對方提問後，眼皮並未睜開，張口道：「但說無妨。」

「我聽說魔女都是長生不死……」

「嗯。」

「未知閣下今年貴庚？」

女孩慢慢睜開雙眼，向對方投來鄙夷之色。

「別誤會！我只是好奇，妳在成為魔女前……是哪個時代的人？」

女孩輕嘆一口氣：「沒想到在人類滅絕時，最後會聽到這麼無聊的問題。」

少年靦腆地道：「不，一點也不無聊。畢竟之後我們會共同行動，不是應該先深入瞭解對方嗎？」

女孩聞言，仰起脖子，似是望向某處，思考片刻後道：「我的父親是趙禥，有一位兄長叫趙昺。」

女孩意外回答，少年十分興奮雀躍，頓時耐心傾聽。然而等待快一分鐘，對方都未有再說下去，不禁疑惑地問：「誒？就這樣？」

女孩點點頭，少年急急扭腰半轉，昂起頭顱追問道：「等一會，那才不算回答吧。趙禥是誰？趙昺又是誰？」

女孩瞪向少年，少年無法理解她的想法。好半晌女孩徐徐長吁一口氣，抱怨道：「奏（カナデ）到底在搞甚麼？」

「我想問奏怎麼會選上像你這樣的笨蛋陪同我執行這個重要的任務。」

「奏不是說過，她負責最後的啟動工作……」

「為何突然罵我是笨蛋？」

霎時間四周持續不斷傳來恐怖的震盪，整個駕駛艙顫抖起來，連前面的螢幕都冒出緊急信號，整個艙內亮起刺目的赤光。刺耳的警鳴響起，四面玻璃由漆黑轉為透明，清楚可見他們置身於一處昏黃雜亂的倉庫內。

四周豎滿無數不停閃爍各色顯示燈的奇怪儀器，地面纏七夾八鋪滿五顏六色的纜線。一位金髮碧眼的少女灰頭土臉，站在正面前的玻璃窗外。她左手提著一柄西洋劍，當作拐杖撐住破破爛爛的身體。從頭髮至腳尖，遍體沾滿綠色的血液，衣服底下的肌膚都暴露無遺，映入二人瞳孔內。

「奏，外面情況如何？」少女第一時間焦急詢問。

「俄里昂幾乎攻陷整個基地，如今僅能靠肖恩（シオン）及明日奈（あすら）在外面拖延時間……」

「咦？連倉科（くらしな）老婆婆都要上陣？她還能夠打嗎？」

「至少比你管用。」女孩冷冷插口，打斷少年的驚愕，然後問道：「其他人呢？」

對方不自然地沉默，隨即道：「對不起，準備尚未完成，但只能提早出發了。」

毫無回應，顯然已經凶多吉少。

「沒問題，我早有心理準備。」

沒錯，打從一開始，就已經料定會迎來必敗必亡的結局。

最先是亡國，然後是亡家。一路上被敵人追殺，迫到窮山惡水的險地。那怕活上八百多年，還是遭遇相同的命運。

「放心吧！我們一定會賭上一切，回到過去改變未來哎呀！」

少女卻淡然道：「你別把一切都搞砸，我就已經謝天謝地了。」

「可惡，少瞧不起人啦。」

少年兀自要強嘴，豈料遠處倉門外發生巨響，伴隨劇烈的甩撞，整道厚厚的鐵板像炮彈般轟飛，強大而惹人畏懼的灼熱濁氣瀰漫滲入，醜陋的綠色肥碩如火車般的甲殼蟲數之不盡地湧入，很快就在他們眼前堆成一片墨翠色的地獄。

「咿呀呀呀呀呀呀呀呀——」

少年永遠都不會忘記，那些可惡而醜陋的怪物。牠們從地底深處挖出巨坑後湧至地面，所過之處寸草不生，將地上所有人類全數吞吃。如今牠們終於入侵人類最後的樂土，誓要將這座星球染成詭譎的綠色。

「奏！」

「別管我。」

奏的右手翻開一本裝幀華美精良的西洋古書，書頁全數飛揚，聚合成十柄重劍，化成導彈般疾射向蟲海中：「澄，記得向過去的我問好！」

名為趙澄的小女孩，用茫然的目光目送奏的背影，挺劍前衝的身姿漸漸變得模糊朦朧。

「小子，出發吧。」

「可是……」

女孩眉心緊捏：「快啟動引擎。」

少年狠狠咬牙，故意低頭，逃避外面的戰況，啟動引擎運轉。趙澄依照奏早前的指示，及時發動「權能」，引擎急速運轉，翻起強大的電流，粗獷的白光迅速包覆他們所乘坐的蛋型載具。眨眼間幻化出繽紛亮麗的光輝，令人瞧得沉迷同時冒起一絲未知的恐懼。

這是集合末日僅存的人類與魔女最後的智慧與勞動成果，寄託全人類的希望與成就一切奇蹟的科技，簡而言之就是「時光機」。

公元二零一五年起，世界各處陸續出現神祕巨坑。其時人類根本未曾注意，還在爭奪資源而引發第三次世界大戰。各國為求取勝利而競相開發更強力的科學技術及武器，同時頻繁的天災夾擊下，生靈塗炭。面對種種災難，全球人口幾乎死去十之八九。

僅存的人類持續戰爭不休時，綠色油光甲殼蟲悄無先兆下從巨坑湧出，轉瞬吞沒各地大陸。葬送大部分文明與科技，摧毀所有賴以維生的資源，迫使人類瑟縮在地底生活。

那些蟲隻刀槍不入，百毒不侵，人類對之束手無策，只能稱呼為「俄里昂」。

縱然像趙澄她們這群魔女聚在一起想挽救倖存者，亦無力回天。萬萬料不到，牠們連魔女的「權能」都可以免疫。

既然現在不能抵抗，就從源頭消滅牠們。「全知」之魔女奏大膽提出建議，就是製作時光機，將未來的知識及技術帶到過去。

阻止第三次世界大戰發生，斷絕俄里昂誕生的契機，消弭所有誘發人類末日浩劫的苗頭，澈底改變歷史。

趙澄一邊撫按胸口，一邊握緊手中那塊平板電腦。那是奏交付給她，內裏記載古往今來全球大事，方便他們修正歷史時參考之用。

整個計劃最關鍵的是趙澄，只有藉由她的「權能」，才可打通時空的隙縫，將時光機送進去。然而從古至今，她都是一個人以靈魂方式往返穿梭於時間之中，連人的肉身挾帶一堆未來雜貨偷渡，實為前無古人之舉。究竟會不會發生任何問題，尚是未知之數。

「回到過去之後，我一定要好好向你道謝。」

守在時光機前的奏，手中的劍刃劈斷，瞬間再撕出新的書頁，掐化變成長槍，對著衝過來的一頭俄里昂進行突刺。從喉嚨貫穿腸臟，大量綠色體液像火山爆發般噴射上來，仍未能阻止怪物如潮水般覆至。奏閃電間撤手後退，右腳卻來不及騰起，被後面另一頭俄里昂尖銳的牙齒噬咬。

趙澄看不到淹沒在蟲海中的奏，最後迎來甚麼結局。她已經與少年進入詭異的空間，四周所有光線不自然且不舒服地扭曲，映入眼簾盡是密密麻麻莫以言喻的混亂破碎景象。

趙澄全副心神都在操縱權能，少年則專心留意系統各項數據。突然駕駛艙彷彿陷入怒濤的汪洋中右甩左搖，駭人警號轟鳴。一頭小型俄里昂居然像電子遊戲中的貪食蛇，牢牢吸附在時光機外殼後面。那怕隔著一片玻璃，都清楚瞧見牠挺住肥碩的身軀，張開深淵無底的血嘴，透來陣陣寒臭之氣。

尖牙持續釘咬外壁，全身肉塊蠕動，艱辛地往駕駛艙內擠進來。

少年已經嚇至目瞪口呆，趙澄一腳踢醒他：「小子，現在回到甚麼時間？」

「誒？是……公元二零三九年……九月……」

「你繼續駕駛時光機，外面那頭俄里昂就由我來解決。」

「不行！要是沒有趙大姐的權能，那麼動力爐……」

「我解決牠後就會回來。」

「不行！應該由我上。」少年總算收懾心神，迅速於懷中掏出一具金屬匣子，打算置在小腹前。趙澄毫不留情，即時制止他：「你那副鐵騎系統連武器都沒有，上去是白送死啊。何況按照計劃，這具鐵騎系統必須交給過去的人，促進科技革命。若然有任何損壞，三長兩短，你賠得起嗎？」

「但是……」

「不用擔心，穿越時間是小意思。而且我是魔女，決不會死，總有辦法與你會合。」趙澄雙手抽離控制盤，從容起立，面向外面的俄里昂：「再者總不能將這頭怪物帶回過去，必須就地解決牠。」

儀表盤上的時間飛快流動，時光機光速一掠，已經越過二零一九年，飛航往更遙遠的過去。

俄里昂繁殖力驚人，放任不管幾個月就可以倍增疊加。決不可讓這頭來自未來的怪物，放流到目的地二零零八年。

萬萬不能任由牠在過去肆虐，奈何這處再無其他魔女可以援助他們。縱使自己不擅長戰鬥，亦只能硬上。

「時光機暫時交給你操縱，我去去就回！」

趙澄打開側門爬出去，跳上車頂，二話不說就與俄里昂正面纏鬥。

俄里昂的速度快得誇張，眨眼間拐往另一邊竄出。伴隨恐怖電影背景慣常安插的吼嘶聲，張口噬向趙澄右半邊身體。

趙澄右掌一翻，拔出綁在大腿上的匕首。其刀刃磨得發亮，率先迎向俄里昂的嘴巴。

敵人快，自身更快！

趙澄發動權能，加快自身時間流動至正常十倍，輕鬆避開這一咬，同時刀刃削向對方嘴角。俄里昂雖然沒有堅硬的外殼保護，但皮厚肉軟，可以百分百吸收力量再反彈，結果初度交手雙方皆未分出勝負。

不能在對方身上施加權能，自己又無力傷害對手，惟有憑智慧取巧謀求勝利。

趙澄死抱住牠的身體，嘗試將其身軀抽離時光機，棄之於這片異空間中。奈何自身力量不足，對手紋風不動，更反過來全身發勁猛撞過來，將自己及趙澄一同頂起，雙雙躍離時光機的外殼。

「糟糕！」

時光機脫離既有航道，與趙澄分開。即使她想辦法回去，豈料俄里昂瘋狂噬襲，招招斃人。趙

澄自顧不暇，只能專心解決眼前這頭怪物。倏地對方甩尾一掃，將她拍飛開外。

趙澄匆匆發動權能，藉由削除自身時間，將承受的位能消除。至於俄里昂受反作用力，在這個無重力空間內反方向急速彈走，意外穿過時間隙縫，掉落在外面。

「糟糕？竟然讓那頭怪物誤闖到過去？」

趙澄無法掌握對方究竟掉落在甚麼時間上，但肯過去的人在毫無準備之下被怪物入侵，自然無力抵擋，加速末日降臨。情非得已下，趙澄只能向同一處出口擠出去，試圖及早處理牠。

另一邊的時光機如同暴風雨中的孤舟，捲進去更遙遠的時間，最後不知所蹤。

第壹回　經年怨患餘遺恨
一室低徊起禍根

九龍市乃南海之濱，古來地緣上山赭石瘠、颶號土惡。古代視為化外蠻荒，獸窟盜藪，人跡不樂定居，朝廷度外置之。

有史可考，自南北朝起，因其緊扼珠江口外交通要衝，凡波斯、阿剌伯、印度等遠洋商旅，必經屯門補給休息，爾後再北上廣州貿易。因地利之故，遂成商貿之港。清末英人奪之，二戰時一度淪陷日軍，戰後復歸中國。歲月匆匆，桑田滄海，已今非昔比。但見繁華盛世，車水馬龍，有歌女於電視上唱廖仲愷之〈金縷曲〉一詞：

諷世依盲瞽，一聲聲街談巷語，渾然成趣。香草美人知何托，歌哭憑君聽取。問覆瓿文章幾許，瓦缶繁弦齊竟響，繞梁間三日猶難去。聆粵調，勝金縷。

曲終奚必周郎顧，且傳來蠻音鴃舌，痴兒呆女。廿四橋簫吹明月，那抵低吟清賦。怕莫解天涯淒苦，手抱琵琶遮半面，觸傷心豈獨商人婦。珠海夜，湧如故。

時代飛躍爆炸發展，有不變，亦有豹變。僅僅一個電話，就能改變很多事。

當接到管家權叔撥至公司案頭電話，如同晴天霹靂，整個人發愣，接著是不知所措。父親病情總是反反覆覆，然而今次顯然與之前有別，權叔才特地催促我及早回來。即時擲下手上所有工作，急不及待衝出辦公室，吩咐司機儘快加速趕回家。歸心似箭，明明已經以時速七十多公里飛馳，我仍然覺得很慢。

「不能再快點嗎？」

司機頗為無可奈何的表情回答道：「已經是最高時速七十公里，不能再快了。」

我望向道路旁邊標示「70」的牌子，有一股衝動想改成「700」，甚至痛恨自己沒有長翅膀，或是有隨意門之類的法寶，能夠於彈指間回到家中。

當房車駛入前庭，尚未停泊妥當，我已經匆匆拔除安全帶，打開車門跳出去。連高跟鞋都來不及脫下，連跑帶衝由門口直上二樓，焦躁地推開父親睡房。見到傭人正掀起被褥，正要蓋在頭上，登時撲往前推開傭人。

為何父親不是像以往般安詳熟睡？為何聽不到他沉穩安寧的呼吸聲？

曾經雄風勃發英姿俊秀的父親，如今僅是癱瘓於床上的佝僂老人。手臂打著點滴，眼神空洞，臉色蠟黃。那怕我如何輕揉著頭髮，叫喚無數次，他連眼皮都沒有眨動過半次。靠得再近，亦聽不到任何呼吸聲。

我激動地向佇立在床側的蘭瑟問道：「爸爸他到底怎麼樣？」

雖然長著波浪形的深棕色短髮，有一個洋派的名字，蘭瑟卻是實實在在的中國人。身材清癯、氣質文靜，顯眼白色醫生袍下的身軀頗為結實，有一股不相稱的柔和感。身為房府聘用，專責照顧父親的家庭醫生，面對本人質問，黑色的瞳孔流露出歉意，低頭道：「艾莉卡，請節哀順變。」

簡單一句說話，卻是宣判一個永恆的結果。

心靈最深處感受到無比的震撼，即使理性上知道父親終會有撐不下去的一天，離去是時間的問題；然而真的知悉他離開，卻是如此難受痛苦。

向來覺得自己是非常冷靜內斂，但在那轉瞬間，眼睛難以自持地哭紅，一把眼淚一把鼻涕湧出，除去緊緊握著父親那隻滿是皺紋和老人斑的手，便甚麼都做不了。

萬千的愁思擾來心頭，無法一一疏理。我輕拭去涕淚，再問道：「今早請安時，爸爸精神尚好，怎麼可能轉頭就病情加重？」

蘭瑟冷靜報告道：「艾莉卡，房老爺素來心臟不好，身體向來時好時壞。何況妳都知道，過去數天他一直處於半昏迷狀態，說不定今早醒過來，只是迴光返照。當時一如以往，我已經盡力救治，可是……」

我臉赤耳紅，語帶咽哽道：「我明白的，蘭瑟。沒錯，爸爸的反應日漸遲鈍、衰弱，可是……可是……也不應該這麼快離開……」

蘭瑟靜靜望著我，舉起右手望著手錶，鎮定地宣佈道：「根據紀錄，房老爺是死於三分鐘前，即二零一四年八月三十一日上午十一時廿六分。」

渾身顫抖了一下，臉頰使勁抽搐，淚珠從眸眶裏蜿蜒奪出。為何上天要開這樣一個大玩笑？今天明明是難得在家休息的星期日，僅僅因為祕書一通電話而趕回公司開會，就此錯過與父親度過最後一程的機會。

人類對於死亡總是有種錯誤的認知，以為是很遙遠的事，卻原來一直近在咫尺。它總是虎視眈眈的等待著機會，趁無人注意時出手。

捉緊父親的肩膊猛搖，任憑我嚎啕大哭不息，懷著懊惱與悔恨，都無法挽回或改變。包括蘭瑟在內，四周傭人屏息呼吸，沉淪在哀悼之中。

蘭瑟見我抽泣聲漸弱，適時關切道：「艾莉卡，人死不能復生，請節哀順變。」

我胸中依然鬱積無數陰霾，捶胸答曰：「不，蘭瑟。這幾年爸爸身體每況愈下，如非閣下屢次從鬼門關中救他，也不能安詳走到今日。」

縱然理性明白，情感卻無法接受。仔細端視父親走得安詳的臉相，但心坎深處卻有萬千言語，欲言難休。不捨難割的心情，無盡的哀慟呼號，永遠留在心坎深處。

蘭瑟輕撫我的肩，雙手合十緊握，頌道：「願頌讚歸與我們的主耶穌基督的父　神、就是發慈悲的父、賜各樣安慰的　神。我們在一切患難中、他就安慰我們、叫我們能用　神所賜的安慰、去安慰那遭各樣患難的人。」

身為虔誠的基督徒，蘭瑟朗誦《聖經》經文，安慰眾人悲慟的心靈。雖然不是基督徒，可是聽著他親切的聲音，感受穩重有力的掌心，如同賦予新的力量，得以堅強起來。

「媽媽及大哥呢？」

說起來今天甚為反常，不見二人露臉，究竟到哪裏去呢？

當我收拾心情發問後，蘭瑟默默嘆氣；轉頭望向身邊的權叔，他亦輕輕左右搖首；對面的傭人，同樣默默低首，未敢說半句話。我不想在父親面前吵鬧，強行壓抑怒火，語氣不自覺下轉重起來：「無人通知他們嗎？」

傭人言辭閃爍，稱已經通知他們，卻不知其所在。正想追問詳情時，突然一名傭人匆忙入房，神態慌張道：「大小姐，夫人及大少爺回來了。」

他名叫阿勤，是府上最年青的傭人。

遲到比沒到好，想必與我同樣在外，收到父親病情轉重後加急回來。然而直覺感到另有蹺蹊，即時問道：「為何他們不即時進房瞻仰父親遺容？」

阿勤神態有少少畏縮，脖子彎下來，肩膀縮起畏怯回答道：「他們帶同律師，在大廳坐著，叫妳下去見他們。」

縱使平日勢成水火明爭暗鬥，我都看在「一家人」份上忍耐過來。偏生父親才剛剛過世，居然即時請律師上門？律師啊！不是醫生啊！這不是明刀明槍，猖獗放肆告訴全天下人，他們真是如此心繫父親的遺產嗎？

高跟鞋發出緊湊的「咯咯」聲直襲大廳，母親及哥哥好整以暇地喝茶，望見我現身後，向一位不知姓甚名誰的西裝男子道：「夏律師，她就是房宛萍。」

懷著敵視的目光掃去，對方起身鞠躬行禮，趨前遞上卡片。出於人情禮數，還是好好接下。

「羅馬律師樓的夏書淳律師，借問有何貴幹？」

「妳急甚麼，坐下來慢慢談。」房岳昌咧著嘴，完全無意掩飾他無比露骨的險惡用心，讓我有不好的預感。

母兄二人素來與我及父親有嫌隙，父親在生時已經不甚尊重，屢次試圖顛覆我在房氏地產的地位。幸好他們耍手段不及我精明，才多次成功堵截，阻撓其不軌企圖。在父親剛過身這個時間點，眨眼間已經連律師都安排上門，箇中意圖，正是司馬昭之心。沒想到自己會親身體會電視台那些低成本庸俗泡沫劇，即將參與遺產爭奪戰。縱然內心焦慮憤怒，然而目下對方早有準備，我亦只能如常鎮定安坐在沙發上，與三人隔空對峙，靜觀其變。

夏書淳淡定取出一份啡色公文袋，讓我們仔細檢查：「本人乃羅馬律師樓執業律師夏書淳，已故房兆麟房老先生的遺囑代理律師。這份公文袋封存房老先生生前立下的遺囑，根據協議，當事主身亡後，須依指示於三位面前公布。」

理應極度憤怒的我，腦袋卻意外地冷靜。訂立遺囑這樣的大事，父親不可能瞞著我：「不知道夏律師何時成為爸爸的遺囑代理律師呢？」

「若然妳對這份遺囑有任何質疑，可以另行找律師起訴，要求法庭凍結執行這份遺囑。」夏書淳處變不驚，以專業的口吻熟稔地道：「根據我國遺產承辦法例規定，不論何時訂立的遺囑，不論訂立遺囑後發生甚麼事，只要訂立遺囑者未曾提議修改既有遺囑，都將按照最後一份遺囑履行。正如房岳昌房先生所言，如在座各位有任何爭議，可以向法庭另行起訴，凍結遺囑禁止執行。」

母親悠然唸道：「反正今天只是宣讀，又不是執行，怕甚麼？」

三個人三張嘴，一開始就「網開三面」，將我澈底封死。恐怕這一局棋本身就是陷阱，只待我這羊牯入甕。真虧他們用那張現代人文明講理的面具，遮掩那張醜陋如豬的嘴臉。除去深深的鄙視外，就只有無可奈何的怨懟。我決非貪圖父親的財富，只是不屑他畢生心血，落在這些無賴手中。

「今天依照遺囑指示，召集諸位到來，發布房老先生生前就其遺產分配處理的內容，要求本律師樓確實執行。」

如同一位沒有看預告及劇評的觀眾，安坐在戲院觀賞一套不識戲名的電影，旁觀母兄與夏律師上演一幕幕滑稽戲。只見夏書淳依例點名，核查母親房梁青儀、哥哥房岳昌及我房宛萍三人的身分證。

在宣讀前我要求檢查公文袋，袋口以泥黃色膠條黏死，還打上一個猶如乾涸血液般深渚色的蠟印。確定從未開封，在座無人異議後，夏書淳取出一柄明晃晃的開信刀，像屠宰生物似的狠狠將公文袋袋口劏開，從內拿出一疊數公分厚的紙張。

「這份自書遺囑，乃於二零一四年五月六日，在公證人到埗府上同時見證下訂立。依照我國相關法例規定，在蘭瑟・李及胡春霖兩位醫生簽紙證明當事人身體狀況及精神狀態良好，頭腦清醒，可以辦理遺囑。另外由趙京逸先生及馬東丁先生作為見證人，本人為辦理律師。當時依立遺囑者房兆麟先生親筆書其意旨，並由本人即時進行宣讀、講解，經房老先生確認無誤後，所有人同時簽名作實。」

夏書淳將父親的手書遺囑呈遞在桌面上，全部文件及簽署分毫不漏。無論是筆跡、簽名、印鑑，都是父親親筆所書，我肯定自己不會認錯。至於趙叔叔是父親多年老朋友，想必不會設計害他。

然而母兄二人嘴角上翹，毫不掩飾其嘔心至極的笑容，總是教人感到在醞釀某些陰謀。他們一舉一動，都逃不過我的雙眼。想想為何四個月前會訂立這份遺囑？為何自己毫不知情？父親怎麼可能瞞過自己自作主張呢？一大堆疑問湧現在腦海中，教我深感可疑。

隱約記得趙伯伯於五月初確實是回來一次，那時我以為是與父親聚舊，豈會想到當時是回來作遺囑的見證人？

父親的遺囑以斗大的文字清楚書寫在紙上，夏書淳依據內容簡述道：「根據房老先生的個人意願，死後一切從簡。他名下的銀行存款及股票投資，全部捐給社會福利機構以作善事用途；至於房氏地產集團，其名下持有的百分之六十的股份歸於房岳昌，百分之三十歸於房梁青儀，餘下百分之十歸於房宛萍……」

遺囑內容鉅細無遺，大抵其他雜項如基金、債券等等，均分別歸於母兄二人。最後關於房氏地產總裁一職，亦由房岳昌繼任。未等夏律師說完，即時聽到有兩個人在歡愉呼躍。我托著臉頰，萬料不到他們開心到拋下那副裝模作樣的假面具。

低頭細讀父親親筆書寫的遺囑，工整的楷書整齊而秀麗，想必是在病床上提著精神寫成。幾處數字均特別用大寫數字，如「陸拾」「叁拾」等。行文曉暢、字跡清楚，並無塗改痕跡。

不喜繁文縟節，正是父親的風格。然而我臉色越來越難看，壓根兒不相信這是父親的主意。身為他的愛女，父親臥病在床後，一直侍奉在身邊。甚至這幾年都女兼父職管理整個房氏地產，乃名正言順的執行長。父親並非重男輕女，豈會忘記兄長是如何不中用的廢物，成事不足敗事有餘，將房氏地產交到他手上？他們不值得亦不配擁有，在情在理都應該由我來繼承。

父母相識於患難，離異於富貴。趙京逸趙伯伯曾私下向我提過，父親還是在地盤中挑水泥的愣小子時就與母親好上，早早結婚。兄長房岳昌出生後，父親才掘起第一桶金創業，生意慢慢蒸蒸日上，爾後才成為今天的鉅富。也許自覺是生下幸運兒，命中帶旺雙親，故此母親一直都很寵親兒子。

相比起來，我完全不似是親女兒。單論容貌，完全不似雙親。出外宴會，外人都不覺得我與房岳昌是親兄妹，除去年齡相差太遠，還有思想上及氣質上，我都比兄長有過之而無不及。

房岳昌是一九七二年出生，如今已是四十開外的中年人。長著啤酒肚，吊著一副高眼；我是一九九二年出生，與兄長相差廿年。

冰凍三尺非一日之寒，我與母親的糾葛由來已久。自有記憶伊始，她就從來沒有對我盡過半點人母的責任。那時幼稚不懂事，總以為惹怒母親，常常低頭道歉痛哭。無論忍住多少嗚咽，即使揩多少淚水，她亦未嘗改變態度，有一回甚至指著我怒罵道「妳才不是我的孩子」或「妳身上流有骯髒的血」之類。長大之後，慢慢明白她話語的意思。

府上傭人私下傳言，母親一直懷疑父親有外遇，而我是在外面抱回來的私生女。雖然幾番追問，但是那位溫柔儒敦的父親，總是拒絕回答。不過我一直留意到，父親老是想與母親修好關係，奈何對方毫不領情。

是耶非耶，真偽難以摸透。隨著父親仙遊，真相更加永遠埋葬。

而我亦很早就放棄母親回心轉意的幻想，懶得修補關係。隔閡日深下，拒絕視為母親，形如陌路。

至於自己與兄長之間的問題，由於雙方年齡差距過大，習慣及價值觀迴異，而且成就截然不同，在外面的評價也比兄長優秀。隨著我暫代父親處理公司事務，漸漸嶄露頭角。受不住外人比較及指點，房岳昌益發顯露恨意，屢次做出種種不軌企圖。

他本身就毫無從商才能，於公司尸位素餐、眼光短淺。既急於求成，又好高騖遠。好幾次自作主張，幾乎將公司營運連根拔起。最後我忍無可忍，執著一份虧損二百萬的地皮大造文章，打算將他踼出房氏地產。偏生公司董事會都是一班老頭子，重男輕女，瞧不起當時才剛廿歲的我，對於我百般留難，對兄長卻好言以慰，多加寬裕及縱容。

由於母親一直支持兄長，意圖聯同董事掃我離開公司。新仇舊恨纏在一起，迫使我屢次反擊。如非父親數番規勸，我絕對會將之踢出房氏地產及房府，休容他們惑亂生事。

一面壓抑自己的怒火，一邊安坐傾聽遺囑宣讀。當夏書淳宣讀完畢，我們確認無問題，就會簽名作實，交由遺產承辦處核實，並給予授予書。關於兄長接任總裁一職，尚需交由董事會表決。但想到那群老頭子一直不甘心受我指點，不認同我的成績，暗中都支持兄長，料應無人反對。

另外關於父親龐大的遺產，點算核對需時，總之一切繁複的程序工作都交由律師樓及公證處負責。關於遺體交付哪間殮房，初步擬定交付附近靈血醫院。夏書淳問明聯絡方法，表示稍後會與那邊聯絡。

無論如何，我都無法辨明這份遺囑的真偽。奈何無憑無據，只能放任那些人沉醉於眼前的勝利，以為竄改遺囑便能將房家一切納入掌中。此時此刻我絕口不提半字反對，欣然接受遺囑的安排，內心開始思考怎樣翻盤。

母兄諂笑恭送夏書淳，我回樓上找蘭瑟，第一件事是著他撰寫診療報告。

這四年多來他負責照顧父親，對於病人一切身體狀況、病症，以及死亡的情況，無疑是最了解的人。雖則一直留在房中，顯然與其他傭人同樣，密切留心大廳的情況。當見到我現身，不禁臉色一沉問道：「妳知道自己在做甚麼嗎？」

「懷疑人偽造遺囑，交由法庭處理。」父親去後，不用再有所顧忌留手，我冷靜得連自己都覺得陌生，思考最有效率的方法：「一不做二不休，通過律師向法庭申請禁制令，阻止遺囑執行；控告母兄偽造文書的罪名，將二人判刑入獄，使其失去繼承權。將爸爸的一切奪回，不致落在小人手中。」

「艾莉卡，妳……」

「那份遺囑肯定是假的，但既然自信用親筆遺囑，大方予人檢查，即是有十足把握，外人無法拆穿他們的西洋鏡。正攻法不行，就用側攻法。無需考慮遺囑的真確性，直接讓他們失去繼承遺產的法定權利。」我果斷地道：「三位合法繼承人，有兩人因為刑事入獄，中間只需再略施計策，把他們驅逐離開房家，我便是惟一合法的繼承人。」

之所以完全信任並傾吐給蘭瑟，一者他身為父親長期的主診醫生，同時是專業人士，撰寫的報告在法庭上最具說服力，容易左右法官及陪審團的取向；二者他是外人，與其他傭人不同，父親死後就會離開房家，對將來房氏家族爭權不存在任何利益關係。我權衡利害，絕對要將他納入我方，才能澈底擊敗母兄。

蘭瑟聞之沉重思量，右手食指一直輕敲檯面：「艾莉卡，妳絲毫不願相信遺囑是真的嗎？」我睨視著他，臉帶慍色道：「別開玩笑了，蘭瑟。若非熟知閣下為人，恐怕懷疑你參與其中，投靠他們。」

蘭瑟雙手高舉表示清白：「放鬆點，別疑鄰竊斧啊。我是澈頭澈尾的外人，好不好？」

四年前父親病倒，那是非常偶然且微小的事故，卻無法再次站起來。當時由管家權叔報警送去醫院，經過急救及檢查，醫生表示父親患有多種老人常見的共存疾病，包括糖尿病、高血壓、高脂血症等等，從而引發慢性硬腦膜血腫、前庭性共濟失調、多發性神經病……等等，一堆記不住的病名。總而言之，從此半身癱瘓、手腳灼痛、肌肉無力萎縮等癥狀。

猶記得最初他步履艱難，渾身疼痛，面如土色。我難過得強忍淚水，攙扶住他，才走完一段小路。爾後年多，甚至連床都下不了。

「生不入官門，死不進醫院。那些地方死氣沉沉，根本不是養病的地方！住在那兒，沒病都變有病！」父親個性從來是一旦堅持就頑固得像頭牛一樣，拒絕留院，吵著要回公司打理生意。然而身體不勝負荷，更折騰傭人及公司員工。費盡唇舌勸說，最後由我大膽代他處理公司業務。父親向來就視我為掌上明珠，拗不過後只好勉強點頭在家養病。

從小便明白自己不是唸書的材料，實戰從商比較稱心。父親不是不信任，但總是無法接受。我繞個彎兒向他說，早日治好病就能回來公司將我推走，他連聲大笑便答應。之後好幾次查看我的工作，見日漸上手，而且成果斐然，也就安心在家休養。而每日早上我必入房請安，晚上陪他聊天，風雨無間。

反覆思考父親拒絕入院的理由，說不定僅是希望每天都見到我而矣。他知道自己一旦入院，我定必每天入院探問，增加麻煩與負擔，才裝作惱怒堅持待在家中。孰真孰假，已無從求證。

姑勿論如何，家居不同病房，為符合病人養病的標準環境，為父親房間加建物理治療及購入醫療裝置。達成院方開設的條件都，甚至比醫院來得更優秀。反正錢能解決的問題就不再是問題，剩下就是能夠在家中隨時候命的主診醫生。

蘭瑟就是當時上門應徵者之一。

猶記得他初來面試，穿得像神父一樣，滿口讚美耶和華，差點以為他是不是走錯地方，是來應徵傳道人。雖然外表浮誇搞笑，但履歷絕不簡單。過去十幾年都在中國闖南走北，服務於好幾家基督教醫院。他說自小父母生意失敗，淪為孤兒，在孤兒院奮鬥成長，對醫療救助他人自有一股使命感。「蘭瑟」是他在孤兒院時院方賜予的名字，一直沿用至今。

應聘第一關有權叔把守，篩選一批合適者；父親說一切隨我主意，緣份與主觀印象非常重要。再三問過權叔亦無異議，我遂在二次面試時敲定他。幾年下來盡忠職守，從未有半天休假，好幾次挽救父親於瀕危之間，加上平日無微不至的照顧，無論是人品及醫品上均無懈可擊。

「艾莉卡，妳向來冷靜，縱是上億生意，亦臉不改容好好談妥。怎麼涉及到房老爺的事，便變得如此盲目？」蘭瑟搖首嘆氣：「當局者迷，妳硬要認為有人偽冒遺囑，會否想太多？」

「怎麼可能會想太多？凡是有眼睛有耳朵的都看得見聽得見。母親和兄長，到底是甚麼樣的人，難道你還不清楚嗎？那怕是府上傭人，都瞧得明白他們向來覬覦爸爸龐大遺產。再說爸爸怎麼可能會將自己畢生心血交給他們？只是沒想到他們會膽大包天偽造遺囑，簡直太過份了。」

「我明白妳的心情，艾莉卡。可是我可以保證，那不是偽造。」

我望向蘭瑟，右手撐在桌上，上半身逼近對方：「說起來你為何在上面簽名？」

蘭瑟沉默半晌後才回答道：「立遺囑當天，我確實身在現場。至今清楚記得，當天房老爺早上剛換血，體力及精神狀況甚佳。在公證人、見證人及律師面前手執毛筆，一筆一劃寫下遺囑。當時在場的胡春霖醫生亦可作證，我們同樣有份簽署證明病人身體及精神狀況良好，能夠在神智清晰下進行任何判斷。」

胡春霖醫生是附近靈血醫院的醫生，過去曾是我們的家庭醫生，偶爾亦有上門探望父親。

我向來十分相信蘭瑟，但茲事體大，那怕他說的都是事實，遺囑乃確鑿無偽，我亦不能放任其執行：「你保證爸爸在立遺囑前沒有受人誤導嗎？上面真的是他本人的意思嗎？」

「我們醫生不會討論假設性的情況……」

「難道要眼白白望著房氏地產落入那群垃圾母子手中？蘭瑟，不管如何，我必需將他們撂倒。」

「我只是一位醫生，不想扯入你們家族的內鬥中。眼前會是非常可怕的暴風雨，一個不小心妳都會翻船身亡，千萬別掉以輕心。」蘭瑟沉著道：「妳應該知道富豪內鬥爭產，不僅拖上數年，花費甚鉅，甚至成為市民的笑柄。即使屆時我以證人身分受傳召上法庭，亦會作出與事實同樣的證言。」

「謝謝關心。」聽著蘭瑟語重心長的說話，我心存感激道：「你按自己的專業，照事實撰述報告即可。」

蘭瑟無奈地嘆氣，點頭表示盡力而為，雙手合拳虔誠地道：「神啊，你的慈愛何其寶貴！世人投靠在你翅膀的蔭下。」

「可是現在是有人與我不共戴天，輪不到我作主。」要說蘭瑟惟一的缺點，正是滿口耶穌，喜歡引用《聖經》語句。

父親房間外，以白布好好蓋著頭部，由數名穿著白袍的人將遺體妥善抬出。老醫生胡春霖打點好工作人員，於權叔安排下離開，見到我後道：「房小姐，請節哀順變。」

父親過世，傷心之餘，更要大費精神處理後事及遺產。

「謝謝關心。」

「我們會立即將房老爺的遺體送去殮房，之後的事交給我們處理便好。」

人死後並非一了百了，還要批出死亡證證明，法律上才承認「真正」死亡，想想都覺得荒謬。其他一大堆手續，即使胡春霖仔細說明，我都不太能理解。但是我清楚一點，無論如何都要做的事：「胡醫生，爸爸他可以不用解剖嗎？」

「當然可以，這情況屬於自然死亡，我可以開立證明。」胡春霖問：「死亡證等等批出後，都是交付羅馬律師樓？」

「對，請與這位律師聯絡。」我將夏書淳的卡片交付給他，胡春霖收妥，表示一切交付在他身上。感激過後，由權叔領他們出門，我從後跟著，目送遺體上車，送父親最後一程。整個人怔著望向駛出房宅的車，直到鐵欄關上。

第貳回　蒼天罔極情真浩
往事哀思路遠迢

且說房兆麟遺體既去，浩乎渺渺，從此茱萸闕一矣。此時心中，彷彿奏起一曲〈流沙河憑吊〉：

情渺渺，恨迢迢，心悄悄，遠望江頭一片寒光綾。斷我為嬌憔悴，忍不住珠淚憑吊。做乜空見著，風瀟瀟，疏林江葉凋。人杳杳，沙流白浪飄，更重嶺雲殘雪，遮斷虹橋。

抖然變得清冷，端正的髮型不知何時變得鬆散，髮絲不自然翹起來。我右手掠過長髮，將凌亂的髮絲撥往耳後。權叔見我仍怔怔望著門口，連忙趕來問候。

「權叔，我沒事。」

「大小姐，現在都二時半，不如先吃點午飯……」

「不用了，權叔，請讓我一個人靜靜。」我婉拒權叔好意，轉身返回大宅：「總之不想有人打擾，任何人找我都推掉，說不方便見面。」

管家權叔是這裏的元老，自有記憶伊始，就像家人般長伴左右，從來沒有視他為外人。權叔默默點頭鞠躬，放任我隨性而為。返回二樓，並非回自己的房間，而是在父親房內佇立。這裏每一分每一寸，都盛滿我與父親的回憶。僅僅少了一個人，就全都變質，在我心中泛起陣陣漣漪。

從小母親就對我甚為冷淡，不，應該說是厭惡。她不曾向我擺過母親應有的表情，亦無做過母親應盡的義務。加上我與兄長的年齡相差十八年，彼此之間隔閡甚深。到頭來只有父親、權叔，以及父親的好兄弟趙京逸趙伯伯對我殷切關懷。雖然問過他們為何母兄都露骨地嫌惡我，但永遠得不到回答：權叔不知情，父親慈祥地擁抱，趙伯伯呢喃道「長大再告訴你」。

長大之後，便不再問「為甚麼」。理所當然地，視母兄為我的敵人。

徒有法律上夫妻之名，我從未見過父母親任何感情交流；相比兄長，我更受父親寵愛，更像一對真正的父女。

我坐在父親的書桌，撫摸著熟悉如同自己肌膚的木紋。說起來小時候他總是，一邊聽我訴說學校的事，一邊抱起我在桌前批閱文件。一心二用毫無阻礙，如今想來，使人越加佩服。

桌上立著一副相框，入面是十六歲的我，與父親在歐洲旅行時的合照。果然父親是世界上最偉大的人，想到永遠不能再見，心如刀割的感覺再次襲來。

我臥在父親的床上，惟有這裏尚存餘溫，殘留他的氣味。閉上雙眼，沉醉在這股虛偽的感覺，回憶人生廿二年的光影。不知道經過多少時間，權叔進房問我要不要吃晚飯。

「已經是這個時間嗎？」外面天色黯淡，我摸摸小腹，人的意志敵不過肉體，始終受有形的拘束。總是回首過去，無助解決問題。再者我絕非那些只懂得蹲在床邊哭哭啼啼的女人，與其緬懷亡者，不如想法子守護父親留下的一切。我提起精神離開父親房間，掏出鑰匙鎖好房門。

母兄沒有回家，我無意理會他們到哪裏去，一心思量如何及早剷除他們的如意算盤。堂堂正正切切實實向外界公開，我才是名正言順且惟一合法的繼承人。當晚我向移居美國的趙京逸告之父親的死訊，他聽後激動不已。我表示等葬禮時，必然會通知他，說好到時再見面。

翌天早上收到蘭瑟的報告，之後便收拾細軟離去，走得瀟灑。他是屬於自僱身分，按法例規定，可以隨時離開，我們亦無需付解約金。但蘭瑟功勞太大，為彰顯其功勞，我決定簽贈一張豐厚的支票作酬謝。

蘭瑟召來一輛小型貨車及數位搬運工人，負責將房內的機械器材及諸般雜物搬上貨車，當然我亦吩咐眾傭人幫忙。卻說蘭瑟房內餘下一大堆藥物和醫療器材，全是過去以房家資金購入。反正父親死後便毫無用處，而我們亦不懂如何使用及保存，索性全部讓他搬走。畢竟蘭瑟打算找地方開設私人診所，必然需要那堆燒瓶滴管等物，也就當作贈送給他的禮物，省得浪費金錢再添購新的。

忽然阿勤搬運時失手將一個箱子打翻，一具不明性質用途的奇怪儀器自外露的箱口內冒出來。蘭瑟罕有緊張起來：「馬克為何如此不小心？」

阿勤匆忙道歉，蘭瑟緊張地抽身過去撿拾。我心想是否昂貴的器材，正想趕去幫忙時，無意間發現腳跟旁邊一具生鐵鎖頭。雖然鏽成黑色，我卻認得上面刻有「大同鐵廠」四字。

才剛拾起來仔細觀看，蘭瑟神色慌張，以沁汗的五指從我手中奪走。

「沒想到蘭瑟會有這麼舊的鎖頭。」

「那是舊時的東西……」

「哦，我知道唷。那是九龍市六、七十年代知名一時的冶鐵大廠，以前家中都有用大同鐵廠出品的鐵品，品質很好呢。」大同鐵廠在父親發跡後收購吞併，七十年代後不復存在。然而即使是我小時候，仍然在家中見過一部分產品，可見其成品之高質。蘭瑟點頭道：「沒錯，如今市面上新的鐵鎖，反倒不如舊的牢固好用。」

對唷，還是舊的好。雖然他沒有說出口，可是瞧他珍重緊張之貌，理應明白那具舊鎖頭必然是珍重之物。沒想到平日罕言自身事情的蘭瑟，亦有此深情一臉，不得不說是意外發現。

「蘭瑟，你要好好保重了。」

「好的，謝謝。」

「權叔你才是，小心腰骨啊。」

蘭瑟離開後，房宅又少一個人，讓我感到一絲惆悵。

回到房間後，撥電找公司的律師團隊，簡單說明情況，問明控告母兄的成功率。他們詳細研究案情，認為目前成功率不高。遺囑上有公證人的核實，以及兩位見證人簽署，具有確鑿無疑的法律效力。加之兩位醫生簽名同意父親精神良好，排除他神智不清的可能。遺憾是幾乎沒有實質證據，令法官同意遺囑有可能偽造。即使交付筆跡專家鑑定，亦未必能取信法官。

「除非有決定性的證據，證明房兆麟先生無行為能力或有人限制他的行為能力，或這份遺囑乃違背立遺囑者真實意思、脅迫、欺騙、非自願等等情況下訂立，才可取信法官認同房小姐的主張。」

換句話說，幾乎是指包括政府的公證人在內作出虛假陳述，才能證明遺囑是假的嗎？想想都知道沒可能。如無辦法證明母兄偽造遺囑，也就是說遺囑具法律效力，可以照常執行。我掛斷電話，滿腔怨氣無處發洩。

那樣子光憑蘭瑟一份報告，根本無法翻盤。短裙下蹺著修長勻稱的雙腳，右肘抵在椅柄上，托起下顎，怏怏不悅的埋怨現況。無意間大腦電光一閃，匆匆提起話筒撥電父親的前祕書馬東丁。

即使如今轉去別家地方工作，我們依舊保持聯絡。當對方知道父親去世後大感訝異，然而很快恢復平靜，致以衷心的慰問和哀悼。我抓緊重點，詢問關於父親遺囑的事，他表示當時律師夏書淳曾提議以代筆遺囑取代，遭父親否決，堅持要自己親筆書寫。理所當然他親眼目睹整個過程，與蘭瑟所言一致。至於遺囑內容，與現在版本無異。

無論是蘭瑟及馬東丁，均不可能對我說謊。按律師說法，上庭後幾位見證人及醫生的證供，絕對獲得法官信任，故此我的贏面微乎其微。

「房老爺雖然坐在床上，但精神很好，中氣十足，而且親筆書寫遺囑，力透紙背，簡直不像久病床上。唉，現在想來，說不定是迴光返照。」

我聽著馬東丁覆述當日情況，轉而問道：「馬先生，難道你不覺得可疑嗎？爸爸怎麼會作出如此糊塗的決定？」

「我以為房老爺另外有遺產贈予妳，故此未有細問。」

「這樣……嗎？」

一言驚醒夢中人，寫在遺囑上很容易洩露，但如果另外有一份遺囑呢？

我想撥電找趙京逸，然而考慮時差，以及老人家心情，我這位後輩不應就父親的事問長問短。只好撥電找羅馬律師樓的夏書淳，詢問父親有否另一份遺囑。

「房兆麟先生並未有交託給我們多一份遺囑，敝律師樓亦向全國律師協會申報，該協會會統一向全國律師事務所查證，房老先生有否於其他地方立下其他遺囑。一旦日期比我們手上這份更後，便以該份為準。不管如何等我們都必須先點算好總遺產，支付相關稅務款項後，會再行分配執行……」夏書淳陸續交代情況，我無心去聽，匆匆掛斷。動身去父親房間，嘗試尋找有否新線索。

窗戶外流瀉而入的光線，靜謐地綿延充盈整個房間。我視線逐層掃過書架，取出來翻看書本內頁，並未有特別發現。

父親的那張書桌，乃是非常氣派古董的紅木家具。所有抽屜均配有古銅鎖頭，無法打開。權叔路過見到我，主動進來詢問需不需要幫忙。

「權叔來得正好。有沒有這個的鑰匙？」

權叔見之，搖頭道：「很抱歉，我也不知道。」

我頗為失望，權叔轉而問：「要不要請鎖匠來？」

「可是這張紅木書桌是古董，更是父親遺物。萬一弄壞了……」

「我吩咐鎖匠，在不弄壞書桌前提下嘗試打開，行不行？」

我心想惟有如此，吩咐他盡快安排。

翌天權叔便撥電話召來一位技術高超的鎖匠，拿出奇怪的工具搗弄，才兩三下功夫就全數解開。抽屜內全部是陳舊的文具、文件，以及過時的玩物。

要說意外或是奇怪，應該是從抽屜最底處翻出一本款式奇特的「電子書」。

*****

長期患病久臥在床，最終不治而逝。因為有蘭瑟及胡春霖的報告，順利判為自然死亡，免去驗屍的程序，很快便由死因裁判官簽發死亡證。雖然遺囑中言喪禮要一切從簡，然而父親生前既為國家知名富豪，豈能不與他人攀比，隆重其事？

正是「樹欲靜而風不息」，母親突然發現死人尚有利用價值，於是大張旗鼓宣佈由她主理父親身後事。她傾盡所有，將喪禮辦得風風光光，備極哀榮。這決非為父親，僅僅是為自己及兄長籌謀。借由喪禮的契機，得以結識到各界政商名流，故此親力親為搞得響亮。發出訃告後，不僅是叔伯兄弟，生意上的睦鄰，以至官場的大人物，均一一到訪。至於未能光臨者，亦有致送花牌。

外面整列儀仗隊，加上各地傳媒，將靈堂外的街道擠得水洩不通，擠入來的人群踩得嘩啦嘩啦作響。殯儀館內喃嘸作響下，光臨客人行禮後，向家屬致以客套慰問，然後少不了與未來房氏總裁房岳昌交結握手。顯然這鬼主意必定是公司那些老董事教她，不然憑她那點低水平的婦人愚昧之見，怎會想到這一步。

整整三天的時間，身為女兒的我身披孝服，頭帶一條白色頭帶，靜靜待在一旁，泫然若泣。無人打擾下，沉醉在父親的回憶中。許多不同的人進來看他最後一面，內心亦悼念他。

「宛萍，宛萍。」

突然有人在身邊呼喚，我舉頭一望，沒料到是馬東丁。

「馬先生，許久不見。」

「房老闆好歹在家中辭世，是笑喪，請大小姐節哀順變。」

「頭一次聽到有人這樣說。」

「房小姐臉色感覺不太對勁，還好嗎？」

這個問題可圈可點。

「很好，謝謝馬先生擔心。」

他左右張看，趁大家注意力都集中在剛好到場的本市市長董其章先生身上時，急急拖著我移步一旁，遠離煩囂人群。躊躇好一會才開口問：「妳……知道趙先生發生意外嗎？」

「趙伯伯？他有甚麼意外？」

父親過身後，短時間內俗事纏身，忙得焦頭爛額。只是記得趙京逸在美國出發前，曾告知其航班號碼，理應今天就抵埗本市。

「你沒有留意新聞報導嗎？美國聯合航空TD 7689在飛行途中失聯十二秒，懷疑墜落在臺灣對開的太平洋上。」

我整個人愣住，TD 7689，不就是趙京逸乘坐回九龍市的航班嗎？

「不可能……怎麼會這樣……」

馬東丁連忙扶住我搖搖欲墜的身軀：「現在那邊正派出軍隊協助搜索，雖然未有進一步的消息，可是……」

飛機失事墮毀，生還的機率甚微。才剛剛接受父親仙遊，無法再承受多一名死人的份量。趙京逸之於我猶如義父，為何會禍不單行，兩人先後接踵離開我？

「我都是今天早上才收到消息，也許趙先生吉人天相，平安無事。」

「我……我……」

「房小姐，這不是妳的錯，只是意外……」

我沮喪憂鬱，眼前迷糊，淚水奪眶而出，啜泣禁之不絕。父親患疾數載，救治無效；趙京逸遭難，生死未卜。兩位至親離去，教我內心惶恐，瞬間萬念俱灰。明明人生很漫長，可是對我而言只有無盡的黑暗，看不見彼岸大陸。馬東丁坐在身邊，溫柔地輕拍肩膀，想辦法鼓勵我。

靈堂內滿堂賓客，都圍聚在母兄附近笑鬧。我望望父親的靈柩，搞不清楚大家是悼念房兆麟，抑或是慶祝房岳昌。

馬東丁在旁邊以同樣的視角目睹同樣的光景，忽然問：「有沒有興趣過來歐貴企業？」

「馬叔叔現在工作的地方？」

「老闆嚴丹很賞識妳，只要有意，我即時向老闆說項。換一個工作地方，說不定能重新啟航。」

據說嚴丹別樹一格，可謂商界的怪人。招聘從不看學歷，另有一套考核方法。每次接受訪問，他總是抱著座右銘：「虞不用百里奚而亡，秦繆公用之而霸」；「故人主之欲求士者，不可不務博也」。

只要有才華，就算是不識一字，他都將之擢升至管理層；相反即使身懷博士學位，一旦視為廢物，便踢去前線當基層。故此在普羅大眾心目中存在兩極的看法，無數人湧入他的公司以求一席之位。雖非成就鉅富，卻也在商界獨當一面。

我明白他有意讓我有藉口離開房家是非地，寄情工作排遣憂傷，但依然婉拒：「不用了，我想回去讀書。」

「唸書？」

「本來就預定升讀大學，只是因為爸爸患病，不想他繼續操勞，才走馬上任代為管理公司。」

我以手指繞繞鬢髮：「既然父親都不在了，確實沒有理由再留在公司，也許回去繼續學業。」

縱使打倒母兄又如何？世界上至親之人都不會回來。既然他們渴望父親的遺產，那麼就給他們吧。馬東丁見我槁木死灰之貌，亦不便強留：「大學畢業後，會否再行考慮？像房小姐如此精明幹練，遐邇聞名，嚴老闆絕對會恭候大駕。」

「人生就是蓬飄萍轉，緣到即合。屆時再考慮，謝謝。」

馬東丁拍拍我的肩，祝願萬事順利，保重身體。我輕輕拭去淚痕，心中釋然，肩膀輕鬆許多。

自九月十日起，一連三天靈堂設祭，眾人瞻仰父親遺容後，遺體轉送至火葬場。火化一具遺體需要兩至三小時，我生平首次嗅到烤人肉的香味，單單以「嘔心」根本不足以好好描述出來。原以為到火葬場進行火化，就是直接將屍體丟進火裏燒，當然不是那麼簡單的事。火化只能把皮肉和陪葬品燒掉，骸骨並不能直接燒成灰。尚需要有人用鏟子把剩下來的骸骨挖起，送到大型攪骨機裏打成粉末，最後才變成我們認知中的「骨灰」。

當我接過殯儀公司交來的「灰袋」，掐著袋中的骨灰，這就是一個人的份量。縱生前富甲一方，死後亦只是變成一小包灰粉。抱起那沉重的骨灰盅，憶起父親的遺容，仍然有淚水決堤滲出。

喪禮上結識政商名流，將兄長推廣出去繫結人脈，所以要親力親為搞得響亮。至於安葬骨灰，母親沒興趣花錢買龕位，當父親一切價值都榨盡後，亦如同破布般棄之不管。由於父親一直堅持薄葬，連靈龕都沒有準備，所以我獨自掏錢買一個龕位。

至於趙京逸，事發至今臺灣那邊持續報導軍方陸續在海上打撈到飛機殘骸及浮屍。電視報導片段觸目驚心，教人不忍再看下去。理所當然，連半個生還者都找不到，連萬分之一的希望都不復存在，我不得不認定他業已死亡。

有家人在的地方才是家，這裏已經不值得留戀。我等不及開學，自作主張收拾行李，儘早離開這個家。至於房氏地產的實權都轉交到兄長手上，大局既定下，母兄巴不得我這個礙眼的人物快點在眼前消失，更不會攔阻。

至於要去哪兒，尚未有決定。大學那邊已經截止入學申請，不如申請赴日本留學，或是去歐洲旅行。好歹身為房氏地產董事之一，加上手持各類基金，只要別亂花錢，絕對足夠日常開銷。我一邊思考籌劃，一邊收拾行李。

衣物、化妝品、護膚品、護理用品……等等大包小包，幾乎將整個行李箱塞好塞滿。

當然我亦沒有忘記那部奇特怪異的「電子書」。

「電子書」只是最貼近的描述：一塊一體成形的金屬紙片，厚度如同一份小報。無開關前後方向等按鈕，連充電接口都沒有。彷彿有用不完的電量，任何時間只要隨手掃過正面的螢幕，便會顯示文字。上面顯示豎排中文，像日誌般逐日逐條，依時間先後摘錄事件。操作上與現時熟知的電子書差不多，同樣可以前後翻頁，但除此以外便找不到其他功能。

即使廿一世紀，見盡無數平板及電子書閱讀器產品，我仍然驚疑它的外觀設計及性能規格，稱呼為未來科幻產品亦不為過。如此先進之物，居然埋在父親書桌抽屜最深處，處處殘留歲月痕跡。

啟動之後，上面會以日期先後，順序逐條記載世界歷史。由南宋滅亡元朝創立伊始，一直記載到公元二零五零年。無論是人所共知的世界大事，抑或是雞毛蒜皮的小事，全部毫無遺留詳細具明。部分記載甚至揭露史學界不為人知的真相，將見得不光的祕密糾出來。

當時間漸漸推移至現代以至未來，便變成長篇科幻創作。甚麼第三次世界大戰、彗星墮落、地底生物入侵……到最後殘存的人類在「魔女」的保護下作最後殊死的抵抗。

然後就沒有了。

自從發現它後，我有空便逐頁翻看。與其說它是歷史書，不如說是仿照歷史書寫成的奇幻小說。最終在連串密集高潮下戛然而止，令我無法釋懷，相當在意。若果上面記載的內容並非虛構，那麼未來世界豈非無比絕望？

那怕我想視作虛誑荒誕之說，但某些地方又過於真實。比方說其中提及好幾位富豪或企業的祕聞，據我所知部分內容乃確有其事，決非杜撰。如果是基於事實創作，為何又會漏掉一些知名的人物及事件，甚至連基本歷史常識都犯錯？

一八四二年，它有載清國與英國簽訂《南京條約》，將香港島割讓出去；然而一九四五年二戰結束時，竟然對中國以戰勝國身分從英國手中取回管治權，廢除《南京條約》及《天津條約》等重要事件隻字不提。

另外二戰過程、戰勝國名單、國際形勢等等，完全與現實情況差天共地。教我想不通，究竟作者是以甚麼心態去創作它。

然而最為令我在意的是，書中完全沒有記載過任何關於父親以及房氏地產的事。畢竟是切身相關，初時以為自己看漏，更使用系統內置的搜尋功能，也找不到丁點痕跡。明明規模更小的商業伙伴都能夠留名其中，為何更為知名重要的房氏地產，卻沒有書寫進去呢？

我不死心下前後翻看，留意到上面記載香港有一位叫「李家昇」的富豪，創立「李氏地產集團」，成為世界鉅富之一。我從未聽過「香港」這處地方，更未聽聞有「李家昇」這位人物。香港島在回歸後已正名香江島，併入新安縣九龍市下；至於李家昇，其創立「李氏地產集團」

發展經歷以及經營項目，幾乎與房氏地產雷同。我皺起眉心，思疑作者到底有何居心。為何將我家公司的名字搞錯，故意替換房氏的發跡史。

由於內容不乎尋常，記述疑幻疑真，予人詭異莫辨。內心隱約勾起好奇，這次出門亦帶在身上，希望研究出其來歷出處。

快將踏出房門，才臨時醒起某些事，轉身回去書桌拉開抽屜，將一份地圖收入懷。旅行在外，總得要有紙本地圖在手才安心。

「咦？奇怪？我不是鎖好嗎？」

印象中抽屜皆鎖好，怎麼能夠一拉即開？也許連日疲累，一時粗心忘記罷了。當然我亦略為翻看，確定無明顯失竊，心想是自己多慮。

權叔帶著幾位傭人道別，我逐一道謝，將鑰匙留下，拜託權叔打理我的房間。

「大小姐，今後妳打算住哪裏？」

「還未有考慮耶，總之將來若有落腳處，安定下來後，會向你聯絡。」

諷刺地半個月多之前，我才送別蘭瑟，沒想到現在會倒過來，變成傭人向我送行。權叔叮囑我多多保重，有時間要再回來。我同樣不捨得，緊緊擁著他。其實以他年齡，早該退休了。聽說他無親無故，家人親戚都死光，孤苦伶仃一個人怪可憐的。

公元二零一四年九月十四日，我坐上房車，離開自小長大的房府。如今連司機都沒有，只好靠自己駕車。幸好早前有空，特別去考取駕駛執照，沒想到會在今天派上用場。發動引擎後，我並非駛出市區，而是往北行赴荔枝莊。

荔枝莊位處九龍市東北粉壁嶺鎮一帶，雖背山面海，但坐南朝北，而且地處偏僻，幾乎在森山之中。從地圖檢視，無接通公路，出入殊為不便。我依著GPS指示，駛過靠海公路，進入山嶺之中。但見重巒疊巘，遠低高低各異；林木連綿，不知幾千數萬。縱使帶同規劃好方向路線的紙本地圖，仔細查看，仍然難以尋覓方向，只能慎重地沿著空闊的泥路繞來繞去。

將近中午一時半，才漸近目的地。眼前蔥蘢蓊鬱，樹幹挺拔沖霄。房車難以踰越，只得停在茂林外。我穿著輕便的運動鞋，踏過林蔭森森的樹海，迎來深處的光明。闊大的泥地上，孤零零的排列好幾棟半完成的別墅。這片人跡罕至的空間中，四周都被濃密的樹木圍繞。連雀鳥聲及蟲鳴聲都無，四周毫無半點生機，彌漫一股不祥的味道。

部分地面鋪設磚塊，以及一截不平坦的柏油路。似乎是施工到一半後停擺，未嘗使用的建築器材都棄置在旁邊，爾後廢棄至今。雖然徒有外壁尚未完成，卻明顯可辨其英式風格。長久缺乏打理下，幾乎爬滿藤蔓與枝椏，外表破爛老舊得像是經歷戰爭掃蕩。建築物絲毫沒有保養修葺，外觀形狀很詭異，但我說不出它到底哪裏奇怪。

之所以會來此處，皆因我懷疑父親是在此處獲得那部可疑至極的電子書。

父親常常向我訴說陳年舊事，屢次提及過去與趙京逸當建築工人，兩位好兄弟一起掙錢的經歷。生下兄長時，尚是貧窮之身。然而在七十年代左右忽然發達致富，快速冒頭，終成鉅富。

兩人好幾次執行超乎常理匪夷所思的決策，像豪賭般投機，形同自殺般投資，與當時市場主流對著幹。當然他們並未破產，屢戰屢勝下贏取高額財富，總能領先市場擴闊藍海，教無數投資者跌破眼鏡。例如率先收購合併好幾間工廠改建為一條龍的生產線、大規模收購土地參與土地買賣、積極投資運輸行業等等，早著市場先機擴充藍海，甚至是好幾次避開天災及國際危機，令公司不致有所虧損。

無數次神蹟般的經歷，不能用巧合去等閒視之。我漸漸懷疑，他們就是靠手上這部記載古往今來所有世界歷史大事的電子書，「未卜先知」掌握先機。

「知父莫若女」，換著我是父親，得到這部記載古往今來大事的「奇書」，絕對會直接靠它的「預言」致富。如是者無疑將原本屬於別人的機遇搶走，悄然取代他人的未來。

這也是為何「李家昇」及「李氏地產集團」會自歷史中消失得一乾二淨，因為「房兆麟」及「房氏地產」先下手為強，做出與對方相同的決定，搶去對方應得的機會。就像預先獲知賽馬結果，預先押注必定獲勝的馬匹，自然可以輕鬆贏出。

那怕此番臆測過於荒謬，可是我逐年逐條比對，發現相似度幾達百分之百。父親就像抄功課的小孩子，別人在做甚麼，他先一步去做。越加比對，越令我相信自己的妄想。說不定歷史就是這樣，在不為人知下悄無聲息地改變，不然根本無法合理解釋其發家致富的真相。

原本是貧困的建築工人，緣何經歷大爆炸後大難不死，更忽然富貴起來，成為一方富豪？在喪禮上忽發奇想，料定荔枝莊大爆炸事件中，必然存在扭轉他們命運的轉捩點。

第參回　刀過嶺頭存道義
網竊人跡惹風波

荔枝莊大爆炸發生於一九七二年七月三十日，根據舊報章上的報導，事發時間約為當天早上九時四十六分。天上有異物墮落在山中，其時目擊者只當是ＵＦＯ不明飛行物。警方不容怠忽，即時入山搜索。至下午四時四十九分，才接報荔枝莊有人命傷亡，確定異物墮落的位置。

其時荔枝莊正在興建新式高級別墅，主打遠離市區的臨海高尚住宅區。當警方接報到場時，災場尚有星火焚燃。遍地肢體不全的建築工人屍體，層疊血跡及穢臭，一片狼藉。其時瓦礫糜爛，滿目瘡痍，齏粉四散。有少數記者勾取警方內部通信，緊隨潛入偷拍，所見所遇皆目光怵竦毛骨聳然。在警方調查完成解封前，他們先一步圖文並茂發布，即時引起社會大量討論及關注，同時為這場詭異莫明的災難加添無數神祕感。

事後現場僅有當日正在地盤範圍工作的父親及趙京逸兩位生還者獲救，據他們證供表示，當天天上飛來一顆火球，正面擊向地盤。眾人感受到灼熱的高溫，紛紛撇下工作逃走，卻避之不及。瞬間刮起一道飆風，裹挾巨大之力，撼動天地。即使父親及趙京逸恰好人在地盤範圍外，又跑得快，只聽身後一聲巨響，人伴隨其他沙石吹飛仆倒昏迷。當醒來後如同隔世，二人只好跑到山腳下的鄉村問村民借電話報警。

關於這場大爆炸，後來無數人深入研究。雖然父親他們描述成隕石撞擊，可是現場並沒有找到預期中的隕石坑以及撞擊礦物。國家天文局亦表示事發當天未觀察到有隕星衝入大氣層，否定是隕星撞擊。時人亦有提出ＵＦＯ墜落說，可是墜毀地點未有發現不明金屬物，而且一點兒也不像發生過「大爆炸」。

雖然庭樹盡拔，卻不是統一向爆炸中心相反的方向傾倒，亦無焚燎之跡。現場興建中的地盤大體安好無毀，但亦有器材受破壞傾翻，牆壁部分燒裂及批盪剝落。如果是大爆炸，理應「一視同仁」全數摧毀；如果是人為，卻超出人力可以達成的程度。科學鑑證表示，需要攝氏二千多度的高溫，才能重現現場燒灼過的痕跡。

搜集得到的屍體與當日出勤工作的工人數量不符，部分死者連屍骸都不見。由於極度匪夷所思，即使警方懷疑父親他們參與大型謀殺，亦因為證據不足而釋放。畢竟任誰目睹現場的破壞程度，都不可能認為那是人類之力可以達成。事後該地盤的承建商無法支付死者家屬的賠款而破產，持有土地的地產商找不到新投資者及承建商，加之大眾口耳相傳，流傳有幽靈妖魔出沒，成為忌諱的土地，不得不放棄發展。經年下來荒廢後，反而成為少數人的靈探聖地。

很多人認為父親及趙京逸就是靠著當時獲得的賠償金而致富，我對此不敢苟同。確實有那一筆意外之財方可開始大展拳腳，但如果投資失誤亦會瞬間破產清場。能夠果斷地兼併組合好幾家工廠，超前時人概念提早實行產業鏈整合降低成本，以及更高效的物流庫存系統，如此劃時代的經營模式，不可能出自兩位長年搬運水泥及紮鐵釘板的工人身上。

從早上九時許不明異物墜落，到下午接近五時警方才接報確定位置，中間父親及趙京逸只說昏迷不醒，恐怕均是謊言。中間也許發生了某些事，甚至是從那場意外中獲得這部電子書，從而改變命運。

我在廢墟中慢慢打轉，遙想當年事發真貌，企圖尋找蛛絲馬跡。一便風來，穿林打葉聲沙沙而至，噼里啪啦打在鄰旁被粗樹幹侵凌的牆壁處。灰色悲愴的古典墨跡配上犧牲凋零的音樂美，一股悲劇的冷寂感包圍全身。

即使日照正中，仍然有一股寒意透體。就像鬼話中的鬧鬼地點，似乎想將我澈底吞噬。不愧是靈探聖地，說不定晚上會鬧鬼。雖然我努力搜索，然而事件發生那麼久，這處早就有不少人出入冒險，幾乎連泥地都翻了幾翻，再怎麼粗心大意都不可能留下甚麼線索等到今天才讓我入手。故此能否有新發現，實屬渺茫。

不經不覺下來到一棟比較完整的別墅前，大門鋪滿灰塵，僅僅靠近已經嗆灼喉嚨，手按在門柄上即時盡墨。我忍受著難耐的霉塵味打量，大門並未加裝鎖頭。門好重，蠻難推的。兩隻手掌忍受污塵拍上去貼上去，費好一番勁下，依然四平八穩紋風不動。

縱然我這位弱女子在這兒撒嬌，亦無人過來幫忙。遠離文明世界，好比蠻荒古原，所有文明社會的常識統統不再通用。幸好我向來不服輸，沒理由山長水遠而來，未嘗仔細尋覓便空手而還。

捋起衣袖伸出纖幼的胳膊，以全身之力硬撞上去，拚命一番才成功破開。映入眼簾的是一間充滿灰塵的大廳，地板塵埃厚得像灰毛地毯一樣。我的厚底鞋才剛踏上去，便留下一個清楚的腳印。

蜘蛛網都互相串聯，連結成巨大的絲網，霸佔整塊天花板。一粒粒細小的蜘蛛驚覺外敵進入，手忙腳亂在空氣中競爬疾奔。幸虧沒有蟑螂夾道歡迎，不然我會嚇得即時轉身逃出去。

除去沒有人氣外，就未有特別奇怪的地方。寬下心來後，開始仔細觀察大廳。大廳別無家具，正面是通往二樓的階梯，左右兩邊似乎是通往其他設施，卻只架設一半就永久廢棄。二樓上面亦未建成，空蕩無牆，僅餘幾棟柱樑豎天。

再有風吹起，陣陣陰寒從裙下鑽進來。明明是秋季，卻冷的要死，比冬天更冷。理應是正午，陽光卻大半都被周遭的鬱林遮蔽，顯得森寒寂靜。

事隔接近四十多年，事件早就自大眾中淡忘，再也無人關心這裏發生過的事。驀然回首，惟有自己一路走來的足跡，深深遺落在塵埃上。

大腦反覆思考時，突然樓下傳來不乎尋常的碰撞聲。在空蕩寂靜的廢屋內，卻變成回音不息的巨響，撼人心神。

誰會捨棄方便道路，鑽到非行山徑指定的範圍，走到這荒山野嶺的廢墟中？除非像我主動而來，不然沒可能會有人路過。我頓時警覺回首，來者決非偶然路過，莫非是其他遠道而來的旅行者嗎？

「是誰？」我大聲詢問，樓下無人回應，彷彿剛才的足音只是一時幻聽。我冒出不祥的兆頭，翻找隨身攜帶的手袋，手機錢包化妝品紙巾衛生巾……半件可以護身的武器都沒有。取出手機，居然收不到訊號，未免倒楣透頂。一旦離開文明社會，即時變得無能為力，令人感慨良多。

光是瞪著眼是不會有任何改變，我凝神戒備。假如來者不善，大不了即刻逃跑。慢慢步下梯間，地下似乎沒有動靜。我才拐過彎，上半身俯出梯角，突如其來脖子被繩圈套著，整個人扯出去，摔落在地上。

「唔唔唔……」

一位戴著鴨舌帽的男人將我扯出來，摔倒在堅硬的石地上。我嚇得張口大叫，對方分秒必爭，閃電騎乘跪在我身上，雙腿壓著我雙手，將一塊髒臭的破布塞入我的嘴，雙手扯著繩子緊勒。全套動作一氣呵成，連反應都來不及，就此被對方制服下來。

拚命掙扎叫喊，可是嘴巴無法叫出來。全身頓時非常難受，恐懼就像輻射般擴散出來，真切地感受到對方想痛下殺手。我豈願束手待斃，然而雙腳無助地踢動，不消多時已經無法呼吸，眼前暈眩，神志迷糊間見到有人撲來，將襲擊者迫退。

匆匆扯脫繩子，拔出塞在嘴中的破布，吐出幾沫混和異味的唾液，呼吸持續顫抖。右半邊臉頰皮膚與地面磨擦痛損，視野漸漸恢復，目睹有兩個男人在眼前纏鬥。戴著鴨舌帽的男人手中揮舞一根鐵棍，邊戰邊逃。追擊他的是一位比較年青的男子，身上衣衫襤褸破舊，但右手執著明晃晃的小刀，幾乎像是不要命的撲去。

男人見對方動作迅速，居然早一步攔住去路，只好迫著反擊。右手肘部略彎，短棒朝前壓下探出，抖然間棒頭斜前揮去。同時左臂曲肘，護住肋骨，虛步提進。

豈料男子出刀為虛，出腳為實。看準對方右前左後，上半身退後，下半身伸腳，直蹬向對方右腿膝蓋上。男人中招吃痛，身子側過去，試圖收招後撤，男子迅即反擊。整個人如同猛虎，提刀刺襲。

男人腰旋，左拳伸出，這一衝依然是掩眼花招，左右前後互換，如此姿勢進退中皆能發力。男子下半身挫步急煞彈起，半空逆時針自旋一百八十度。人在轉，刀卻忽然不見。在自旋同時以自身遮蔽手心的刀，阻止對方雙眼追逐刀刃。仗著離心力下右手刀刃劃前，乾脆利落，快出快收，拂鍾無聲。

男人只見對方跳到自己左邊，正是左手臂膀外，連對方怎樣出手都瞧不見，左臂就吃了一刀。傷口深至見骨，血水湧泉灑噴。

「嗚啊啊啊啊！」

二人出手異常快絕，那怕招來招往，舞動如飛花，其實交手只有不足一分鐘，已經判明勝負。

男人狼狽慘呼，步履不穩地倒退。以為他劣勢難挽，豈料右手猶如瘋子般拿起錘子敲鐵釘一樣，猛錘敲去。男子彷彿早知如此，整個人伏下避開，同時足蹬閃去敵人右邊，以對手右臂為墊。對方右手揮棒，一時間來不及收招，閃電間右肩被捅一刀。

男人痛得右手手指半鬆，男子毫無半分猶豫，小刀拋出，右手划去對方掌口。男人在劇痛間五指鬆開，對手強行奪走鐵棍。

鐵棍拋起，左手執住小刀，半空傳遞交換武器。整套動作絕無半分猶豫，行雲流水，比雜耍藝技更要誇張。突然出手相助的男子，在兩三招間輕鬆瓦解襲擊者的威脅。

當男人下盤失衡，跌坐在草地上時，男子並未有打算放過他。眼神閃出殺意，如同機械般，拿著棍子往對方頭上掄。這個掄可不是瞎掄，他的胳膊一甩，棍子從上到下向下劈擊，力達棍梢，彷彿甩鞭子一樣將棍子甩出去，而後再迅速收回。

說時遲那時快，只聽得「噗通」一聲，血花四濺，連旁觀的我臉上都沾上數滴。

等一會，騙人吧。雖然鴨舌帽男人想殺我，但為反擊而意圖殺死對方，已經超過法律允許的範圍了。

每一棍都精準劈中男人額上，默默重複著往下摟劈，男人由痛叫變成求饒，最後連聲音都沒有。半邊腦袋被削，手腳兀自在地下微弱抖動，鮮血直冒流，漸漸化為布團攤在地上。

我目定口呆的觀看完畢，人生頭一次目睹殺人，禁不住心驚肉跳，手腳早就嚇得酸軟。

棍棒小心翼翼戳穿皮膚，確認對方百分百死亡，男子才願意撤手。他遍體血污，大剌剌手執利刃，桀驁不馴地如同獵豹迫近。

在這片鳥不生蛋的地方，怎麼可能會有好心的路人拔刀相助？走了一頭狼，迎來一頭老虎。突然現身的謎之男子，輕鬆解決比他更年長體壯的男人，精準純熟的殺人手法，處處透露出危險的氣息。

我腰腿無力，仍未能起立。望著他漸漸接近，心臟「噗噗」狂跳。距離死亡越來越近，腦袋卻清晰無比，思考漸快。瞪著他那張蓬垢亂髮污臉，端視五官，倏地想到有幾分眼熟，不知道在哪裏見過。

不！我肯定是見過他！

「你……你是馮子健？」

對方左手緊緊攥著的刀尖明晃，抵在我的咽喉上。只需輕輕往前一切，我就即時歸天。

「妳認識我？」

「全國頭號通緝犯，外貌早就在各大小媒體公布，街知巷聞，怎麼可能不認識你？」

雖然頭髮比照片更長，臉容灰暗，下巴滿是刺刺的鬍子。但從面容輪廓，依稀可辨他就是年僅廿四歲，中國有史以來最年青最凶惡最危險的頭號通緝犯馮子健。自兩年前起陸續殘忍地殺死國內六位知名暢銷作家，由此獲得「作家殺手」外號。報章電視不時刊登他的通緝相片及警方報導，懸紅的獎金已累進達三千萬新民幣。

馮子健聽完我的回答，僅是「哦」的一聲，反問道：「房家大小姐，為何要來這片荒郊野外？」

馮及健竟然認識我？

自問自己絕少接受採訪，即使近來因為父親喪禮而廣受傳媒採訪，鏡頭及鎂光燈均集中在母兄身上，可沒有半位記者來訪問我。照道理一般外人，是不可能認識我的樣子。

「房宛萍，莫非妳是啞的嗎？」

「才……才不是！」

想不通他為何認識我，我也不曾記得自己認識他，或是曾與之見面。說得直白一點，我決不可能與一位殺人通緝犯有任何交往。

「既然不是啞巴，應該有話要對我說吧？」

我莫名奇妙反問道：「我都不認識你，有……有甚麼話要說？」

「一般而言『承蒙出手相助，在此謝過』之類高聲道謝，同時拱手行禮……」

還有人會盡那樣古怪的禮數嗎？我忍不住打斷他道：「現在是拍古裝武俠片嗎？」

一時衝口而出，方知道闖禍。畢竟對方乃殺人犯，何況涼涼的刀刃尚貼在脖子上。萬一招惹他不高興，我絕對會命喪當場。何況為隱瞞行蹤，甚至殺我滅口。

姑勿論如何，對方確實出手相助，至少要好好道謝。

「謝謝你。」

馮子健右手一撤，收刀回腰後。我慢慢撐起雙足站起來，但還是比他矮。眼見通緝犯近在眼前，似乎未有殺我的打算，不由得冷靜地觀察起來。

「為何要救我？」

「我最近匿藏在這裏，見到妳被人襲擊，所以拔刀相助。」

路見不平，拔刀相助，原是美事。但對方是殺人犯，頓時格格不入，予人疑竇。

「你該不會想殺人滅口嗎？」

馮子健指指自己：「我像殺人犯嗎？」

我看不透他心底在想甚麼，怯懦起來：「電視和報紙都是那樣說。」

「別人說的妳就相信嗎？傳媒的報導就是真實嗎？」

忽然間腦袋一怔，說得太有道理，我一時之間無法出口反駁。「我確實是殺人犯，那樣又如何？」

「誒？你是不是在開玩笑？」

「沒有，全部是事實。」

自己蒙受對方救命之恩，乃鐵一般的事實。若然我轉頭就跑去報警出賣他，於情不合；可是視若無睹任由他逍遙法外，亦於理不合。我內心幾番掙扎，生怕得罪他，嘗試充作鎮定道：「放心！你是我的救命恩人，我絕對不會出賣你！不會報警的！」

「不用擔心，我不會殺妳的，因為妳是『她』的恩人。」

「恩人？我？」

我以為自己聽錯了，再問一遍道。

馮子健認真地道：「因為妳曾經幫助過『她』，所以我才會幫妳，這是報恩。」

我見他說得真誠，眼眸毫無滲漏半點謊言，不由得內心一顫。四目交視當中，那雙眼睛炯亮不帶邪念，如此正直，讓我想起父親。父親向我說話時，同樣是抱著這樣剛正凜冽的眼神。

甚麼啦？為何完全不像是罪犯應有的眼神啊！

「『她』是……」「妳為何會被職業殺手盯上？」

當我想打探「她」姓甚名誰前，馮子健早一步插口打斷。雖然非常在意他口中的「她」是誰，而自己何時於對方有恩，但我被他拋過來的問題嚇一跳。事涉己身，不得不先關注問道：「職業殺手？」

馮子健走去屍體那邊，以腳踢開四肢攤直過來，才招呼我過去。

我遲疑半刻，才稍稍走近，他逐一指著屍體身上各部分道：「仔細觀察這個男人，未有攜帶背包盛物。隨身只攜有繩索及短棍，不帶飲用水，連水壺都沒有，顯然不是行山者標準攜帶的裝備。若然是攀岩，他穿的不是登山用的釘鞋，僅是一般市販運動鞋。這樣的裝備，根本不可能是到此登山或遠足，甚至是預定辦事完畢後及早回去市區。」

話說回頭，我好像也是差不多的打扮……

「難道他不能夠來探索遺跡嗎？」

「如果是來探險的怎麼可能襲殺一般人？」

我無法反駁，大膽靠近屍體。馮子健提起屍體的腳，再蹺起自己的腳比較道：「最近我在這裏一帶經常走動，腳上都沾上黃黑的泥。可是這個人的鞋底並無，顯然不曾在這一帶走動過。像所以這男人既非遠足者，更不是偶爾路過的賊匪，而是特地過來。想必是乘車代步吧，說不定在附近繞一圈便會找到。」

說到「有人想殺死我」，直覺即時想到母兄二人。看樣子有必要認真調查。世界上也許只有她們二人想殺死我，回頭想想他們會這麼隨便讓我離開，說不定那時已經安排好了。

我忽然感到高興：危機者，有危必有機。說不定從殺手身上可以揪出母兄涉案的證據，故此提起精神執意追查，大腦高速轉動：「剛才應該留活口，至少可以審問一番。」

「當時情況危急，讓他成功逃走，遺害更大。」馮子健搖首道：「何況我亦不覺得他會乖乖坦白，畢竟所謂職業殺手都是一層接一層承包指示，對委託詳細一無所知。也罷，死人都可以挖到些情報。如果房小姐需要的話，我可以盡力而為。」

我倒抽一口氣，凝視著眼前人。在社會上生存，我們首先要收起猜疑的心，學會信任別人，才能獲得對方的信任。身為殺人犯的馮子健都沒有提防我，我又何必保持戒心呢？更何況現在我的誤人，是委託職業殺手的幕後黑手才對。

「誒，你能夠挖到越多越好，多多益善。」

馮子健帶領我，摸索男人的足跡，果然在密林另一邊隱藏一輛機車。他掏出從男人身上搜刮回來的鑰匙，逐條嘗試下，果真有一條能成功發動引擎，證明此乃對方座騎。

機車車座裏面藏有頭盔及背包，馮子健打開背包，取出一部Semsong的Android手機及一份地圖，上面以紅筆標記荔枝莊別墅的地點。

「也許手機裏有留下紀錄……噢，可惜有密碼鎖上啊。」

馮子健拆開手機，拔出內藏的記憶卡。我愣住半晌後恍然大悟，忍俊不禁嘿嘿大笑。任手機保安措施再好，只要拆除電池拔出記憶卡，就毫無任何安全保障可言。

明明與殺人通緝犯共處，但恐懼的感覺很快消弭於無。甚至直覺認定，對方不會加害於我。

「你有沒有讀卡器？」

「有。」

不能讓證據白白流走，我帶著馮子健回去房車，從後座的行李包中取出Macbook Pro，連接記憶卡。記憶卡儲存不少檔案，其中有數張我居家時的生活照。從成像及角度，似乎是以手機偷拍，清楚可見外貌容姿。最過份的是竟然連我藏在抽屜中的地圖均攝成影像，上面正是我預定前往荔枝莊的筆記。

我臉色越來越難看，馮子健待我臉色好轉後才問：「毋庸置疑，委託人定必就在你身邊，才能肆意偷拍日常生活照，然後將之傳給殺手，方便他認住你的樣子。」

對方還特意將我的行程洩露出去，難怪殺手會來到荔枝莊。

「房府向來不是任由閒雜人等自由出入的地方……絕對是內鬼所為。」我雙拳緊握，按捺怒火問：「馮子健，你能否破解它，取出更多資料？」

「相片上的EXIF資訊都清理乾淨，不能反調查拍攝者是用甚麼手機。非常不巧，我手邊沒有破解Android的軟件及工具。」

「EXIF？甚麼來的？也罷，言下之意，只要有合適的軟件及工具，你便能夠破解嗎？」

馮子健輕鬆點頭，我將記憶卡及手機都一併交到其手上：「需要甚麼軟件或工具？」

話既出口，開始稍微後悔。雖然對方說願意「報恩」，可是我們才剛照臉，就像平日工作般將他當成下屬隨便支使，委實說不過去。

更何況我拜託通緝犯抽空幫忙破解手機，是不是搞錯了甚麼呢？還不可能完全相信他。

「軟件我可以上網下載，至於工具嘛……至少需要一條連接電腦及手機的傳輸線。」一冷冽凝重的氣氛，至此稍稍緩和。忽然間我內心冒起一個大膽的念頭，覺得這個男人可以利用。

我不知道馮子健的底細來歷，但適才適所，能用即用。

不要錯過任何一個機會，要活用所有可以利用的棋子。

職業殺手必然是母兄派來，欲置我於死地。他們萬萬料不到，我大難不死，更要回去反將一軍。

我不曾忘記父親的死，更沒有放下對母兄的憎恨。原本我打算留學時靜待時機，組織力量反擊，豈料母兄會先一步出手對付我。看來上天還是願意站在我這邊，難得有機會手執把柄，趁他們耽溺在勝利者的愉悅中，偷偷背刺一刀，絕對能夠全數連本帶利，將父親的一切都奪回來。

即使懷疑母兄派遣殺手，但未有充份證據前，根本無力反擊。凡事戒急用忍，提防對方另一手準備，連後著都要考慮。

無論是商場上，抑或是人生上，笑到最後的人才是真正贏家。

如今自己孤身一人，避免打草驚蛇下，想找出「看不見的敵人」，必須依賴馮子健。身為全國通緝犯，能夠長時間與警方周旋，仍未落入法網，足見有一定智慧；加之身手不凡，能夠保護自己，正是難得一見智勇雙全。

人與人之間的動力全繫於「利益」二字：只有付出足夠的收獲，才有等量的回報。雖然不明白對方「報恩」的意思，但我亦不能任由他做白功，遂豪邁地向馮子健作出承諾道：「安心吧，在保護我的期間，我亦會想辦法教警察抓不到你。甚至事後安排你離境，偷渡出國，都不成問題。」

只要扳倒母兄，重新掌控房氏地產，自然能夠辦到那些小事。

「真是有夠任性橫蠻的大小姐……你的好意我心領了，我留在國內還有事做。就算要出國，也是之後的事。」

我聽著淺淺一笑：「大小姐本來就有權任性橫蠻。」

望著我的笑容，他臉上一紅，別過頭去。我嗅到他純情的一臉，果然美人計很方便。

馮子健先回去處置屍體，將之拖入森林中，忙碌接近一小時才回來。我打量他那副髒兮兮的穿著，問他有否其他衣服。馮子健攤手，說可以到附近的鄉村偷幾件回來。

「不用了！我買給你！」

當下最緊要是快點抓出母兄聯絡殺手的證據，不應為籌謀區區幾件衣服而浪費時間。錢可以解決的問題，從來都不是問題。

馮子健特地回去負起一個沉甸甸的背囊，我帶同他上車駛到市區，先購下幾套男裝，順便理髮打扮，再駛至酒店訂下一間雙人房。也許一切行動都大搖大擺光明正大，居然沒有半個人起疑。

確實一位全國通緝犯，哪有可能出入名店，用ＶＩＰ信用卡付款呢？

經由理髮師悉心打理後，馮子健瞬間變成帥哥，更加無法與通緝犯的照片連繫起來。

酒店的經理一見到我這位老顧客就殷切招待，取出白金信用卡後更加笑得眼睛瞇成一條縫，從速安排我們入住高級套房。期間馮子健以帽子遮頭，如同護衛般陪同我出入，亦無引來他人注意。

我一邊叫馮子健自便，一邊撥電話吩咐廚房準備兩人份的廚師精選晚飯，直接送到房間。然後忘記種種疲勞，舒服地臥在闊大柔軟的大床上。

啊，果然這才是人應該享受的生活。以我目前的財力，租住五星級酒店幾年，都不成問題。馮子健似乎不大領情，第一時間借去我的Macbook Pro，專心破解手機。後以詩述曰：

生死浮沉一線懸　驚鴻掠水出英拳
疑誰暗箭謀君命　俠士酬恩暗結緣

第肆回　藏身酒店窺慟訊

現影飛彈絕鬪塵

話說回頭，孤男寡女共處一室，而且其中一人是殺人犯，真的沒有問題嗎？

「雙人房真的沒問題嗎？」

最先提問的不是我，而是殺人犯。

「難道要兩間單人房？別那麼麻煩！何況你說過殺手隨時可能再來，若然你不在我身邊，有個萬一時該怎麼辦？再說你都不怕我舉報你，為何我反而要避忌這些事？」

雖然是女人，但我向來不拘泥在這些小事上。只有那些自我感覺良好過頭，低水準沒智慧的女人，才會嚴防男女之別，一股腦兒視全部男人為色情罪犯，冒出奇怪想法。

馮子健聳聳肩，繼續埋首在Macbook Pro螢幕前，懶得與我糾纏下去。

不多時服務員推著餐車內進，留下雙人份的晚餐。不愧是五星級酒店，光是賣相及味道就與別不同。

二人吃飯時，我簡略交代家庭內情、父親死亡至出走的事。既然對方是合作者，總得有一定的互信。不意重提到傷心處，不自覺下心房刺痛，低頭飲泣。馮子健默默聆聽，不發一言下遞來紙巾。

「十有八九，是母兄他們派來的。」我斬釘截鐵道：「他們早就看我不順眼，公司的董事亦不希望我回去。只要我死了，他們便高枕無憂，一了百了。」

說至此處，馮子健突然插口道：「我不覺得令堂及令兄是幕後黑手。」

「為甚麼？」

「聘請殺手才不是那麼簡單的事，最簡單的是如何聯絡殺手？妳以為是像便利店，隨便走幾條街就有寶號營業嗎？抑或在報紙上刊登招聘殺手的啟事？」

我遭他噴話質詢，一時之間無法回答，因為根本沒有考慮過如此複雜的問題。馮子健嘆一口氣，繼續說明道：「現在個體營業者非常少，很多都透過代理人或仲介組織接洽生意。最新最先進的業者，紛紛進駐於暗網上經營，妳需要連上暗網聯絡，連交易都用電子貨幣Bitcoin。」

「等一會，為何你對此如此詳細如數家珍？」

「妳別管。」

「暗網到底是甚麼？Bitcoin又是甚麼？」

馮子健見我毫無認識，遂花費好幾分鐘進行簡單的說明，待我理解後才續道：「委託人、仲介、殺手三者可謂不相往來，一切透過網絡對話傳遞任務，完成後亦以網絡交代，大家都不用出面。連租賃軍火都一樣，全部電子化暗網化，從而保障三方安全。當然亦有部分傳統業者，仍然用最老舊的方法口頭交接，更加難以跟蹤。」

適者生存，殺手行業都要現代化電子化，令我嘆服。

「不是所有殺手都會自費買槍，畢竟管理及維護都非常麻煩，而且不是每次任務都需要使用。所以傾向是有需要時再找租賃的組織租借槍枝及彈藥，任務完成後歸還。過往還需要到隱密的地點交易，現在都是網上進行，然後透過行李寄存櫃轉移。」

馮子健所說的事，我全部聞所未聞，不禁勾起好奇心。可惜現在無暇細故，我想先解決敵人。

「若然母兄不是兇手，那麼還有誰想殺死我？」

「要是現在妳死去，誰會是最大得益者？」

我白了他一眼：「不就是母兄嗎？」

「眾所周知，妳們為遺產而不和。一旦妳發生任何意外，他們只會是第一嫌疑犯。我心想他們不會這麼笨，自己惹麻煩上身。」馮子健有條不紊分析道：「從殺手的遺物可以肯定，委託人絕對是妳身邊的人。想想看，誰能夠輕鬆拍攝私人生活近照，而且知道妳今天會去荔枝莊，有沒有頭緒？」

「府上少說有十多位傭人，怎麼可能知道誰是兇手？至於抽屜的鑰匙，理應只有我身上一條，連傭人都沒有。」

「你認真想想，鑰匙真的只有一條？貴府上誰有後備鑰匙？」

「沒有！鑰匙只有我手上這一條。」

「你提過平時會鎖上抽屜，但今早出門時卻發現未上鎖，恐怕犯人已經複製好鑰匙，隨時可以打開。既然如此，一條也好兩條也好，都毫無意義。」

我聞言不禁蹙眉，可是對於誰會私下複製鑰匙，卻茫無頭緒。

馮子健不意間問：「姑且想問一句，為何今天要去荔枝莊？那處一片荒涼，才不是旅遊景點。」

「只不過是想看看能否見到父親的靈魂……據說那裏是靈探聖地……」

我當然不可能將電子書，以及懷疑父親發達的事坦誠說出來。再者那些事與本事件無關，略而不述亦無問題。

雖然是臨時編造的謊言，卻無法否定內心曾經有一絲相同的念頭。至今自己仍然感到內疚，質

疑當天為何未能見父親最後一面。

馮子健聞言後低頭沉思，還是搖頭：「說不通啊，你的地圖只是圈著荔枝莊，以及行車路線。就算府上內鬼順利拉開抽屜發現地圖，他怎麼可能確定妳必定於今天前去該處？難道你曾經向人提過今天的行程嗎？」

「當然沒有！」

馮子健吟聲，默默吃飯，不再追問下去。

飯後手機破解完成，馮子健將ＳＩＭ卡拔出，遮蔽前鏡頭。啟動手機，上面是熟悉的Samsung Android手機介面，桌面十分簡陋，並無冗贅的ＡＰＰ。馮子健未發現有任何聯絡訊息，嘗試進一步查看通話紀錄。豈料才望一眼，臉上即時變色。

「糟糕，中招了。」

「中招？」

「殺手每隔兩小時會撥一次到一組號碼去，似乎是作定時匯報。當然死後就中斷，對方收不到匯報後，估計會視為任務失敗。」

「不……不會吧？」

「一般流程上是仲介受理任務後，聯絡相熟的殺手，像判頭般分配工作。當然雙方都會用比較隱密的方法聯絡，比方說之前提到的暗網等，傳送目標的資料，置入手機隨身攜帶，方便點相認人。」馮子健娓娓說明道：「殺人並不麻煩，小孩子都會。普通人一時衝動殺人，並不懂如何處理屍體等善後功夫。於當今科學鑑識融入辦案偵查，在蒐集證據上更進一步，令破案率越來越高。殺

手最大的本事及價值，在於專業事後處置，不會讓人發現凶手是誰，甚至誤導搜查。」

他撿起那張只有指頭般微小的ＳＩＭ卡道：「當然更傳統低廉的手法，就是利用市販的儲值ＳＩＭ卡進行通信。不選擇與電訊商簽約，而是購買儲值的ＳＩＭ卡，每一宗交易都只用一張ＳＩＭ，號碼用完即棄，保持最大隱密性。就算發生任何意外，都可以方便地消匿證據，隱藏用家身分。」

「即是說手機中僅有的那組電話號碼已經無法使用？」

「千萬別撥過去，對方必然早有提防，甚至反過來追蹤我們位置。」馮子健甚為氣餒，抓頭皺眉，意外地感到棘手：「殺手向來事前規劃部署，殺人及處理一條龍辦妥，最好是連屍體都沒有留下的完美犯罪。如今聯絡中斷，顯然原本的殺手凶多吉少。仲介已經接下工作，並非再安排另一位殺手接任如此簡單，更要想辦法調查事發詳細，究竟哪個步驟出錯，確保不會洩露自己這邊的情報。」

他繼續檢查手機，發現內藏一個追蹤的ＡＰＰ。馮子健不敢直接連上Wifi，以數據線接駁Macbook Pro再通過酒店的光纖線上網。只見啟動後ＡＰＰ即時進行定位，居然是指向現在下塌的酒店，我與馮子健臉上同時變色。

「果然我沒有猜錯，你身上應該有跟蹤器。」

「居然有這樣的事？」

我無比震驚，事態刻不容緩，馮子健二話不說即時叫我將手機取出來。他第一眼便盯上我的jPhone，強行關機，一併丟入雪櫃中。

「喂，你在做甚麼？」

「這個APP通過在手機植入木馬然後遙距監控定位。Android系統隨便下載一個APK檔案即可安裝，完成後會偽裝成內部文件，澈底隱藏於在手機中。iPhone則比較麻煩，基本上一定要JB，或是比較舊的版本，鑽漏洞安裝。另外亦可與特定的跟蹤器佩對，然後持續通信。」馮子健似乎預估到我多半聽不懂，也就不再多說，直接講解道：「雖然人跡罕至的荔枝莊是絕佳殺人場所，但並非長時間吃陰風等待美人的場所。殺手不然呆在荔枝莊守株待兔，必然是透過跟蹤器，才能掌握你的行程，在荔枝莊出手施襲。」

為安全起見，他嘗試將殺手的電話中安裝的跟蹤APP重啟，檢查一趟。確認跟蹤訊號消失，即時將殺手的手機關閉，拔出電池，同樣留在雪櫃中冷藏。

為何將手機藏在雪櫃內？他說這樣能一定程度防竊聽防跟蹤。

「有需要做到這地步嗎？」

「就算關上手機，由於電池仍留有電源，可以持續暗中工作。倒是這下確鑿無疑，妳身邊必然有內鬼，很大可能他就是幕後黑手。」

「手機我一直沒有離手，亦沒有交給其他人……」

「包括睡覺的時候嗎？」

我一時語窒，猶強辯道：「我睡覺時是鎖上房門的。」

「對方連妳書桌的抽屜都能隨便打開，鎖上房門有意義嗎？」

我無法反駁他的話，退一步而言，傭人可以取用後備鑰匙打開房門，比打開抽屜更簡單。

「那麼我們需要離開這裏嗎？或是換房間比較好？」

「單憑手機的GPS追蹤定位未必準確，恐怕對方只能掌握在這間酒店附近，但無可能得知確實房號。這間酒店少說也有上百間房……等一會，妳是用真名登記嗎？」

「放心，我身為VIP，酒店方面是用暗號登記，不會明目記在帳上。何況身為五星級商務酒店，這點服務是基本中的基本。」

為何商人需要這項服務？當然有各種各樣的理由，此處按下不表。

馮子健聞言鬆一口氣：「如今夜深，一時之間難以覓得更好的地點。與其匆忙轉移，倒不如留在原地，以不變應萬變。」

「嗯，都依你的指示。」

在逃亡隱匿方面，馮子健絕對是專家，我當然不會自作主張胡亂反對。

晚上入浴洗澡，在全身鏡中怔怔望著自己全裸的身體，忽然有一股陌生感。雖然只是短短的一天，可是卻像是經歷很多事一樣，難以言喻地輕嘆一口氣。

與馮子健相識不過一日，老實說我壓根兒不了解他。為何要報恩，為何成為通緝犯，為何要殺死知名作家……一概都沒有過問。

那怕不知道馮子健的來歷背景，可是我卻莫名其妙地信任他。即使隔著一道門，我都確信他會守在門外，不會突然離開，拋下我置之不管。

馮子健與我不同，只消幾分鐘就沖完身體，換上新的衣服步出沿室。其速度之快，甚至讓我質問他是否隨便換一套衣服，洗濕頭髮就權當洗澡。

當我大呼呼睡在床上時，他持續守夜，半步不移。睡前祈求夢中可以見到父親，可惜事與願違，直到早上醒來，依然徹夜無夢。

翌天已經是另一個世界。

電視機新聞報導房府在深夜時份大爆炸，發出洪洪烈火。消防車接報再趕到現場，狙近今晨七時方滅火完成。記者接報後徹夜輪守報導，望著螢幕中房府遭祝融之災，我激動不已，幾乎要瘋了！

「為何會這樣？到底是誰幹的？」

由於事發在夜深時份，估計別墅中所有人都在睡夢中。受訪時現場指揮官表示鑑於火勢持續猛烈，消防員尚未能進入災場，亦未發現有人逃出，認為發現倖存者的希望極度渺茫。

我一直詛咒母兄早日歸西，可是並沒有包括房府上下所有傭人啊！他們都是無辜的，尤其是權叔，如同我的家人，所有人都為房家工作，盡忠職守，怎麼會得到如此下場呢？

馮子健持續盯著電視，借用我的Macbook Pro上網看新聞，整體各家報章詳細的文字報導，然後徐徐對我分析道：「爆炸歸爆炸，起火歸起火。爆炸後別墅倒塌，或許過程中點燃易燃物而引發大火。即使這樣威力未免太猛，能產生如此誇張的火勢，估計是有相當的助燃物才能辦到。」

傷心之餘，我的理智並未抹去：「難道是內鬼做的嗎？」

「很有可能……可是我們眼下沒有證據。」

母兄意外死亡原是好事，但想起權叔他們枉死，便無法舒暢高興。我站起身來，即使再憂愁，人死不能復生，在父親死去後，我自信自己能堅強撐下去。何況兇手未抓到，不能讓他逍遙法外。

「馮子健，我打算去警局一趟。」

冷靜地作出判決，我認為自己有需要向警察求助，至少能讓我進入災場憑弔，以及配合警方搜查。當然從長遠而言，母兄死亡是好機會，務需加緊抓牢房氏地產，將所有一切納入我的掌心中。無論如何將眼前危機澈底掌控利用，令自己獲得最大利益，不由得討厭這種過度聰明的商業頭腦。

「別去！」馮子健霍地站起，我明白他的憂慮：「放心，只是我一人過去，你不用跟來。」

「我不是指那方面……」

「發生那麼嚴重的事件，我怎麼可能袖手旁觀？要是我不挺出來，誰去處理這爛攤子？」

總得有人出面處理房府這場災難，至少為權叔他們辦身後事，而且要辦得體面擺闊。

「妳想想看，整件事件太突然太詭異，說不定有人想醞釀某些陰謀。令堂令兄真的死亡嗎？一天不見屍體，一天都不能斷言。整場爆炸案，他們是主謀抑或是被害？到底是誰策劃呢？三人同為遺囑繼承人，現在令堂令兄遭遇爆炸事故，未知生死的情況下，一旦閣下貿然現身，旁人只會質疑妳為何會剛巧不在家中？為何只有妳平安無事？懷疑妳是否妒嫉令堂令兄獲得遺產而殺人？」

「我怎麼可能會做出那些事？」

「任妳如何主張，都無法改變旁人的觀點議論，更不要提警方必然如我所述，懷疑妳就是爆炸案的主謀。」

「神經病！我光明正大，栽贓都要有證據！」

「栽贓從來都不需要證據，妳沒意識到自己現在有多可疑嗎？單單是和我這位通緝犯共處，已經足夠讓有心人大做文章。」

「只要證供上不提你的名字就沒有問題。」

「沒用的，警察雖然無能，但不是廢物。你知道鑑證界有一句名言嗎？『凡走過的路必留下痕跡』，亦即是羅卡定律。妳不提我的名字，不代表我不存在。荔枝莊的屍體估量一時三刻不會發現，但這間酒店很多人目睹妳和我一同入住，屆時警方必然追問我的身分。妳不說出來，必然惹人疑竇；坦白交代，更加使人懷疑。」

馮子健娓娓分析，我耐心聽完，覺得言之有理。即使聽不懂啥叫羅卡定律，亦想像得到他提出的假設，很有可能成為事實。我坐在床沿，心想思維受情緒左右，一時衝動做錯決定，遂道歉道：「對不起，是我思量不周，差點誤大事。」

「不，歸根究柢，是我連累了妳。」

堂堂頭號通緝犯居然會向我道歉，霎時教人有點手足無措。

「請別說那樣的話！要不是你，我早就在荔枝莊遇害。」我稍頓一會後問：「長此下去，總得想過辦法。如果我不去警局，接下來應該怎樣做？」

「預計大火撲滅後，警方應該會進入災場，展開辨識遺體的工作。不過房府所有人都死掉，現場又毀於一旦，估計鑑證工作非常困難，需時很長。妳離開房家的事並未外傳，估計警方會判定妳為遇難者之一。」馮子健來回踱步，竭力思量道：「現在我們只能等警方辨識災場死者的身分，理論上最後應該會有若干具無法辨認的死者，或是連屍體都未能發現，會一律作失蹤處理。」

「換句話說，『失蹤』的人，很可能是內鬼？」

「可以這樣說，但這項程序曠日持久，我們只能一直等下去。」

「我不介意。」我深明欲速則不達之理，再三權衡後道：「假定犯人引爆房府，隱匿潛逃，即是說世界上只有他知道我仍未死，對吧？」

「看來妳多少都猜到了。」馮子健點頭道：「你說是母兄派出殺手，這點我有所保留，不敢苟同。先假定一切都是『犯人甲』所為，他當然知道妳在爆炸當日不在家，並未死去，那麼此刻必然會針對妳，作出下一步行動。」

「只要有你在身邊保護我，就算是當誘餌都沒問題。」

「怎麼會對我如此放心？」

「我的直覺很準的，第一眼看見你，就澈底相信你了。」

出於報恩而幫助我，這樣的理由想想就覺得荒謬。我所信賴的，是自己的眼睛，相信他那對正直無欺的眼。

由於我們不可能回房府調查，也不便在外面隨便行動，決定繼續躲在酒店房間，隨時接收警方發表的調查進度。

由於我以ＶＩＰ匿名登記入住，期間所有消費全記在帳上，直到離開時才以信用卡支付清還。也就是說，只要不刷卡，就不會留下任何紀錄。然而停車場卻停泊我駕駛的房車，終究留下蛛絲馬跡。為萬無一失，馮子健問我借走車匙，說去「處理」一下。順便澈底調查清楚酒店內外環境，擬定好幾種逃生方法，要求我好好記住。揚言若果發生緊急情況，大可以抛下他，自己先一步逃走。

不愧是逃亡專家，時刻未雨綢繆。我隨口應諾，隱然祈求這種情況不會發生。如今連惟一歸處都化為瓦礫，無人再迎接我回家。就算一個人逃出去，又能往茫茫四海何方漂泊？

接下來我們幾乎足不出房，靠看電視及報紙跟進案情。在事發之後第二天，即九月十六日，蘭瑟居然現身，主動向警方提供協助。傳媒報導他是父親的私人醫生，在房府居住好幾年，熟悉府上人事環境。警方表示現階段會向他錄取口供，以及聯同災難遇害者辨認小組為遇害者遺體或殘肢進行辨認，預期可以加快工作進度。

我在螢幕上見到蘭瑟，感動得想哭出來。幸好他早於月初離開，得以避過一劫。望見他與我一樣臉有憂色，神態哀傷，不禁難受起來。

馮子健搞不懂我為何臉上夾雜哀喜之情，冷靜問螢幕中人到底是誰。我向他說明蘭瑟的來歷及人品。在我無法現身的時候，由他出面處理房府認屍的工作，無疑是雪中送炭，令我放下心中一大重擔。

馮子健聞知後僅僅是「哦」的一聲，未有表示意見。

此後我們繼續研討案情，他再詳細詢問房府所有人事細節。馮子健總是認為我過度主觀，對母兄二人心存偏見，難以參考，最終沒有得出甚麼像樣的結論。至於坊間的花邊新聞甚至挖回當年的荔枝莊大爆炸一案相提並論，天馬行空大造文章，簡直是創作再創作，更無甚參考價值。

九月十八日中午的新聞報導有新進展，在蘭瑟的協助下警方可以順利掌握房府的原貌，從屍體的死亡位置推測死者的身分，以及點算死者人數。蘭瑟憑記憶將房府上下十多位傭人的姓名交代清楚，得以加快聯絡有關的家屬，進行認屍工作。

當聽到這消息時，我不禁欣慰。蘭瑟對房家真是有情有義，此番大恩大德不知如何報答。

馮子健卻總是皺起眉頭，滿臉不快。我問他在煩惱甚麼，他卻唸道：「妳沒聽過嗎？『禍兮福之所倚，福兮禍之所伏。』」

「為何突然吟起之乎者也？」

馮子健沒有解釋，他的眉頭快要皺成一條直線。我並未有理會，陸續收看其他新聞報導。其餘比較重要的國際大事為英國舉行蘇格蘭獨立公投，贊成獨立佔百分之六十四，反對則佔百分之三十三，餘下的保持中立或沒有意見。英國國會對結果有異議，國際聯盟希望英國實現公投議題。當然完結時少不了恆例的警方呼籲，全國通緝馮子健的報導。螢幕上顯示他的容貌，重申如有舉報且確定無訛，可以獲得賞金報酬。

差點忘記身邊人是全國懸紅通緝的殺人犯，居然會自然地同住一室，如今猶有幾分難以置信。即使電視機中顯示自己的懸紅告示，馮子健依然默不作聲。

「吶，你為何要殺死那幾位作家？」

遇害的六位作家，全部鼎鼎大名，婦孺皆知。比方說斐民賀、婁士昌、孫冰紓等等，那怕我很少看文學類的書籍，都略有所聞。意料之外，換來平淡的回答。

「他們都是罪有應得的。」

「罪有應得？」

「那些事與妳無干。」

果然他還是不願意我再深入多半步。

「這也是呢……嘿嘿嘿。我光是要解決眼前的事，就已經分身乏術了。」我自言自語後，小聲道：「至少讓我幫幫忙也好。」

「那是我的事，不需要妳來插手。」

馮子健臉寒若霜，我識趣地住口，看來這個問題別再深究下去。

待到九月廿一日，警方居然將我指名道姓發配照片至各大傳媒，要求公眾尋人。警方發言人表示，目前可確認的屍體有十五具，五人失蹤，其中在原屬於我的房間位置上未發現屍體。另外警方調查確定，別墅中不見我的房車，認為我並不在家，尚在人間。由於沒有出境紀錄，故此懷疑我仍在九龍市內，希望儘快現身協助調查房府大爆炸一案。

「麻煩了，我們要及早離開這裏。」馮子健幾乎不假思索即時起身替我收拾行李，反應快得不可思議，我問他道：「為甚麼要離開？」

「當妳家醫生蘭瑟協助警方進行辨認屍體的工作時，就應該預知到這樣的結果。那怕屍體焦爛至不能辨識，但死亡位置不會改變。爆炸及火災時間是深夜，死者多半都在床上死亡，所以蘭瑟只要提供府上平面圖及各人睡房位置等相關資料，然後警方發現閣下房間的位置沒有屍體，不難得出『房宛萍尚在生』的情報，進而懷疑妳有可能炸毀房府後潛逃在外。」

「怎麼會這樣？」我強迫自己冷靜下來：「等一會，我想起來了，事發期間酒店經理招待我入住，而且這段日子從未離開酒店，有充份的不在場證明！」

「然後順便向警察說，自己和全國首席通緝犯住在一塊嗎？」

「這個……」

我瞳孔收縮，馮子健罕有地憤怒起來，面容扭曲，一拳搥向牆壁：「妳明白現在自己的情況有多麼不妙嗎？當然我都太大意，應該及早叫你轉移地點，離開這處。」

「沒可能？怎麼我會變成被告？」

「法律只講證據，不講道理。就算妳沒有做，只要表面證供成立，都可以被控入罪。」

「不可能！我才不是犯人！」

「天知地知，我知道妳自己亦知道，可是法官不承認就沒用。光有嘴巴是沒用的，如今凡事都說證據。沒有證據，就算是清白都要含冤受刑。」

「怎麼可能……」

「如今方法只有一個，早一步將真兇抓出來。別說廢話，快快離開這處。」

我還未有心理準備，幸好馮子健老是嘮叨叫我常時準備好逃走的功夫，行李只要快速一捲就收拾妥當。馮子健更快，手一挽捲起背囊，即時可以離開。

絕不甘心甚麼都沒做就被警方當成犯人拘捕，而且更可能連累同行的馮子健，故此我迅速振作：「可是我們從哪裏走？」

「抓緊刷卡之後到銀行收到處理的這段黃金時間，光明正大地從正門結帳離開。」

馮子健是犯罪專家，至今仍未被警察逮捕，故此我澈底相信他。離開前再三俯視樓下街道，確定未有警察或可疑人物接近，匆匆牽著我手衝出房間。

「等一會！」

我正想拉開房門時，馮子健早一步截住我，搖搖頭，示意我站在他身後。他的眉毛快要結成一團，臉上滿是凝重，嘴唇緊閉合成一條薄薄的縫。他將背囊卸在地上，鎮定地道：「你先躲起來。」

「躲哪裏？」

馮子健隨手指指身後。說真的酒店房間不大，一眼明瞭，根本沒有可供躲藏的地方。

「洗手間不行嗎？」

「不行，那邊靠近門口，反而最危險。」他萬分緊張，急急將我推去身後。彈指間全身蹲下，前腿屈膝前弓，全部重量落在前腿上，形成仆步之姿。右手按在腰間，隨時準備拔刀。

明明甚麼都見不到，甚麼都聽不到，可是我就是感覺到有「某些東西」正在門外。心跳不受控地加快，額上滲汗，居然不由自主倒退半步。

「來了。」

馮子健的說話像是警報，左手拉開門。瞬間一記拳頭揮來。然而馮子健猛虎一撲迎將上去，右手小刀似離弦之矢，疾速閃現。門外的人乍驚，蓄勢的一刀吻去咽喉。

我看得心驚膽跳，第二次目睹馮子健出手殺人，依然無法適應，慌忙閉上眼睛。

敵人是一位比馮子健還要高一個頭的男人，挫身側步避開。馮子健卻像不當一回事，小刀像附上磁力主動追去。對手竟然輕飄飄的旋身，自馮子健身側擦入，居然能越過來，直撲來我這邊。

沒有任何準備動作及先兆，好像鏡頭快轉，以驚人的速度閃至我面前。我的大腦猶未作出反應，右腳更被椅子絆倒，屁股摔地。

馮子健右手刀尖回勾，藏於背後，左肩追擊衝前。乘對方不為意前，右手旋臂揮出，小刀朝左劃去。然而「噗」的一聲悶響，敵人左手突然抽出一柄籐棍正手後砍，將小刀攔下。馮子健匆匆回刀變招，兩腳靠攏合齊，突變叉步，右手擺下再折上，揮刀自下身劃一個半圓，刀刃朝左再前刺。

豈料對方反應同樣敏捷，正手橫斬，一棍橫腰掃來。籐棍比小刀更長，馮子健明明在對手跟前出招，倒來不及刺中敵人，反乘對手脅下空隙，滾地穿過回到守我身前。

電光火石間雙方一攻一防，敵人施施然退後，用腳勾踢門口，「啪」的一聲關上，左手的籐棍交到右手。這傢伙由最初就隱藏招數，拳為虛招，棍為實攻。馮子健倒是一貫沉默，左手攤開五指前遞，腳踏子午馬：「菲律賓魔棍？」

「菲律賓魔棍？」

「妳給我貼窗站最後，我製造機會讓你逃走。」

敵人以棍代口，一記正面自上揮落。馮子健隨即屈左膝前弓，右腿蹬直，雙手合攏推刀前挫。刀棍相交，馮子健故意受壓，矮身時突然重心後移，右腳尖外擺，刀刃竟然拖著棍，想借由陰力拖扯對手往前仆去。

敵人右足提前穩住重心，來一記順水推舟，棍頭朝前猛刺。馮子健旋腿扭腰，右手挑牽，將棍夾在自己右腋下，小刀忽而拋付左手接過，相機發力，擦地拉腿滑行同時，左手反手持刀，後擺插去敵人左腹。

敵人不加思考，果斷放棄籐棍，急急拉開距離，堪堪避開來招。馮子健豈容對手甩身，重整姿勢？足隨手運，左足為重心，右腿逆時針旋來，移至敵人左邊。左手揮拳掄去，敵人迫得急，即時舉起左臂格開。

馮子健沒有留手，步步進迫。右拳向下揮出，對手同樣以右臂擋下。雙方拳臂相交，綿密快速，好像事前套路過一樣。下盤亦沒有閒著，互相交互叉入對方下盤，勾引崩其防勢，但雙方總是有辦法拆解。

馮子健的拳法招招不同，有時直勾，有時圓旋，有時以肘代拳，自由而不拘一格。而且手中暗藏小刀，總是看準時機突刺，左右手交替互傳，剁、挑、劃、斬等等，拳刀合璧，變幻多彩。縱然我不懂武術，卻瞧得入迷。

敵人同樣不斷變招，手像靈蛇般騰拿挪移，飄忽遊走，拳頭同樣攔、接、抛、搭、搥、套……不管馮子健如何變招，總是無法突破，持續均勢交合。

雙方綿密推手數十招後，馮子健暗忖久纏不利，突然將小刀棄於右足尖，雙拳并出，沿對方手臂之內側直擊其頭部。敵人雙手合十，強硬插入雙拳中，左右撥開。馮子健右足踢前，明晃晃的刀閃至對方眼前。敵人下意識頭朝後仰，他看準時機右腳重踏下去。對手左腿受壓跪到地上。馮子健巧妙接過小刀，狠狠捅下去。

敵人雙手撐地，後挺翻身，雙腳穿上。馮子健為免被踢中，只好及早抽身，打斷攻勢。雙方拉開距離，馮子健趁機調整呼吸。然而當注意到敵人掏出一支袖珍的手槍時，已然太遲。任他反應再快，都不可能追及子彈的速度。

我先聽到槍聲，隨後才注意到自己胸口中一發。手腳頓時乏力，意識漸漸模糊，倒在地上。痛覺襲來，我卻無法言語，咽喉只能發出微弱的嘶啞聲。眼前盡是黑暗，惟有耳朵聽到接連的打鬥聲，以及某人大呼。究竟在說甚麼，已經聽不到。就算想動半根指頭，都意不由己。

我要死了嗎？死就是這樣一回事嗎？

感覺太兒嬉，堪比三流電影劇本，不負責任地將角色隨便賜死。

明明自己將死，卻滿腦子冒出奇怪的念頭。彷彿浮沉在無垠的深海，手足冰冷沒有知覺，漸漸蠶食自我意識。人生最後關頭，居然有此體驗，實在意料之外。

若問對現世有何留戀，就是痛恨不能見父親最後一臉，最後更不明不白地死去，連加害於我的兇手都不知道，更加心有不甘。

「絕對不能死……」在人生最後，腦子迴響真心真銘的聲音：「我……還想要……見父親最後一面……」

第伍回　歸來歷劫如夢幻

始覺浮生永乖離

最早有記憶的時候是五歲，那時經常發惡夢。永遠想不起關於夢境模糊的內容，但醒來後的身體以至心靈深處，依然殘留下莫以言明的恐懼，切切實實烙在心間。惟一烙印於記憶中的，乃夜深驚醒，在漆黑中哭泣時，父親總是走進睡房，輕輕抱起，搖著我直到睡去。偶爾還附帶上一個親吻，吻在額上，吻在臉上。

「乖，一切都沒事的。」

喜歡父親，喜歡他身上那股獨有的體味。躺在的身邊，比任何地方都要舒適安心。我愛父親，作為血脈相連的人，他是我的一切。無論過去、現在、未來。無法想像，亦拒絕接受，他終會離開我的事實。

睜開眼睛，父親並不在身邊。明亮的光線隔簾滲入，粉紅色的被窩中，身體感受到溫柔軟熟的床舖。四肢暢快，頭腦明晰，自酣睡中醒來，精神格外好。

正因為一切正常，所以一切都不正常。感覺恍如隔世，朦朧間憶起很多紛擾零碎的片段。夢中的一切都快速退去，在眼前轉瞬流逝，不願殘留片刻。

我好像渡過一段非常悲傷的回憶。

我好像經歷過一場非常殘酷的經歷。

我好像遺忘非常重要的事。

在夢中「我」可是與「牠們」戰鬥過……沒錯，不是「他」而是「牠們」，一種說不出口的奇怪生物……夢中無數人向我說話，握過我的手，慎重地交託過某些事。夢醒過來，雙手空空如也，甚麼都沒有，留下一份無法填補的空虛感。

當虛無的夢境連殘渣都沒有剩下，取而代之是失去意識前真切體驗的恐懼。清楚感受到心臟痛徹骨髓的刺痛，絕非惡夢，更非幻覺，「自己曾經被人槍殺」的回憶襲上心頭。

若果我已經死亡，那麼現在又算是甚麼？天堂會特別準備生前同樣佈置的房間？沒可能，開玩笑。我好歹有自知之明，自己從來不是甚麼好人，而且城府深沉，死後理所當然要墮落地獄。

好半晌腦袋慢慢恢復運轉，理順「過去」，區辨「夢境」，解離「現在」。

毫無疑問，這處是自己熟悉的睡房。我打量自己身體，好好的穿著粉紅格仔睡衣。解開鈕扣，裸露的肌膚白皙粉嫩。酥乳如舊堅挺，乳罩如同蚌殼般圓融拔群。任憑我如何摸索，都尋不到彈孔槍傷。

我右手自然地導向床邊的抽屜取出手機，直勾勾盯著好半晌，目光裏充滿驚訝。

民國一零三年，公元二零一四年，八月三十一日，上午六時三十七分。

絕不會忘記這一天，那是應該以朱筆銘刻在心上永不磨滅的日期。

愚蠢地錯失父親最後一面的機會，自此陰陽永隔的日子。

無自覺下起床走到房間內的洗手間，以冷水洗臉，清醒頭腦。舉頭望向鏡子，臉頰紅潤，撫摸良久，依然難以置信會回去「八月三十一日」。

外面陽光普照，與「當天」相同的好天氣。盥洗完畢，花時間整理儀容，長髮疏理得貼服，更特別束起馬尾垂在腦後。就像平時一樣，習慣性打理自己的容貌，以最好的姿態示人。不得不提權叔非常貼心準備的新粉盒，非常適合我的皮膚，而且效果很好。我憶起「之前」在酒店只能用隨身攜帶的少量化妝品應急，只能嗟嘆權叔服務太好，讓我變成廢人。

「不對，我連日經歷的一切，決不可能是幻覺！」

就在我在化妝台前質疑時，手機突然響起來。如同我記憶所知，祕書在同樣的時間致電找我，提醒公司有緊急會議，要我及早回去。

之後的事自然記得一清二楚，我不吃早餐，換上西裝窄裙後，便驅車回公司。隨後於上午十一時廿六分，父親因為心臟病突發不治而辭世。

如此「奇蹟」恐怕只應天上有，那怕無法明瞭其中的原理，但是我確實回到八月三十一日。我默默感謝這份恩賜，同時立下決心，不能重蹈覆轍。

即使祕書說會議如何十萬火急，我都堅持推掉。無論如何都要撥出今天所有時間，留在家中陪伴父親走最後一程。當我想到自己再次面對父親離開，內心再次惻然傷痛。

除此以外，更有更之災。假若幻覺中所有見聞俱為真，即是說房府中出一位叛徒。那位內鬼到底是誰，企圖為何，有何打算，我對此一無所知。

那怕時間重來一遍，如果不能及早將幕後黑手繩之於法，恐怕我亦會再度遇害。如是者揪出身邊協助母兄的內鬼，蒐集母兄僱用殺手的罪證，成為迫在眉睫之事。

我依然懷疑母兄就是犯人，不過憑他們的智商，恐怕不會大膽到炸毀房宅。再者派殺手行刺，如此絕情絕義之事，搞不好是公司那群老而不董事出謀獻策，甚至乎……

「協調他們的內鬼……嗎？」

要將「看不見的敵人」挖出，最好的人選，我第一時間想到馮子健。奈何如今時光倒流，按道理他理應不會認識我。加之對方身為通緝犯，行蹤隱祕，如何能在無垠人海中尋到他呢？

一個人煩惱地抓頭並非辦法，我換上湖水綠色雪紡中袖連身裙，恆例到父親處探視。至於尋找內鬼，以及揪出母兄罪證之事，則先見步行步，容後再談。

權叔開門見到我，高興地道：「老爺剛剛起床，精神很好。」

事實上父親已經昏迷接近一星期了，故此聽到父親轉醒，「第一次」時的我興奮莫明。如今心底明白，父親只是迴光返照，撐不到半天就要離開。默默感激上蒼，容我再次向父親道別。翩翩至床邊請安，如同「當天」一樣，完全看不出眼前人會在幾小時後辭世。

「宛萍……我睡了多久？」

「快一星期了。」

「有……這麼久嗎？」

我慢慢扶起父親，他有氣無力，瞳孔怔怔望向無人處出神好半晌，長吁一口氣道：「我有一個預感，很快就要去了。」

「爸爸……別開玩笑了。」來自未來的我自然知道父親這「預感」並無錯，頓時冒起一股衝動想哭出來。

父親搖頭道：「最近總是夢到老爸，亦即是你爺爺向我招手。我最清楚自己身體，估計撐不了幾天。也許今天不和你說就沒機會……你今天有空嗎？」

形同觀看錄影帶，父親的一舉一動一言一行，完全像重播般如出一徹。之前我一心記掛會議，拒絕聆聽父親的話，以為可以留待下班回來再談，誰料此別即成永訣？

即使生死有定時，我依然貪婪地希望他留下來陪我多一分多一秒。我坐在床沿，彷彿相隔一個世紀之遙，握著父親的手。不願忘記這份觸感，堅定地點頭道：「有空！絕對有空！陪你多久都可以。」

「宛萍，為何哭起來？」

「不，我沒有……是眼睛入沙了。」我輕拭眼角，不能向父親說明真相。

父親呆然好幾分鐘後，突然張口道：「我想有些事，應該要向妳交代一下。」

父親的右臂長期插著點滴，幾乎無法動彈。見他吃力地抬起左手，我早一步雙手握住，滿臉憂色，音聲宛若輕啼：「爸爸想向我交代甚麼？」

上次我根本未有聽到父親說這番話，頓時提神注意。

「關於宛萍妳的事……」他說著同時，向房內的傭人揮動手指，包括權叔在內三位傭人均離開房間，房門關上確定無人後才說道：「實不相瞞，我之前已經立下遺囑。」

從父親口中聽到最不想接受的答案，我心底捲起悸動，整個人震盪得差點跌倒。那是多麼讓我震驚的事，直接而有效地證明，該份遺囑絕非偽造，確實承載父親本人意思。

「爸爸……你說甚麼……」

「宛萍，先好好聽我說。」父親有氣無力，脖子以下連轉動都很困難，想來必定十分辛苦。我只好強行鎮定，閉上嘴聽他的話。

「妳挪開那行筆記本。」

手指所向，乃書架其中一格。密密而整齊地排列一堆筆記本，足足有十三本之多。

父親總是隨身攜帶筆記本，上面總是摘錄各樣筆記、抄寫新聞、日常提醒等等，寫滿一本之後再換另一本，全部都是同一牌子同一款式。據說該筆記廠某年因為難以經營打算倒閉，父親即時購入好幾箱，就為堅持出產他愛用的款式。

「全部都給我搬下書架，擺去他處。」

我感到莫名奇妙，不過還是照他意思辦事。

「然後將上層的書搬去下層。」

上層全是各種語言的字典辭書，英文法文日文德文都有，每本如同磚塊般厚重。父親並非博學多聞之人，甚至只會說粵語，壓根兒不知道為何他買那麼多。我吃力地逐本搬到下層的書格後，突然上層那格響起微弱的機械聲，打開底部的暗格，露出一條陳舊的鑰匙。

「這是……」

之前翻找父親房間，當時只是逐本書取下來翻看幾頁，未嘗考慮過整層搬運，故此未曾發現這個機關。

「妳打開我書桌左邊最底那格。」

我內心「噗通」響亮一跳，因為「第一次」的經歷，早知那抽屜藏有甚麼。我故作無知的樣子走去打開，一如所料，與「之前」所見雷同。彷彿遭受晴天霹靂，我強行收歛神志，借由蹲在書桌後，不讓父親發現自己奇怪的表情。

「抽屜內應該有一塊輕薄的金屬板，你拿過來。」

「是不是這塊？」我調整好心態站起身，舉起那塊板子明知故問。

「就是這塊板了。」

「這是甚麼東西？」我裝作吃驚與懷疑，父親靜靜地道：「宛萍，有一件事必須告訴你……妳並不是我的親生女兒。」

「啥？」此番反應不是做戲，是真的驚訝。父親口中的說話，震撼心靈深處，揭起翻天覆地的巨變。縱然我滿臉慌張，可是父親似乎未有為意，猶平心靜氣道：「這個祕密只有我和老趙知道……我想若然再不說出來，就再無機會……」

趙京逸都知道？

「爸爸，請告訴我真相。」

察覺到這是父親最後向我交代的遺言，而且是關乎自己生世的大事，當然強裝自然全神貫注聽下去。不過我真的沒想過，父親最後會守著如此重要的祕密。

「我知道妳一時間很難接受，可是我接下來說的都是真話……」父親露出懊惱的表情，我見他露出那副樣子怪可憐的，柔聲道：「爸爸，沒事的，請將一切都告訴我。」

職業殺手追殺，與通緝犯一同逃亡，而且疑似時空穿梭回到過去，我想現在自己能接受任何更荒謬的事。父親怔住好一會，思考好一會，終究嘆一口氣問：「妳知道我和老趙是如何成為有錢人嗎？」

父親及趙京逸曾經說過自己過去如何努力工作，從地盤工人開始，省吃儉用儲起第一桶金，然後創業發達。小時候幼稚無知視為理所當然，長大就明白那些全是屁話，惟有智商低於三十的白痴才會相信的謊言。

即使是傳媒訪問，他們同樣說出類似白手興家之類的故事。仔細想想就明白，全是旨在麻痺貧民，讓他們幻想「效法自己」努力就有出頭天，可以向上流動改變命運。

認真想想，如果父親及趙京逸於地盤打工可以賺錢儲到第一桶金，那麼其他工人理應同樣發達，為何只有他們可以致富？認同他們的說法，豈非視其他工人為傻瓜，不懂得儲錢生財嗎？

用正常人的腦袋想想，顯然應該明白他們口中所說的「故事」肯定存有虛構，或有所隱瞞，不可能全是事實。

「從經濟學的角度，貧富是相對，錢必需是有限的。既然一切資源都有上限，想要成為富人，最簡單就是你比別人佔有更多的資源，你就是富人。如何比別人掌握更多的財富？就是對方手上少一塊錢，我們手中多一塊錢。」

說得簡單點，就是剝削。

從一開始為何工廠要低薪聘請勞工，就是怕其他人有太多的錢。老闆手中扣多一塊錢，給員工少一塊錢，自己就能變得比員工富有，這是最簡單的發達入門技巧。當財富都聚集在我身上時，怎麼可能願意分給別人？而且更要努力將別人的財富搶入手，才能變得更有錢。

「Don't tell people what you know. Keep them poor.」

猶記得年前出席美國華爾街的富豪聚會時，其中一位知名鉅富在會上如是道。他們致富之道，就是大力製造貧窮。基層甚至中產辛苦大半生營役鑽錢時，殊不知富豪財團反手為雲覆手為雨，印鈔漁利，一秒天上跌下入袋的錢等同他們一世辛苦低頭的血汗錢。

以一堆美麗的謊言包裝，用虛假的勵志傳記麻痺窮人，以虛幻的道理催眠窮人。讓愚蠢的人妄想知識改變命運，用「努力」與「奇蹟」來催眠他們，用虛偽道理將真正成功的大門隱藏起來。最終讓窮人生生世世為窮人，甚至連思維都接受貧窮，終身再不會威脅富人的地位及安全。

像父親及趙京逸這樣白手興家的富豪，絕對是命中發生奇蹟，才能迎來傳奇性的改變。

「荔枝莊大爆炸事件。」我冷靜地道：「一九七二年七月三十日，位於九龍市東北部的荔枝莊突然有不明物體降落，之後整個建築物地盤只餘下爸爸及趙伯伯二人生還……在那之後你們獲得建築公司及政府一筆可觀的賠款。」

錢不可能從天而降，亦不可能靠慢慢而微小的累積。要有第一桶金，一定是有意外之財。那次意外，令父親他們獲得人生第一桶金，一筆可能勞動一輩子都賺不來的錢。

「你們利用那筆賠款組建公司，收購工廠，炒賣地皮……慢慢建立今天的房氏地產，以及吞併無數中小企業，擴充版圖。」

「看來宛萍有好好調查過呢，我果然沒有看漏眼，妳果真是最有本事。」

不，其實我並沒有多少在意。全是因為父親死亡，我才會在緬懷中，試圖探索父親的過去作為。

既然我是最有本事，為何不將遺產全交給我？雖然很想問，但我判斷不應打斷父親，必須讓他在臨死前，將心中祕密傾吐出來。

「你的意思是我沒有猜錯嗎？」我將電子書舉起：「與這塊電……金屬板有何關係？」

「妳有聽過聚寶盆嗎？」

我搖頭。

「那是明朝沈萬三的故事。」

「對不起，未聽過。」

「哎呀，我書架上明明有好幾部線裝古書，妳都沒有看？」

「我都看不懂。」

雖然小學時有學過「之乎者也」，但全部都是過目即忘，考試完畢後迅速歸還予老師。

父親臉上帶著遺憾，指著我手上的電子書道：「對我而言，這本書就像沈萬三的聚寶盆一樣，是發財的道具。來，妳試試在上面用手指撥一撥……」

之前父親死後我可以仔細研究過如何用，以及詳細看完內容。如今在父親面前，還得裝作甚麼都不懂的樣子，胡亂用指甲輕刮。金屬面板上有如泛起漣漪的水面，迅速浮起一行行豎排文字，內容與我早前所見的一模一樣。

「爸爸，這是……」

「上面記載著宋末至未來的公元二零五零年全世界種種大小事，一些內容與現實所知道的史實不盡相同，所以我和老趙起初以為是惡作劇。但我們越是深入調查上面的事件，越是相信它不是單純的創作，有很多地方與現實發展吻合。於是我們大膽依照上面的預言投資經營，預早做好準備，才能夠一直把握最佳機會，在商場內險中求勝。」

「賈伯斯回歸蘋果公司及開發iPhone等產品，莫非你們都是從這本書內提早知道嗎？」

「沒錯，我們早就知道未來會誕生智能手機，顛覆整個世界。如是老趙他特地投資移民美國，故意在危難中結交賈伯斯，投資他的NeXT公司。」父親說來一臉得意：「當時人人都罵老趙是笨蛋，倒錢入海。當然之後用事實證明老趙奇貨可居，一切如同這本預言書所示，賈伯斯竟然會回歸蘋果，更將一間瀕臨邊緣的公司變成今天最賺錢的公司，在手機界揭起巨大的革命。時至今天，老趙持有蘋果接近百分之十的股份，一堆華爾街混飯吃的屁孩紛紛事後諸葛大拍馬屁。」

「你們及早知道雷曼危機及金融風暴將會來臨，所以千禧年初拒絕公司上市，不沾手期權產品，以及將大部分財富從銀行轉向實體土地上，手中保持充足的現金流，沒錯嗎？」

「當然是啊，事實上當初會決定買賣土地，都是因為從預言書上知道未來世界的經濟發展越來越畸形，土地變成最昂貴的商品。在所有人一無所知之前，我們已經趁低大量吸入，奠定公司日後發展的良好基礎。」

我之前就猜出父親與京逸致富之道，就是全憑這本「電子書」。雖然我有心理準備，亦早已推算出相近的答案，但從父親口中聽到，意義便完全不同。

說白一點，「李家昇」「李氏地產集團」的描述，幾乎就與「房兆麟」「房氏地產」的發跡史沒有太大分別。書中所載的「李家昇」，他於九龍市發跡，揚名立萬，成就半生基業。其建立「李氏地產集團」以房地產開發為核心業務，影響中國房地產業務，並累積大量財富云云。父親居然想取而代之。照著書中所載「李家昇」的經歷，捷足先登做同樣的事。結果不言而喻：房兆麟憑藉房氏地產，掌握地產、工業、科技、零售及基建等項目，躍為中國鉅富；至於李家昇則無籍籍名，根本不知人在何方。

「你們到底是從哪裏得來這塊板子？」明明是聊說明我的身世，父親卻扯上這部電子書，是否有甚麼關係呢？父親眼珠左右打量，慎重而小聲地說著：「當日荔枝莊根本沒有發生大爆炸，而是天上掉來一頭怪物，及與其戰鬥的小女孩。」

「嗄？怪物？小女孩？」

「體型比貨車還大的蟲，肥碩的身軀，渾身無毛，像是人的大腸，油綠色嘔心地癲癇抽搐。遠遠望見已經令人恐懼，而且飄來一股爛蘋果的腐臭氣味……很抱歉，雖然至今依然歷歷在目，在心頭揮之不去，但總是無法描述得更好。」父親罕有地中氣十足，靜靜而冗長地訴說道：「那頭怪物自天墜落，像炮彈一樣高速，砸落地盤中，將一棟當時興建中的地基撞毀砸爛。明明體型巨大，但著地時衝擊力很弱，並沒有撞穿地面。當時比較接近的工人好奇靠上去看看，我和老趙亦不例外，跑過去湊熱鬧，就此目睹那頭恐怖的生物。」

換著以前我必定會笑出來，畢竟世界上怎麼會有那樣的怪物，難道他們誤闖特攝片拍攝現場嗎？篤信現代科學，接受高等文明教育，一般人均會試圖用合理的解釋，說服自己不曾知曉之事物。

「我們議論紛紛，打算找老張……呃，老張是工地的負責人，主張由他定斷。不知是誰好奇跑去摸摸拍拍，突然那頭怪物就『動』起來……牠的動作好快，我們都瞧不清楚。只見牠晃頭昂首，眼前三名工人突然不見了。只有牠口角叼著半條人腿，瞬間我們都明白，怪物在吃人了。」

父親不像是開玩笑，我亦笑不出來，腦海不由自主想起特攝片中現身的大怪獸。

「那頭巨大的蟲……我只能想到稱牠為蟲，縱使牠根本不可能是我們認知的蟲……張開牠那張血盆大口，伸出尖銳的牙齒，見人就吐出嘔心的濁液。任誰一旦射中即時死亡，屍體橫陳在地上腐爛發臭……瞬間整個地盤就像地獄一樣，大家瘋狂調頭逃走，……那頭蟲十分靈活，跳來彈去竄前繞後，任誰跑得慢一點，就被他吞入肚，咬斷身體……我們都躲進休息室中避難，可是牆壁再厚，在牠面前就像豆腐一樣，輕輕一捶就穿進來。」

父親精神不好，強行勉強自己說下去，幾句中間就頓一頓。我倒來一杯水，扶著他慢慢喝下去。

「也許只是偶然的幸運，只剩下我們二人時，終於『她』出現了。」

我見他臉色越加不好，益發不安。問他要否多一杯，父親瞇起眼睛，不著痕跡地輕搖著頭，我只好放下水杯。

「突然一位小女孩趕在我們面前，小小的身軀居然可以攔阻那條巨蟲，更與對方糾纏起來⋯⋯巨蟲動作很快，但小女孩更快，根本看不清他們的動作⋯⋯我們只能在蹲在一邊低頭。好想逃走，但雙腿發軟走不動；想去幫助小女孩，卻心知自己派不上用場⋯⋯當時的場面無異是神魔大戰，與今天的特技電影沒有分別⋯⋯場面極度混亂，不知為何更燒起大火。我們無能為力地懊惱時，小女孩竟然主動看準機會，趁巨蟲張口時跳進去⋯⋯我和老趙大叫，嚇出一身冷汗。奇蹟地巨蟲身體不自然地扭曲縮小，不知道小女孩做了甚麼事，總之那頭巨蟲轉瞬間消失了，連半點痕跡都沒有殘留。」

說起來父親真是沒有說故事的才能，囉嗦說一大堆，其實都不是重點，而且沒有高潮起伏，聽得很辛苦。

「我們驚疑交雜下，猶豫好久才上前。發現那位小女孩倒在地上，沒有呼吸及脈搏，沒有任何反應。我們以為她死了，但皮膚很有彈性，就像沉睡般，一點都不像死人⋯⋯身上穿著破爛的衣服，但材質及款式都與我們所知道的完全不同⋯⋯」父親似乎已經將胸中那口氣都傾吐而盡，乾咳數聲，一次比一次猛烈，陣陣不安的感覺襲上心頭。

換作平時我會叫他別說，但心知他快將離世，不可能有「下次」。恐怕是我們最後的對話，故此我收懾心神，不時留心時間，按捺下惶惑與緊張的心情，祈望他說快一點。心知這是非常不應該的行為，但是無法控制自己邪惡的求知欲。

「當時地盤只餘下我們兩個人，老趙沒有主意，我更加不知怎樣處理，想湊成諸葛亮都不行。那時我們還以為是外星人入侵地球，老趙說要快點報警，好叫軍隊準備應戰……」

我腦中浮起趙伯伯年青時的樣子，居然會說如此誇張搞笑的話，場面一定相當滑稽。

「我急急拉著他，說巨蟲屍骸半點不剩，只有一個不知是死是活的女孩。就算叫警察來，都沒有證據。再者全部人都死光，只餘我們毫髮無損，難免惹人疑竇。所以我大膽提議，先將女孩抱去附近藏起來，擬定口供，推說隕石撞落昏迷，甚麼都不知道。待準備好之後，才下山去報警。」

整件事終於理順了，這就是當年荔枝莊大爆炸的真相，父親與趙京逸隱瞞接近三十年，沒想到是如此離奇。要不是我親身經歷過疑似時光倒流的體驗，想必亦不會相信吧。

「那個女孩如今在哪裏？」

父親沒有直接回答，反而指向電子書：「這塊奇怪的金屬板就是從那位小女孩身上搜獲的……當時我們也不知道是甚麼，只是認為是稀罕貴重的玩意……」

父親話未說完，霎時臉色發白，額上滲汗，拚命咳嗽至呼吸困難，甚至朝床鋪上嘔吐。

「蘭瑟！蘭瑟！蘭瑟快過來！」

身為家庭醫生，蘭瑟的房間就在父親房間旁邊。我衝出房大叫，蘭瑟很快打開房門衝來，我即時拉著他去父親身邊簡單說明情況。他靜心以聽筒器診察，測量血壓後，吩咐傭人先讓父親臥下，他跑回房間取來滿箱工具，以針筒向父親體內緩緩注射藥物。

那位女孩的下落呢？和那部電子書有何關係？更重要的是「我」的身分。不是父親的親生女，那麼我從何而來？雖然滿腦子疑問，想向父親打探更多，奈何如今不是合適的時候。

父親的健康更重要，何況我不忍心脅迫父親，讓他臨終前不愉快，遂抑制自己的好奇心。如今我只能倚在房間角落，靜待蘭瑟救治父親。

不得不說蘭瑟真是一位好醫生，雖然我們聘請幾位有護士經驗的傭人，其他傭人亦有特別安排接受急救及護診課程，但蘭瑟依然堅持親力親為。我望著他專心矢志地急救，注射藥物同時留心心臟起伏，吩咐傭人準備毛毯及熱水……不管任何時間，只要有人報告父親身體有毛病，他都即時親身探診。無論是注射藥物、插喉，甚至是更換點滴，都絕不假手於人。如此重視責任感，言行狷介的正人君子，令我非常欽佩，所以才放心將父親的一切都交託給他。

雖說我知道蘭瑟每次都盡心盡力，可是人力不能勝天。需知人生無常，命運難測。閻王要你三更死，誰敢留你到五更？有時候時候到了，人力亦不可能挽留。我感覺父親這一睡，就永遠不再醒來。

不知道是甚麼緣故，我忽然想起馮子健。此時此刻，他身在何處？

我最後的記憶，是他與第二位殺手對打，究竟之後勝負如何？他還平安無事嗎？

且慢，現在是「八月三十一日」，不是「九月廿一日」。回到過去，「未來」是否不再存在？我腦子亂成一團時，恰好蘭瑟似乎診察完成，我杜絕游思妄想，專心在父親身上：「爸爸他……還好吧？」

見父親閉目，朦朧地睡著，蘭瑟搖著頭，吩咐傭人留意血壓反應，然後拉我出房道：「不太樂觀呢，最近房老爺的心律經常失常越來越嚴重。艾莉卡，我之前都向你提過，這樣必會提高引發心因性猝死的機率，故此建議房老爺早日入院……」

「我都知道，可是爸爸他態度太強硬。如果他不想做甚麼，那件事就一定不會發生。」

根據之前的經歷，再過不久父親便會心臟病突發辭世。誠然長年重症纏身，那怕此時送入醫院，亦未必能扭轉命運。我當初就嘗勸父親及早入院靜養，以醫院的設施及人手，絕對比留在家中更好。只是他不願離開家中，幾番激烈堅持下，我們才閉口不提。

「恐怕再這樣下去，連我都回天乏術。」

「不，蘭瑟，妳已經盡力了。中國人有句老話：『疾病生死，各安天命』。」

蘭瑟點頭，再背誦《聖經》道：「凡事都有定期，天下萬物都有定時，生有時，死有時，栽種有時，拔出所栽種的也有時。」接著道：「我再去看看房老爺的情況。」

再入房時傭人阿勤剛好替父親蓋好被褥，向我們稟明一切安好。蘭瑟檢查無誤，親自更換點滴，駐留在房檢查情況。權叔勸我先去大廳吃早飯，我心想父親一時三刻都不會醒來，便先抽身離開。拜託蘭瑟若父親好轉，再通知我回來。望望時間，正值八時十分。

「第一次」的八月三十一日，現在這個時間自己並不在家。究竟接下來家中將會發生甚麼事，自己都不清楚，不禁萌生不安感。

第陸回　夫妻斷絕鳴鼓角
母女相逢起干戈

話說在大廳用早飯時，我逮住路過的阿勤，問母親及兄長到哪裏去。他恭維回答，二人俱在房間內。

我幾乎與他們沒有談過半句話，有時整天在家有時整天外出，完全不知其行蹤。想來「今天」也許得知父親快不行，便匆匆趕去找夏書淳律師來。真是沒心沒肺的傢伙，算定父親必定會死嗎？需要那麼十萬火急嗎？

雖然十分在意荔枝莊大爆炸事件後續，但考慮父親身體狀況，不能再勉強追問。然而內心別有一股衝動，若是父親離去，恐怕永遠不能求知自己的身世，教我左右為難。

我亦曾經考慮撥電話越洋詢問趙京逸，但知悉家中出內鬼後，通話內容也許會被勾竊監聽。如此敏感嚴重的大事，決不可以洩漏出去。我按著太陽穴，至少陪伴父親左右，走完人生最後一程前，萬勿輕舉妄動。

早飯後父親仍未好轉，我回房後吩咐傭人送來是日報紙，隨手翻看打發時間。同時提醒他們一旦父親醒來，即時叫我過去。其間祕書幾番致電滋擾，我索性請假一天，禁止她再撥來。

其中一份報章上，再度有「馮子健」的專題報導。我留心細閱，報上載他自二零一二年起將先後將本國六位作家擄走後殘忍殺害。但究竟為何而殺，怎樣殺死，卻隻字不提。

雖然全國無數傳媒幾番追問內情，但警方一直隱瞞調查進度及案情。他們只稱馮子健乃極度危險人物，謂其兇惡殘忍。界能掌握的非常有限，令網上流言四起。我回想自己親身與本人接觸，全然不是這一回事。並非否定他殺人的事實，而是覺得他之所以殺人，必然有其緣由。

警方縱然不曾交代詳情，但社會大眾均注意到兩個共通點：一、所有受害者均為本國知名作家；二、六位受害者均於龍江出版社出版其作品。無怪乎龍江出版社的社長兼全國作家協會會長紀春筠屢次公開發言，表示不可容忍暴力犯罪，要求警方務必將犯人繩之以法。我大抵嗅出，當中隱藏一些外人不知的線索。

報上載紀春筠來頭不少，貴為龍江出版社太子女，當年憑一套愛情小說《少女心事》走紅上位，名揚天下。我對愛情小說沒興趣，亦未看過該小說，僅是略聞其名。只知其細膩動人的劇情與豐富典麗的文筆，獲得文藝界一致好評。雖然寫畢《少女心事》後再無新作推出，但無損其地位，後來更獲舉為全國作家協會會長、全國出版協會會長。

馮子健其實是針對龍江出版社嗎？到底有何冤怨不滿，才會做出這番事兒呢？他口中的「報恩」，究竟是指甚麼呢？「她」到底是誰？我思前想後，記憶中未曾與之謀面，更別說施予甚麼恩惠。

合上報紙，揉揉雙眼，疑問益發越多，懸在心頭久久不散。緣份果然玄之又玄，「千金小姐」與「通緝犯」是兩個世界的人，居然因緣際會而相識，叫人感到不可思議。神思恍惚之際，時間已快狃九時，門外走廊隱約傳來吵鬧的聲音。推門出去，正好母兄在父親房門外擾攘。

「你們在吵甚麼？給我靜下來！」我衝前制止道，權叔見我過來，臉有喜色：「大小姐，妳來得正好！夫人和大少爺吵著有事要見老爺。」

「快讓我們進去，有要緊的事和爸爸說。」

「難道我不能見丈夫嗎？現在是有人手執雞毛當令箭嗎？」

「父親在休息，請靜下來。」我攔在權叔及母兄中間，母親見我現身，顯出些少錯愕，率先厲聲問道：「妳今天不用上班嗎？」

居然如此在意我的行動，難不成真是找人監視我？我即時反唇道：「難道我不能逗留在家嗎？」對方臉色一沉，我續道：「爸爸現在養病中，不適宜見任何人。」

房岳昌噴道：「來了來了，又是說同一番話。我是長子，難道妳也敢阻撓？這不是在假傳聖旨嗎？」

母親亦附和潑辣道：「我是房夫人！我才是這裏的真正女主人！妳這野丫頭甚麼時候變成這間屋的女主人？」

我聽見她罵我「野丫頭」，登時怒火心中起。想起父親提及自己不是親生女，無法再理直氣壯反駁她，氣結道：「妳……」

三人爭執漸起時，蘭瑟拉開父親房門，臉有慍色，表示病人剛剛醒來，勸告我們要安靜。母親知道父親醒來，十分興奮，堅持要進房去。蘭瑟無法阻撓，只好推說先問病人意願。

縱使夫妻關係觸礁經年，父親亦從來不會與母親拗口，順理成章允許入內。二人昂首闊步，經過我面前時猶洋洋得意，非常囂張。

難道父親有感自己大限將至，決定見至親最後一臉？我無法放心，同樣快步進房，立在父親床邊耐心扶起他。病床上父親枯坐，似乎尚未恢復有精神，連聲線都低了半截。

父親望向母親，嘆氣道：「時至今天，妳還是不願意相信我？」

「當然！」

「確實，妳我的結合也許就是錯誤……」

無頭無尾，僅僅橫空而來的三句說話，已經等同千萬次交鋒，蘊含無窮的感情。

對於父母過去的事，無論詢問父親或趙京逸，總是語焉不詳。向來主意強硬的父親，惟有母親面前才抬不起頭，多次縱容放任。凝望父親漸漸衰竭的身姿，背負太多太多的祕密，始知悉自己並不曾真切瞭解父親。

雖則身遺囑並非偽造，那怕我和父親一點血緣的關係也沒有，他亦不可能不願從長遠利益考慮，將畢生心血拱手獻給兄長這樣的敗家子二世祖。我與父親沒有血緣關係，天知地知父親知。只要他不說出去，沒有人會質疑我的出身來歷，他何必有所顧慮呢？抑或是另有我未曾知曉的考量？

我無法接受這個事實，其中一定有甚麼地方搞錯了。

「哼，真好笑！沒有半點虧待我？你以為我甚麼都不知道嗎？」

上一代的事，不會因為下一代遺忘而消息。世界上總是有些人，永遠回首活在過去。有賢人曰：「人不該被過去的仇恨束縛」，可是又有幾多人能夠辦到呢？

就在父母對話間，兄長神祕兮兮的靠近來，我機靈地喝止他。

「宛萍，身為嫡長子，難道我連向父親問安的資格都沒有嗎？」房岳昌出言斥喝，但臉上一副春風得意，望之陪感詭異：「論資排輩擔幡買水，都輪不上妳！」

「岳昌，不用向賤種說那麼多！」

在母親一喝下，兄長才稍稍禁聲，視線猶有幾分輕蔑之意。

現在是男女平等的年代，連日本都有女天皇了，竟然還會聽到有人說得出這番重男輕女的台詞？我氣上心頭，那怕我真是與房家無血緣關係，也不代表對方所作所為是對的：「爸爸才不會讓你這樣毫無作為的人繼承公司！」

這句話不是說給兄長聽，而是故意讓父親聽，好使他插口說明遺囑的事。無論如何，今天我都要得到一個說法。

「毫無作為？妳牝雞司晨，趁父親重病下，狂妄任性把持公司。老是對我針鋒相對，多番妨礙，到底是何居心？」

「又是這番論調嗎？沒有其他說話嗎？多少給我適可而止吧！」我激動地喝道：「幾乎將公司搞到亂七八糟的人，還有臉說這番話嗎？我所作所為，都是為公司利益出發，問心無愧！」

不提猶自可，一提幾把火。那次二百萬的地皮虧損只是引爆點，之前已經多生事故。替他出謀獻策的都是那群老董事，他們只是想著保住自己現在的利益和地位，無心公司未來發展。

像是早幾年父親深知公司系統及設施老化，世界即將迎來Web 2.0及雲端時代，銳意增撥資源翻新整個公司的電腦系統，建立內聯網及架構中央伺服器。可是那些董事只顧眼前，不思進取，提出這樣那樣的理由，反對斥巨資購買新設施。到了發現非更新設備之際，已經太晚了。科技發展不進即退，此消彼長，面對幾年爆炸性飛躍，到我接手時已經比競爭對手遲了至少三、四年。

高層鼠目寸光，作出錯誤無能的決定，使房氏地產由順境轉入逆境。我可是花費不少代價，才勉強扳回，重獲優勢。

「老是纏在父親身邊，狐假虎威，別以為可以一直這樣下去！」始作俑者居然恬不知恥還聲大夾惡，向我質難起來。

「住口！」床上父親罕有地動氣，大聲喝道：「我早就立好遺囑了……你們誰也不準再爭下去！」

房岳昌一窒，沒料到父親中氣十足，勁力不輸當年，竟然不自覺縮起半個頭。我連忙撫順父親背脊，他只是盡人生最後一口氣硬撐。父親再吸一口氣道：「早幾個月，我已經準備好遺囑，房氏地產會撥歸岳昌繼承……」

我早就知道遺囑的內容，聞言再度刺痛內心。

「遺囑在羅馬律師樓，只要我死後就會執行……這樣子妳滿意嗎？青儀？」

「嘿嘿嘿嘿嘿嘿。」母親忽然放聲大笑：「滿意？你以為這算是贖罪嗎？我絕對不會原諒你！阿昌，給他看看！」

看甚麼？剎那間我感到一封不詳之兆，令本來心亂如麻的思緒更加不安。房岳昌故作恭謹，向床上的父親遞上一執密函。我伸手接過，兄長卻收回去：「妳還是別看這封信比較好。」

「為甚麼？有甚麼我不能看？莫非是你們的虧心事嗎？」

「哎，你肯定只有我們才有虧心事？」房岳昌皮笑肉不笑，繞去床的另一邊遞給父親，態度仍然是非常輕佻道：「這封信，還是讓父親親自看看比較好，別落在外人手上。」

感到他話中帶刺，明顯在指著我說。竟然說我是「外人」，他們究竟想暗示甚麼？

莫非他們已經找到證據，證明我並非房兆麟親生女嗎？內心七上八下，如咬生鐵橛，紛擾難安。正是一事未平，一事又起。

父親冷眼睨視著信封，示意我退開一邊。

「爸……」

「宛萍，妳退下去。」

縱使事有蹺蹊，亦不忍拂逆父親主意，只好退後離開床沿。父親獨自伸出顫抖著的左手，房岳昌非常好心，恭敬地將信函遞入他的掌心。

「爸爸，你慢慢看，小心看啊。如果看不清楚，我托人準備好老花眼鏡。」

信封口早已撕開，父親單手抽出信紙，薄薄的僅有五六頁。雖然我看不到信上內容，但父親那副臉容卻越加扭曲，圓瞪著眼珠，仰頭指著母親：「妳……妳妳……怎麼會……」

母親沾沾自喜道：「你不想我將這封信昭告天下吧？」

「爸爸……」我怕父親怒氣攻心，心臟病發，正想衝前慰言時，豈料父親舉手擋向我：「不准過來！」

我有生以來，他頭一回向我如此暴喝，霎時變得陌生起來。

我踉蹌失足，倒退後去，臉上發白。父親以自己僅存的力氣，驅使左手狠狠將信掐成一團，擲向母親處。奈何手腕乏力，這一擲空有氣勢，不過那團信紙最終遙遙落在床前。

「妳這算是甚麼意思？威脅我嗎？」父親雙目炯炯有神，狠狠盯向母親，那一刻我終於看出，父親那條不可踰越的底線。

「你真是騙得我們母子團團轉呢，可惜紙包不住火，終於給我找到證據了！這下子輪不到你不承認！輪不到你作主！」母親撿起信紙，妥善攤平摺好，露出勝利笑容。一對厲目掃視父親和我，語氣變得森冷至極：「辛苦忍含這麼多年，為的就是看著你死不瞑目！這就是我對你的報仇！」

母親開始有點竭斯底里，她常常都會這樣子，不講道理發神經質，缺乏文明人應有的教育與邏輯，無法與之進行言語交流。如同活在史前的舊人類，拒絕聆聽他人的道理言辭，被我視為最佳的反面教材。

這聲吶喊，是凝聚整整一輩子的怨念。滿腔淤積、厚稠濃密，憋在胸腹最深處，一舉發洩出來。歷數十載暑寒，全為今天而矣。伴隨一股無形的力量龐雜迫至，令我感覺畏懼。

男人報仇十年未晚，女人報仇七天嫌晚。能夠不動聲息忍上八十年才報仇的女人，怎麼可能是野蠻愚昧之輩？原來我連母親都不了解，一直都小瞧她。

信件只是引線，好戲尚在後頭。那封關鍵的信到底寫了甚麼？竟然讓父親閱後臉色發青？父親似乎不想讓我知道，吃力舉起左手食指，像是目睹仇人般指向母親道：「妳……妳敢說出去……半句……」

「我敢！我為何不敢！還要開記者會大聲讀出來！你管得了嗎？我就要瞧瞧，你死不瞑目是甚麼樣子！」

當下終於發現，自己錯得相當離譜。從未曾懷疑過自己的判決及見解，到頭來才發現自己是白痴，根本甚麼都不知道不明白。無論是父親的事，母親的事，自以為最熟悉的人忽然性情大變，感到陌生與錯愕。

正正是因為母親曾經深愛過父親，才會產生同等的恨，變得如此殘忍恐怖。事已至此，再無挽回之機。我就像外人一樣，旁觀二人爭執，居然無法插手。

待在房間裏的傭人早就嚇得不敢動彈，惟有蘭瑟最先行動，衝出來診視父親狀況後向全部人道：「靜一靜！病人需要休養，不能再接受刺激。」

父親的臉越加難受，長按胸口喘氣。床邊的電子儀器發出頻繁的警報音，活像鬼門關傳來的催命符，聽著就讓人緊張不已。蘭瑟一邊診察，一邊望著儀器，吃力咬牙，神態緊張。母親及兄長依然一副悠然自得，冷眼旁觀事態發展。我不敢阻礙蘭瑟，只能默默在旁觀看，避免打擾他搶救。

「AED！快去拿AED過來！加爾文！」蘭瑟即時向大喊，傭人匆忙轉身到牆邊取出一臺自動體外心臟去顫器。蘭瑟快速在父親心房上施加電擊，貌似效果不大，心電圖尚是恆久維持一條長長的水平線。蘭瑟幾經努力，終究無法回天。

「叫救護車！快打電話！」

「沒用的……」

我才剛張口，蘭瑟懊惱地望著父親。老年人臉容扭曲，帶著滿身苦痛，就此離開世界。我舉頭望房間內的時鐘，如今只是九時廿五分。

「對不起，我已經盡力……」蘭瑟垂首放棄，向我致歉。剎那間我腦海一片空白，完全沒有料到父親會提早辭世。軟弱無力地仆倒去床邊，執起父親的手，好半晌無法說話。

難得回到過去，我才不要迎來這樣的結局！我還想見父親多一分多一秒！還有好多說話想向他說！何況還有好多問題想問呢！怎麼可以比之前更快離開？

「爸爸，你不是有話想向我說嗎？快點告訴我啊……」我聲音嘶啞的厲害，眼淚似乎在之前已經流乾，情緒幾乎崩潰，想哭都哭不出來。心臟都碎裂了，對父親有一千個一萬個不捨，「第二次」的八月三十一日，還是迎來遺憾的人生。

一時間愁雲慘霧遮蔽房間，四周籠罩著不詳與紛亂。其他傭人心緒不寧，權叔亦跪在我身邊嗚咽起來。蘭瑟在我身後輕輕拍肩，向天主禱告道：「願頌讚歸與我們的主耶穌基督的父　神、就是發慈悲的父、賜各樣安慰的　神。我們在一切患難中、他就安慰我們、叫我們能用　神所賜的安慰、去安慰那遭各樣患難的人。」

與「第一次」差不多的情況，強烈的既視感襲來。時間倒流，人生再重歷，諷刺地父親卻死得更早。滿滿的不甘心與不忿充斥全身，衝起身扭頭，母兄二人早就不知去向，我向旁邊的傭人怒喝問道：「那兩個人跑到哪裏去了？」

阿勤結結巴巴的答道：「出……出門了……」

「出門？出門上哪？」

我再望另一位傭人，阿周臉有難色，不住搖頭道：「我……我不知道……」

嗤，問了也是白問嗎？不對，我隱約知道答案，心中那團火快將引爆。

父親原本死於上午十一時廿六分，這次提早至九時廿五分，絕對與他們二人脫不了關係。當怒火灌頂時，我出奇變得冷靜無比，含著忿忿的口氣轉身問：「蘭瑟，我想問這樣子算不算殺人？」

「誒？」蘭瑟一臉慌張的望著我，也許如今我的臉變得如同般若之鬼，令他惶惶然害怕。我才不管那麼多，質問道：「那兩個人明知父親受不了半點刺激，還是故意在他面前故意用言語刺激，引致激動發病，我想問這算不算謀殺？」

「這個……法律上的問題，我並不熟悉……」

「權叔，報警。」

「大小姐？」權叔抽抽噎噎的走來，我恣意頷首，瘋狂中沉聲道：「報警！那兩個人做初一，我就做十五！大義滅親！毫無疑問，爸爸是被他們氣死的。就算要法醫將父親的屍體解剖，都要令他們接受應有的懲罰。」

「冷靜點，艾莉卡。如果房老爺是被人氣死，解剖屍體都不會找出證據。」蘭瑟好言相勸：「一旦報警，就是將事情鬧大，這樣子真的行嗎？」

權叔方寸大亂，握著我的手道：「大小姐，一夜夫妻百夜恩。若老爺泉下有知，自己才下去沒多久，房家就四分五裂，夫人及大少爺都去蹲牢子，恐怕會激動得從棺材裏跳出來。」

「都燒成灰了，怎麼可能再跳出來。」我衝口而出，方醒起「現在」的父親尚未火化。身邊人投來錯愕的視線，我按著額頭，輕聲說「對不起」。只要思緒紊亂，記憶就像打結，在腦子中亂七八糟，無法一一辨明理順，甚至不假思索衝口而出。

勉強撐著雙腿，回到父親旁邊。信紙雖然被母親取去，但信封猶在。我拾起信封，封函左上角印著「斯奈德醫學化驗所」的公司標記，封底還有該化驗所的地址。

我盯著空空如也的信封，究竟母親在那邊化驗甚麼？報告上寫著甚麼？那怕我不是房兆麟的親生女，也不致於會令父親引來如此激動的反應。

「你們全部都出去。」

「呃，大小姐……」

「求求你們，先離開一會。」好幾樣麻煩事接續纏身，腦袋昏沉，陰霾罩上我的臉，以略帶哽咽、低啞、痛苦的聲音抱頭道：「拜託，讓我陪著爸爸，我想靜一靜。」

蘭瑟小聲道「一會再來」，夥同權叔及其他傭人離開。

闊大的房間頓時冷清，自小在這裏與父親成長，最終目送他離開人世。觸景生情，陣陣回憶如同泉水湧出。即使第二次面對父親的死亡，我的心情絲毫不變，比任何人都要沉重。

自小母親從來沒有關心過我，連權叔都比母親對我更體貼，不過我始終喜歡黏著父親。與拒之千里的母親不同，即使父親工作再忙，我總會任性的鑽進這房間鬧著玩，而父親亦沒有厭煩，停下手上工作陪著我。

後來人長大了，才沒有這樣做。現在想起來，還是感到羞恥。想來當時父親很煩惱吧，我居然沒有考慮過他的感受，簡直是不孝。

高中畢業後，原定赴海外升讀大學。不料父親突然重病纏身，半身不遂。故此我毅然決定輟學，自作主張到公司幫忙。即使全部董事都瞧不起我，私下一面倒支持大哥，只有父親一人堅持下，我還是當上執行長。過去四年來，我親自用實績證明自己的本事，比兄長更有能力打理公司業務。即使董事會有異議，但在漂亮的年報下，借由股東的壓力，不得不撤回反對的聲音。期間母親及兄長屢次想搞破壞，都被我及早阻止，更借機掃他們出公司。

當年我可以大義滅親，今天同樣可以辦得到。望著父親的遺容，我決定無論付出任何代價，那怕鬧上法庭，都要母兄承受應有的報應。沉醉在哀慟中很長時間，默默離開房間回去書房，正好碰見蘭瑟。他再次說些與之前差不多的安慰之言，同時問我如何準備父親的喪禮。

「上一次」被母親胡來一場，我希望這次由我來負責。

「一切從簡就好，不過我希望先治母兄的罪，方可在墓前告慰爸爸在天之靈。」

「難道妳仍打算報警處理嗎？事件會鬧大唷！」

「我才不在乎。」

「雖然不知道警方會怎生調查，但從我的專業角度判斷，即使送交法醫解剖，至多只會得出房老爺死於心臟病突發的報告。這樣的結果並不能引申向指證房老太太及安迪。」

「安迪」是房岳昌的英文名，蘭瑟一向喜歡以英文名字稱呼他人，就像他叫我「艾莉卡」一樣。

「放心，我會和律師好好商議，容後再決定。」冷靜過後，就明白報警並不理智。上次父親逝去，我與律師研究半月有餘，還是找不到切入位。想推翻母兄，必須要有強力必殺的一擊。

我按著額頭，向蘭瑟保證：「給我一天時間，一天時間，可以嗎？」

蘭瑟點頭，放棄勸阻我。我知道這賭博風險甚高，但只要有可能勝利，便不會啞忍收手。「上一次」我居然主動放棄公司離家出走，不正中他們下懷嗎？更別說之後連續有職業殺手追殺，害我甚為狼狽，最後更不明不白地慘死。難得可以「回到過去」，我決定要澈底讓那些人渣血債血償。災禍要在萌芽時剷除，我不能坐以待斃。在對方派出殺手之前，先一步妥當處理掉。

「對了，蘭瑟，可否借你的手機一用？」

「為甚麼？」

「我的手機壞了。」

蘭瑟不置可否，大方將手機遞來。回到房間後，即時用他的手機撥電找公司的律師團隊。那怕內鬼再神通廣大，都不可能想到我會臨時起意用別人的手機。至於為何選擇蘭瑟的手機，單純因為他是房宅內最沒有嫌疑的人。

手機中向律師表明身分，簡單說明情況後，打探控告母兄的成功率。

「從法律角度上，房老先生的死亡與房老太太及房先生無直接和必然因果關係，但他們的鬧事行為是致房老先生死亡的誘因，中間存在間接關係。」

與上次不同，這次親眼目睹母兄故意刺激父親，令他「提早去世」。與上次情況截然不同，包括我在內，眾多傭人均目睹母兄脅迫父親的惡行。證據就像武器，多一柄與少一柄，在法庭上都是差天共地。

「陪審團及法官大抵會根據行為人的主觀過錯和客觀行為，考量其責任大小。」與上次不同，律師耐心聽完案情敘述，竟然表示有一定勝算：「尤其是在法庭上主張行為人明知受害人生理方面有疾病，存在容易在生氣狀態下加劇病情及致死的可能性，而積極地、有目的地故意追求或放任發生刺激對方情緒激動，從而引致一系列併發症冒出的結果。這樣情況下行為人主觀上屬於『蓄意』，與受害人的死亡之間存在直接因果關係，構成犯罪，應當負刑事責任。我國過去都有幾十宗同類的案件可以參考，以這角度切入考慮，法官及陪審團容易接納，贏面很高。」

聽罷律師此言，內心異常雀躍。我知道蘭瑟一直以來有撰寫醫療日誌，只要加上他的報告，證明父親心臟有病無法承受刺激，以及傭人親眼目睹母兄向父親要脅咄迫的證言，幾乎有百分百的勝算。然而腦海總是揮不去母親的威脅，相當在意那封信的內容，無形中有股疙瘩除之不去。

第柒回　家事難求訟庭斷
故人自得連嶂來

與律師洽談完畢，祕書再撥電來，言公司事態緊急云云。其實那宗交易根本不急，對方放棄就找別家。我不假思索，吩咐祕書回覆對方不要就拉倒。

「總之我這幾天都不會有空，公司的事你自己想辦法處理。」

「房小姐，未來幾天的行程……」

「全部都給我推掉！」

「但是妳不在的話……」

聽到祕書死纏爛打來電，理性上明白她無錯，但感性上不受控制，一時任性賭氣起來道：「公司不是有制度的嗎？我不相信房氏地產會因為少掉我一人就停止運轉。」

父親兩次死亡，於我打擊尤巨，根本無法好好控制自己的情緒。祕書遭受驚嚇，唯唯諾諾時，我不忍心再讓她受無妄之災，匆匆掛斷通話。靠著椅背，揉揉眼睛，感覺比平時更疲累。如今乃生死存亡之秋，不是我死就是母兄亡。誰撐不下去，之後就要永別。我強行撐直身體，正要走去蘭瑟房間求他撰寫報告時，權叔急急走來報告道：「大小姐，夫人及大少爺回來了。」

「回來了？」望望時間，正是十一時半。與「第一次」相比，這次母兄顯然更快登場。

「夫人她們同律師上門，要大小姐妳過去一起聽遺囑宣讀。」

腦海浮起夏書淳律師那張臉，從別墅二樓步下階梯，遙遙望向大廳那邊，果不其然真是他。母兄二人同樣坐在沙發，連坐姿表情都與「第一次」一模一樣。強烈的既視感襲向腦海，眼前的場景，所有的一切，包括每一個細節，甚至是接下來將要發生的事，都無比熟悉。

我收斂心神，緩步拾階而下。母親及哥哥好整以暇地喝茶，見我從二樓現身，即時向夏書淳道：「夏律師，她就是房宛萍。」

夏書淳律師見我走來，依然是那副擠著業務式的微笑，起身鞠躬行禮，趨前遞上卡片自我介紹。

「羅馬律師樓的夏書淳律師，借問有何貴幹？」

「妳急甚麼，坐下來慢慢談。」房岳昌以同樣口吻險惡地笑著，眼神中夾著使人不安的感覺。

我冷眼打量母兄詭異自信的微笑，冷靜坐下來，直接叫夏書淳步入正題。對於我意外冷淡的反應，母兄二人出乎意料之外，白瞪一眼，心中似乎又在盤算甚麼。

多虧「第一次」的經歷，我內心可是準備就緒。之後在宣讀遺囑後即時報警，將她們二人拉入牢。屆時不管遺囑寫甚麼，都能夠讓它作廢。

與「第一次」完全一樣，夏書淳淡定取出一份公文袋：「本人乃羅馬律師樓執業律師夏書淳，已故房兆麟房老先生的遺囑代理律師。這份公文袋封存房老先生生前立下的遺囑，根據協議，當事主身亡後，須依指示於三位面前公布。」

這些我都聽過了，連他之後說的每一話，做的每一件事都知道得一清二楚。如同重複觀看同一套戲劇，對接下來即將發生的所有劇情了然於胸，頓時索然無味，強裝作精神聽著。

「今天依照遺囑指示，召集諸位到來，發布房老先生生前就其遺產分配處理的內容，要求本律師樓確實執行。」如同我所知道的「第一次」經歷，夏書淳背誦劇本道：「這份自書遺囑，乃於二零一四年五月六日，在公證人到埗府上同時見證下訂立。依照我國相關法例規定，在蘭瑟•李及胡春霖兩位醫生簽紙證明當事人身體狀況及精神狀態良好，頭腦清醒，可以辦理遺囑。另外由趙京逸先生及馬東丁先生作為見證人，本人為辦理律師。當時依立遺囑者房兆麟先生親筆書其意旨，並由本人即時進行宣讀、講解，經房老先生確認無誤後，所有人同時簽名作實。」

自小陪著父親，見著他處理公事。他右手的那支筆，寫下無數函書公文通告啟示，每一粒字每一筆劃，我都記得清清楚楚。再次執起遺囑，我檢查得更加澈底，裏裏外外將那片薄薄的信紙都翻看好幾遍。然而與之前同樣，不管筆跡、簽名、印鑑，都沒有可疑。至此我不得不承認，這是父親的真跡。雖然不願承認，但連父親都承認下，只能認為這份遺囑真確無誤。

「根據房老先生的個人意願，死後一切從簡。他名下的銀行存款及股票投資，全部捐給社會福利機構以作善事用途；至於房氏地產集團，其名下持有的百分之六十的股份歸於房岳昌，百分之三十歸於房梁青儀，餘下百分之十歸於房宛萍……」

夏書淳像是錄音機以同樣的語氣語速倒播錄音，母兄再度做出浮誇的歡呼，大家都依照既定的劇本流程演出一臺好戲。當知道努力是徒勞，一切反抗都不會有成果後，我乾脆決定沉默，不作任何意見。

夏夏書淳逐項細明交代如儀，全部內容都與過去我所知道的無異，然而這次可不會善罷甘休。事後一如「第一次」的八月三十一日，母兄歡喜地親自恭送夏書淳律師出門。在他們欣聞遺囑，驕傲自滿的時候，我可是沒有停止復仇的腳步。同樣第一件事，是找蘭瑟撰寫診療報告。誠如律師所言，專業醫生的報告有很高的參考價值，絕對是最容易入手的「武器」。

蘭瑟的房間一如以往，塞滿一堆用途不明形狀各異的醫療工具及儀器。因為我叩門打擾，他停下手上整理清潔器具的工作，開門走出來。我將手機原璧歸趙，再提出要求，他稍微不悅道：「艾莉卡，妳依然打算報警嗎？」

「不是唷，而是直接交由律師處理。只需要有閣下的報導，以及傭人供詞，證明他們刺激父親，促成病情惡化死亡而獲得利益，那樣就有辦法在法庭上提出撤消母兄二人的遺產繼承權。」

「艾莉卡，我的報告基於事實撰寫，決不會故意偏袒某些事實或特別使用某些字眼。」

「照事實寫就可以，這不會構成說謊，你也不會違反專業操守。」

蘭瑟沉重地思量，右手食指一直輕敲檯面：「艾莉卡，可以給我點時間考慮嗎？」

我都明白自己在強人所難，故此當然尊重他的決定，給予時間考慮。見我首肯，他再道：「馬太福音中說過：『你們饒恕人的過犯，你們的天父也必饒恕你們的過犯；你們不饒恕人的過犯，你們的天父也必不饒恕你們的過犯。』」

我反唇道：「我不信教的。」

「並非只有信教的人才會讀《聖經》，它同時向世人訴說世界的真理。」

「你應該知道，我不會原諒他們，而他們亦不會放過我。」我聳肩嗤笑道：「如果你有辦法用《聖經》擺平一切，我立即去受洗又如何？」

那怕我放棄房氏地產，離開房家，他們還是派職業殺手來行刺我，已經輪不到我一個人作主。昔時看在父親臉上尚可說項，現在已經無需要手下留情。事既至此，不管對方手上有甚麼牌，我也不會輕言退場。

蘭瑟心知說不動我，嘆氣道：「就堅持己見這一點上，妳和房老爺完全一樣。」

「人總會有他們的堅持及忠旨。」

回到房間時，母兄居然主動攔在門外。二人不約而同地意氣風發，頭昂得高高的，讓我望見就感到嘔心。我無心理會他們，欲直接推門入房，卻在門外被房岳昌橫臂攔著。

「借問兩位有何要事？」

母親臉若冰霜，以充滿敵意的聲音質詢道：「兆麟的遺體在哪裏？不是說好送去靈血醫院嗎？」

「我已經吩咐權叔安排送去別的殮房。」

「殮房？哪間殮房？」

「讓我進房。」

房岳昌粗糙的右手揪起我的衣領，喝道：「妳私自偷走爸爸的遺體，想幹甚麼？」

「偷走？我是房兆麟的女兒，辦理爸爸的身後事，天經地義。這能算是偷嗎？」

房岳昌聽到我回答，冷笑一聲：「住口！妳根本就……」

「阿昌！別說出來！」

對方一臉悻悻然的樣子退開，母親喝止兄長後，臉容鐵青的對著我道：「好呀，趁我們送夏律師回去時，將兆麟遺體藏好，手腳真快。」

要是有不知情的外人聽到，還真的會被她騙過，以為母親是憂心亡夫的好妻子呢！想到此處真的太好笑，簡直是天大的笑話。

我毫不留情，強勢地回話：「夏律師是妳們接來的，送他回去是盡主客之誼；我陪著爸爸走完最後一程，送到入土為安，亦是女兒的責任。」

「哈哈哈哈哈哈！女兒的責任？」我未笑出來，對方卻反而早一步，笑到肚皮都彎下來。房岳昌掩嘴道：「媽媽，妳不是說不要笑嗎？」

那個場面完全不好笑，反而讓我感到有點畏懼。當他們向我投來輕蔑的眼光，讓我內心不期然想到，難道他們真的有充足證據，證明我並非房兆麟之女？

那個斯奈德醫學化驗所，果然相當可疑。不過單憑這個祕密，真的會令父親那麼驚慌嗎？

縱使我表面維持冷靜，但內心緊張萬分，思索怎生反擊。

母親良久才算止住那嘔心的笑聲，指著我道：「原本打算放妳一馬的，不過有人敬酒不喝喝罰酒，休怪我手下無情。」

我皺起眉心，猜測她說話背後的含意。將她的每一句說話在內心重說一遍，感覺事情開始變得相當麻煩。

「最後再問一次，兆麟的屍體在哪裏？」

曾經歷過父親「第一次」喪禮，自然知道她內心在盤算甚麼。藉著鋪張隆重的葬禮，對外展示自己的話語權及正統地位，方便兒子與眾位商界名流及高官結交。葬禮上擺闊，草草三天就下葬，然後急急脫下壽衣，安心入主房氏地產。

想得太美了！我怎麼可能會笨得再給予他們這個機會呢？

「妳們沒資格送父親最後一程！」我斷言拒絕他們的請求，推開房岳昌，入房後重手關門。任門外如何吵鬧拍打，都置之不管。疲憊地癱在椅子上，頭痛欲裂。

從母兄的言行及反應，多半是打算用我非房兆麟親生女的事來大造文章，除去我的繼承權。但根據律師所言，從法律上既然遺囑已經指名，那怕我與房兆麟毫無血緣關係，亦不會妨礙繼承的正當性。雖然試圖以此來說服自己，可是依然隱約充滿不安。

果然要想辦法調查一下「斯奈德醫學化驗所」。

身為女人的第六感，那是母兄自信的源頭。「第一次」因為我爽快退出，所以沒有拿出來；然而這一次我果斷硬扛，他們就企圖糾出來，打算將我摧毀。

「大小姐，這樣不是太好吧。」待二人退去，權叔悄悄入房為我倒熱茶，同時勸阻道。

我詢問權叔知否那封信，他說信件是八月三十日晚上寄到，即是說母親收信後翌天向父親挑釁。

「我敢！我為何不敢！還要開記者會大聲讀出來！你管得了嗎？」

我記得清楚，當時母親手執信封，大聲說出這句話。正正因為她手握這個祕密，視為終極兵器，才敢如此撒野。足以令父親激動至病發身亡；能夠令母親不怕官非，對我展現悠哉無畏的自信。無論如何思考，都只能得出那封信內載有對我極度不利的祕密。

潛藏在內心的不安慢慢萌芽，忽然覺得無計可施，猜不到母親究竟在故弄甚麼玄虛。我按著自己的胸脯，閉目深深吸一口氣，依然無法揮走內心的鬱抑。

如果僅僅是知道我不是父親的女兒，即使開記者宣告全世界，都不會帶來多大的影響。大家只會視為茶餘飯後的笑料看待，於我而言更加不痛不癢，沒可能剝奪我身為繼承人的權力。

權叔勸阻無效，悶悶不樂地退出。待他離開後，我才焦慮起來。

究竟那封信上記載甚麼呢？我直覺感到，那是想像以外更可怕的內容，而且與我有莫大關係。

母親及兄長知悉後，才會自信滿滿拿來威脅我。

有如芒刺在背，無法靜下心來。我嘗試致電到斯奈德醫學化驗所，詢問報告內容。對方以其專業操守，以客戶私隱理由拒絕透任何口風。

在憂患交雜時，我想起遠在美國的趙京逸。與父親同樣經歷荔枝莊大爆炸事件，目睹不可思議的事，亦知道電子書，甚至陪同父親闖天下致富，定必知悉父親尚未交代的後半段故事發展，以及我的身世之謎。

要不要再問蘭瑟借取手機？可是我不知道他的手機有否申請國際通話服務。

返回公司用電話聯絡？連手機都可以趁我不知情下植入追蹤程式，說不好公司的電話都會遭人竊聽。祕書身為我的人，亦難以保證她的手機是否安全。

電郵至趙京逸的子女，拜託他們詢問老人家？別開玩笑了，這麼機密的事，豈可由外人傳話？思前想後，果然不找出內鬼，實難叫我安心。

晚上向趙京逸撥電，簡單告之父親死亡的消息。如同「第一次」般，他得知後悲慟難持，呼喊好半天，最後由他的兒子代為接聽。我只道決定葬禮後再通知他們，就此掛斷電話。

如果他再次乘坐九月九日出發往九龍市的TD 7689，恐怕會失事墜海。那麼只要安排在其他時間坐其他航機，也許能避過一劫。雖說不知道這一次會否「案件重演」，但仍試圖挽救趙京逸一人的性命。至於機上其他乘客，只能對他們說聲抱歉。畢竟我不是神，不可能拯救所有人的性命。

通話中決不會提及多餘的話，目下只消等趙京逸回國後，私下會面詢問荔枝莊大爆炸事件後續即可，不必急在一時。面對面說話，雖然很原始，卻也是最有效的保密方法。

翌天早上收到蘭瑟的報告，如同「第一次」那樣，他果斷提出辭職。與之前同樣，蘭瑟亦是召來貨車及搬運工人，幫忙將房內的機械及醫藥用具搬走。比較貴重的藥物都由蘭瑟自己放上車，說甚麼「非執照醫生不可碰」，即使這些小事依然堅持自己負責。我吩咐傭人幫忙搬運，想到「第一次」的事故，這次特別小心，不容傭人再打翻。

「對了，蘭瑟你喜歡鎖頭嗎？」我突然醒起來，蘭瑟一臉錯愕，我取出一個舊的鎖頭：「這是我父親房內的舊東西，鑰匙早就不見了，我又不會用，送給你作為紀念。」

那個鎖頭同樣是大同鐵廠出品，在父親抽屜的雜物堆隨便擺著，看樣子有一定年份。雖然不知道蘭瑟原本那個舊鎖頭是如何獲得，但我希望用這個來代表父親，感謝他多年的付出。

「這個……這個……感謝妳……艾莉卡。」蘭瑟緊緊地握著，反應大得超乎我想像，他真是喜歡鎖頭嗎？沒必要哭出來吧？

權叔抱來一箱衣物，見到我倆，好奇問：「蘭瑟，你幹嘛在哭？」

「權叔，沒事沒事。」蘭瑟將那個鎖頭珍重地收入袋，點算行李無缺，正式離開房府。臨別前再三向我揮別，也許他內心討厭見到接下來的家族內鬥吧，真是仁慈的男人。確實之後會是十分艱難的路，但我不打算止步於此。

回房後打開報告，果然如我所願，蘭瑟儘量在不違背專業操守下，側重強調父親心臟有毛病，加之剛從昏迷狀態下甦醒，不宜接受任何刺激。我安心合上這份報告，待事情告一段落，必定要感謝他協力。

萬事俱備只欠東風，將報告傳真予我的律師群，同時正式聯絡警方，控告母兄意圖殺害父親。

律師群工作效率迅速，早就幫忙打理好一切文件，以迅雷不及掩耳之勢出手，通知殮房將遺體移交法醫，即時解剖檢查。

不是糾結在遺囑的真偽，而是直搗黃龍，判明母兄有意加害父親致其死亡，從而要求除去其繼承權。律師團隊認為表面證據成立，獲勝的成功機率很高。「第一次」辦不成的事，「第二次」絕對要辦得到。將主謀去除，杜絕後患，先下手為強。

母親收到律師信後，警方亦陸續上門調查。她居然處變不驚，好整以暇接受盤問。我亦受邀到警局，如盤托出當日的情況。我句句屬實，與傭人所見雷同，證供方面絕無問題。警方嘗試尋找蘭瑟，但他好像離開九龍市到鄰近省市，暫交由廣東省有關方面跟進。

九月二日，全國各地報刊都登出房兆麟逝世，以及房氏內家族爭權謀財的報導。繪聲繪影，說得像是身歷其境，好像親眼目睹一般。望著那些豐富幻想力的內容，我總是忍不住竊笑起來。

自從案件鬧大後，我與母兄的關係勢如水火，同住一屋卻像陌路人。他們還認為這裏由兄長繼承，我無權住下來，屢次企圖將我趕出去。我以遺囑未正式執行為由，認為此處業權尚未屬於他，一口拒絕。

外邊傳媒報導爭產案時，都一致認為母兄的勝算不高，搞不懂他們怎麼會有自信不畏懼我。權叔以至其他傭人一直默默在旁看著我與母兄對立，勢成水火，卻甚麼都幫不上忙。

「這幾天都辛苦你了，」我拍拍權叔的肩：「自從爸爸死後，有一部分傭人都辭退離開，房家頓時冷清好多。」

原本有一部分為照顧父親而聘請回來，父親離開後，自然就不需要。亦有些是工作數十年的老臣子，父親死後亦意興闌珊，又或嗅出暴風雨來臨，想趁安全前撤退。無論如何，人各有志，我亦不便挽留。

「放心，大小姐，老骨頭我走不動，會留下來的。」權叔道：「其實是以前太多人，現在只是恢復到基本數量，並未影響日常工作。」

我明白那是門面之詞，十數人驟降至八九人，絕對不是可以輕輕帶過的問題。可惜現在我無暇處理，優先想方設法擊潰母兄。

「權叔是老臣子，你辦事我放心。」

即使現在減至九人，亦不是小數目。內鬼額上沒有刻字，我想過好幾種辦法，都不能百分百保證分辨出來。祕密是越少人知道越好，總不可能直接向權叔說，你下面有人疑似想對房家不利，幫我刮出來吧？這不是明擺說權叔無能，引狼入室嗎？

「外面的記者要如何處置？需要趕走他們嗎？」

自從父親死後，不知傳媒怎麼收到風聲，我與母兄正打算對薄公堂，紛紛於正門外林立窺伺，人人都在渴望跟進房家爭權的最新消息。

「不用，隨他們吧，反正只是工作，無需為難他們。再者府上有後門，那邊屬私家路段，記者都無法堵塞。暫時可以循那邊出入，依然暢通無阻。

即使逗留在府上，我仍然日夜戒懼。生怕母兄聘請殺手，再度入屋殺人。

九月三日，本市的《指南日報》頭版是母親及兄長的專訪。他們揚言於本周日，亦即是九月七日，現身麗的電視壹龍台《今日看清楚》節目當嘉賓，洩露驚天大祕密。

「我告訴大家！真相竟然是如此恐怖！那樣的人居然會一臉正常地待在我們身邊，非常危險！」母親向採訪的記者道，語氣中滲著一股難以言喻的信心：「而這個人不但妄想奪權篡位，反客為主，鵲巢鳩佔，簡直不要臉至極！我好肯定，接下來她就會對廣大市民不利，危害社會安全！」

「這個人是誰呢？」記者如是問。

「嘿嘿嘿，那麼請留意麗的電視台，本周日晚上八時直播的《今日看清楚》，屆時我會公開一切真相！撕破她偽裝的面具！」

不獨是《指南日報》，連本市的麗的電視都在瘋狂插播宣傳預告，整個社會明顯沸騰起來。大眾傳統是吃花生看好戲，大家悉心關注富豪家族爭財奪利的消息。作為茶餘飯後的話題，刺激性及吸引性絕不輸晚上的電視連續劇。

絕對不會有錯，他們打算電視上公布那份不明內容的報告。權叔見我在房間苦惱，提議我找母親他們和解。

「和解？沒可能？你覺得他們會退讓嗎？」我拍著桌子道：「怯，就輸一世！無論電視節目上公布任何聳人聽聞的祕密，都無法改變他們企圖謀害父親的事實！還有她們那番聳人聽聞的預告算甚麼意思？我隨時可以控告他們誹謗！」

警方嘗試再登門造訪，母親及兄長拒絕提供任何新情報，堅持要在星期日的《今日看清楚》直播節目中公開。期間傳媒持續守在房宅外監視，廿四小時均有記者的長鏡頭捕捉。

我瞧得心煩氣躁，將窗簾拉上。漸漸足不出戶，長期留在家中處理公事，以電話與公司聯絡指揮。幸好這幾天房氏地產無甚大事，股價暫未有大幅度波動，市場靜觀產權大戰，公司照舊制度順利運作。

奈何董事們諸多不滿，常常撥電滋擾，矛頭都是針對我，認為有人別有用心干涉公司內政。他們全部都是站在兄長那方，或者說根本是歧視女性，從來沒有瞧得起我。父親在生時尚會收斂一點，父親死後全部公然表態支持兄長。我一律懶得理睬，最後索性連電話都不聽。

我不屑向任何人解釋，反正現在父親的遺囑尚未執行，股份未曾攤分，我依然是公司合法的執行長。不屑多作解釋，拒絕出席無謂的會議，他們再吵都無濟於事。

連日操勞下，即使喝多幾杯咖啡依然沒法消除疲憊，不得不要躺在辦公椅上酣睡。我瞇著眼望向月曆，沒想到時間過得如此快，已經來到九月六日。

明天母親及兄長絕對會出席電視直播，在那個八卦節目《今日看清楚》上將她掌握的祕密公開。過去數天我甚至委託過私家偵探，都查不到半點線索。即使電視台那邊都毫不知情，只知道當晚安排母兄全集專訪，屆時他們才公開內容。

明明自己有全盤的勝算，卻揮不走失敗的恐懼。

「大小姐……大小姐……」

「啊，權叔，甚麼事？」

腦子迷糊，眼皮沉重，手腳乏力，好一會才反應過來。

「大小姐臉色好差。」

「放心，我沒事。」

「晚飯……照樣在房間吃？」

「對。」

處於冷戰之下，我和母親兄長雖同住一屋，卻連半句交談都沒有。即使有，也是在法庭之上。望著他們那張笑臉，我老是冷汗直冒，下意識不敢再靠近他們。

「大小姐，不如今晚早點上床休息吧。這幾天妳都只是坐在這裏……」

「行行行，權叔，我知道的。你將飯菜端進來。」

飯後我終於撐不住，搖晃著身子脫下全部衣物換上睡衣，想也不想就回到床上倒頭大睡。身體像散架一樣，胳膊腰腿都抬不動，整個人像是陷入天昏地暗的異空間。這一場深眠在不知多久，突然轉醒。

那是非常突然，好像在夢中跌倒，腳也跟著絆了一下，全身一抖，就此脫離睡夢。夢中究竟發生甚麼事，我完全無法回憶起來。眼前黑壓壓一片，臉貼著冰涼的地板，有些微刺痛。

我想為何如此不小心從床上滾下來，正要撐起身，摸索手機，時間為深夜二時。居然在睡夢中滾落床，可謂「史無前例」。也許因為睡覺前無心進食，肚子飢腸轆轆。反正都醒過來，摸黑蹭去廚房取點食物，好暖身充胃。

悄悄離開房間，由於走廊電燈制不在附近，只好靠牆摸索，於黑暗中行走。穿著拖鞋踏過地板，步下階梯，方醒起為何不帶上手機用電筒照明。可是我都走了三分一的路，恃著熟悉房宅環境，室外斗大的明月，依稀有足夠光線辨明方向，也就繼續走下去。像這樣子的「探險」，自長大後再沒有嘗試過，勾起我童年時的興致。

大廳面向後花園是寬闊的落地玻璃，在銀月輝影下，我目睹有兩個人穿過到後花園，從那邊的後門離開。後門設有密碼鎖，開關密碼只有府上的人才知道。門外連著別墅的私家通道，閒雜人等不得進入。

根據敝府習慣，只會在採購貨運時才以後門出入，平常一律使用正門。然而最近正門被記者包圍，所以改為使用後門。我好奇是誰在夜深離開，腦中不由自主憶起幾番追殺我的職業殺手。危險感催使我不敢掉以輕心視而不見，顧不了穿著單薄的粉紅睡衣，躡手躡腳靜靜跟上去。

後門外連著一條單行馬路，再往外走是參差茂密的叢林及連綿的斜坡，四周並無路燈照明。我左右張看，都不見人影。往前撐著欄杆俯前，眼前盡是黑不見五指，深邃如同大海。要是他們翻過欄杆跳下坡，我想應該追之不及吧。

身體融入黑暗中，極目張看，都無法見到任何人。惟有陰風長吹，草葉沙沙作響。

「那兩道人影究竟是誰？」

忍受寒風刺骨，思念房府的暖床。我害怕神祕人物去而復返，等了好一會都沒有發現後，匆匆轉身回去別墅。說時遲那時快，還未走到後門，「轟隆」一聲巨響劃破寂靜的夜空，眼前驟然發生大爆炸。強烈的震動波向四面八方傳開，驟然捲起猛烈的衝擊。彷彿天地間都被陰森恐怖的末日籠罩，大地瘋狂地搖撼著，暴濤的熱氣一道接一道襲迫全身。

眼睜睜望著房府四分五裂陷入烈焰，蒙入閃光中。我倉卒未防，整個人吹飛。無助地雙手抱頭，在衝擊下身體劇烈搖晃。期間大量斷裂的樹幹及巨石崩坍滾落擦過，不斷打中臉頰與手足，向後面山坡的黑暗墮去。

第捌回　雷爆九重殘瓦遠
血疏千里劫灰長

區區幾十秒，如同歷劫一個世紀之遙。我拚死捲曲全身，仍不斷遭受流石擦打。最後伴隨氣流推進，背脊撞上一株大樹。慌亂下急急伸出雙手，攏住粗樹幹勉強穩住身子，才幸運避過一劫，免於滾落山崖下。

待熱流散去，我始能透一口暖氣。緩緩張開眼，房府早就燃起一團猛烈洪火，在夜空中成為光芒四射的明珠，照耀整座山頭。

眼前上坡處大片樹林完全翻起，以房宅為中心，方圓數米夷為平地，露出了坑坑窪窪的土黃色地面。火舌像是炫耀自己的威力，在我眼前加劇晃動。更有零星火種飛彈，令火勢慢慢於林木間擴展。

「怎麼會……這樣……」

從小至大成長的地方，滿載我與父親的回憶，以及父親最後活過的痕跡，統統於這一場大爆炸中摧毀淨盡。極度錯愕之後是極度憤怒，早就在「第一次」看新聞報導時已經有所懷疑，如今親身經歷，更加明白整場爆炸毫不自然，絕對是人為事故，甚至是謀殺！

我不由自主地發顫，同時扯起三丈無名火。如非自己突然醒來，偶然間步出睡房，好奇跟蹤可疑份子離開別墅，豈非身陷在災場，於睡夢中升天？

側耳傾聽，上面傳來沸騰人聲，想必是日夜輪守在房宅外的記者在擾攘。他們圍聚在正門，也許亦受爆炸波及吧。我無暇顧及他們，光是拚命求生，都費盡全力。與此同時想到至親之人都在別墅之中遇難，登時難過起來。

試圖慢慢沿樹幹爬回地面，可惜如今四肢乏力，無法支持全身重量。黑暗中摸索不到其他依憑物，一個不慎十指滑落，整個人摔倒滾下坡。

「救……救命！」

後面是一道陡直的山崖，披滿茂密的樹海，不知有多斜多深。我持續墜落，張口大叫，可是荒山野嶺，怎麼會有人過來呢？即使理性上知道是徒勞無功，求生的本能還是讓我不斷叫喊。

正當以為必死之際，突然間一股溫熱包覆我的身體，明顯是有人出手相救。黑暗中我看不到他的臉孔，只感覺到有一條強而有力的臂彎，猛然將我拉入懷內。陣陣男性的悶臭體味衝入鼻孔，本能下掩住口鼻，不忍呼吸。

對方雙腿立子午馬，左手抱著我的腰，右手化掌為勾，宛如一隻獵食的大鷹，在半空抄住我身體，然後勾住一株樹幹，腳掌釘入地面，方穩住身體。

「謝……謝謝……」我深感自己失禮，匆匆撤手後由衷地道，對方冷淡道：「行了，沒事吧。」

聽到那股沉實有力的聲音，直覺感到十分熟悉。我應該是聽過這道嗓音，即時聯想到那個男人。然而我猶是將信將疑，畢竟那個男人怎麼可能巧合地在此時此刻現身呢？

確定情況安全後，他始將我放下，穩穩扶立在山坡上。我仰頭望向山頭距離甚遠，被無數樹木遮蔽，仍然見到洪洪大火。

「離開這裏再說。」

對方在耳邊小聲道，匆匆拉我往另一個方向離開。雖然我想立即回去房宅，可是又怕犯人未嘗遠寺，生怕暴露自己生還，只得忍痛放棄。轉念一想，即使擔心緊張都沒有用。那怕我折返現場，亦不可能衝入火場救人，於事無補。

為殺死我一個人，可以無視府上其他無辜者，犯人如此冷血，令我相當憤怒。

「怎麼樣了？」

對方見我佇立不行，回首再問道。

我如同處身在無垠宇宙中，畏怯前進一步是否深淵，究竟有否實地可踏。由於對方持續握著我的右手，才讓我有勇氣往前慢慢邁步。那怕四周有沖天樹蔭遮蔽月光，野獸的嘶啞叫聲間斷傳來，都因為對方手心傳來的溫熱而令我陶醉，感受到世界上最安心信賴的依靠。

剎那有種錯覺，就算他是惡魔，即將前往地獄，我亦安心渡之。

「前面溪間有暗湧，先在這裏休息，等天明再過去會安全點。」男人慢慢帶著我來到山崖最底處，抬頭終於可以仰望月色泛在溪流粼粼碧波之上，閃爍幽明爍爍的銀光。舉頭回望，山頭一隅一點紅色火光，映在夜空雲層上。我對著那團火，混雜騷動、複雜、深奧、異變、混亂……等等感情交纏。以吞噬整座房宅所有回憶為代價，在腦海中烙下永遠無法替代的嘲諷。

男人放開我的手，呼吸轉濃，特有的體味飄來，我益發猜想是「那個人」。當然為免誤會，姑且試探問道：「你是誰？」

他拒絕回答：「你不需要知道。」

我穿著單薄的睡衣，於寒夜下瑟縮。對方脫下外套，罩在我身上，再次傳來濃郁而沉醉的氣味。

「謝謝。」

左右雙手緊抓著外套，發現口袋中有一部手機，偷偷取出來。手機未有啟動，我摸黑中按下電源鍵，竟然成功啟動。

我悄悄將電話螢光幕舉起，將光線照在對方臉上，瞬即辨明對方身分：「馮子健嗚！」

沒有錯！他就是那位通緝犯馮子健！那位曾經為保護我而與職業殺手交戰的馮子健！

然而眼前的馮子健並未有因為久別重逢而興奮歡迎，而是迅速掐著我脖子，整個人按在地面。臉頰幾乎貼著石頭，無法動彈掙扎。

「等等等！子健！是我！」

脖子上傳來森寒的感覺，他拔刀抵過來，刀刃與我毛髮貼著。只要輕輕一送，我便一命歸西。在我大叫之後，他始肯撤刀，撿起手機，往我臉上照過來。刺目的強光下，我不得不舉起手掌遮攔。

「妳是房宛萍？」

「對啊！」

馮子健所謂的「認得我」，與我想像的有很大差異。

「我知道，妳是房氏地產的執行長，房兆麟先生的掌上明珠房宛萍。最近幾天報章頭條，全是妳的報導。」

我難以置信，事實亦合乎情理。如果對方同樣有「第一次」的記憶，多少會想到聯絡我才對。

「我都認識你，馮子健！」

「我是通緝犯，你當然認識我。」

眼前的馮子健，根本沒有「第一次」與我共同行動的經歷，乃截然不同的另一個人。

曾經與他有一臉之緣，共渡生死，我確信他不是外界傳言那麼可怕，深信他絕不會殺死我。

「不是那個意思！我是從未來回來！在那之前我們是認識的！」

他依然按著我，沒有意圖抽手。喂喂喂，怎麼和「第一次」相遇時差不多？

「妳意思是說自己是未來人？」

「在未來你親口對我說，因為要償還恩情，所以要幫我一個忙！」

我明白自己在說多麼荒謬的事，但我還是要賭一局。只要說出他不為人知的祕密情報，多少足以讓他取信我絕非打誑。心底有自信，遂挺起胸部道：「你已經是第二次救我了，第一次在九月十四日荔枝莊從殺手手下救出我。」

一者他曾經提及之所以出手救我，乃是報恩。

二者如果一切照「第一次」狀況發展，而我沒有打擾下，所有事情大抵會照「第一次」原樣進行。換句話說，馮子健在九月十四日當天，必然會逗留在荔枝莊。

向來隱匿多時，從未被警方抓住蹤跡的馮子健，一下子被我糾出兩件大祕密，其中一件還是與自己行蹤有關，足以撼動他的內心。

「我們今天才是首次碰面。」

「因為我回到八月卅一日，九月十四日的事就此一筆抹消……呃，但是今天是九月三日……不，還是已經是四日？因為事情尚未發生，所以你不知道亦不奇怪……其實我自己都不太清楚，總而言之我們之前亦即會在未來碰面，那時我遭遇危險，幸得你出手相救我才沒事。不過最後我還是遇害，然後回到八月卅一日……」越說越亂，連我自己都覺得不知所云。好半晌馮子健終於撤手，我才得以緩一口氣。

「將事情的始末詳細道明。」

「你願意……相信我？」我略為猶豫，緩一緩氣後再道：「方才所言雖然荒謬絕倫，但我願意指天發誓，證明句句屬實！」

回到八月卅一日後，「第一次」發生的種種事件都不復存在，根本無法找出真憑實據，證明自己所言非虛。我除去發誓之外，再也想不到如何取信於人。

馮子健先叫我坐下來，由於睡衣單薄，在寒夜中不禁瑟縮發抖。他看不入眼，卸下背囊後取出一塊大毛毯，披在我的身上。

「謝謝。」

馮子健取附近石頭與樹皮磨碎，生起火堆。看見我手腳與臉上都是小傷口，還細心地用毛巾沾上溪水，仔細輕柔抹拭。

全國通緝犯居然替我清理傷口，莫非自己在造夢嗎？畢竟兩度重遇同一人，簡直是可一不可再的奇蹟。待身心暖和舒暢後，我鎮靜心神，重新組織這幾天發生的事，理順思緒，將一直以來發生的事和盤托出。

「我相信妳。」

馮子健竟然相信了？不會當我有精神病吧？

「確實你於『她』有恩，我亦在『她』面前發誓要報恩。按照常理，妳是不可能知道這件事的。但是妳居然知道了，只能認為是我確實曾經提過。」馮子健望著我道：「縱然妳滿口胡言亂語都不打緊，畢竟我曾經向『她』承諾過，無論如何都會幫妳。」

「一切都是因為『她』嗎？」我稍稍不悅起來，到頭來成功說服的原因，原來與我無關：「『她』到底是誰？」

馮子健依然不願回答，他突然問道：「未來到底發生甚麼事？為何妳中槍身亡後會回到過去？就算是九流科幻小說的情節，好歹要解釋穿越的原理。」

「連我自己都不清楚，怎麼可能解釋啊。總之被殺手一槍打中心臟斃命，然後醒過來時，已經回到八月三十一日。」

「算了，看樣子不是一時三刻可以理解的範疇。與其花費多餘的時間研究妳回到過去的能力前，應該先解決威脅妳性命的幕後黑手，可能更為簡單快捷。」

引爆房府的兇手定必逍遙法外，也許在暗處愉悅觀賞房府祝融之災。想到此處便有氣，掐緊拳頭道：「一定是母兄！他們派人引爆別墅，連我都想一併下手解決哎呀！」

馮子健未等我說完，忽然敲我的頭：「外面的人常常說妳這位商界女傑青有多麼聰明，沒想到真人笨得無與倫比。」

我當然不高興，呦起嘴表示不滿。

「妳這麼聰明，竟然眼盲耳聾，不辨兇手嗎？」

「莫非你又想說，他們不是兇手？」

「從一開始就主觀推測，堅持認定對手只有令堂及令兄，將自己的眼光收窄。誠然就遺產爭奪上他們確是妳的對手，可是不等於他們是殺死妳的犯人。」如同「第一次」的意見，馮子健仍然不同意我的看法，責難道：「當局者迷旁觀者清，縫眼窺象，忽略全局下，當然不可能找出真相，漏掉真正的敵人。」

我幽憤填膺，高聲質問道：「犯人不是母兄，那麼又是誰？」

「若然令堂及令兄有份更改遺囑，怎麼可能大發慈悲留有餘地，居然分發股份讓妳留在董事局？妳們之間不是你死我活的關係嗎？若然他們不想對妳趕盡殺絕，斷不會做出這樣輕率大膽的決定。何況遺囑有公證人簽署，對方是法定認可的部門，法庭絕對接納其真實性。妳就像疑鄰竊斧，不斷遊說自己製造偏見，自然誤導方向。」馮子健認真地向我訓話道：「身為爭產風波的重心人物，做出任何對妳不利的舉動，必然成為最大嫌疑犯。如此關鍵時刻，竟然派人殺妳，豈非自招惹麻煩上身？令堂可以為報仇而忍上廿多年，顯然不是一般無知女人。怎麼會只爭朝夕，因為一時意氣而動手殺死妳。尤其是遺囑寫明此棟別墅是由房岳昌繼承，不會有人笨得將到手的財產炸個稀巴拉爛，開自己的玩笑。」

我想想覺得有幾分道理，可是依舊無法釋懷。

「有道螳螂捕蟬黃雀在後，說不定一切事件都是由『第三者』搞出來。這位第三者必然是房府中的人，才能順利解釋所有事：包括有辦法偷拍妳的生活照、打開上鎖的抽屜，甚至引爆府上炸彈。」馮子健有條不紊地解釋，將理由闡述得透徹精闢：「連番派出職業殺手，還可以說是針對閣下一人；但企圖將整個房府爆毀，目標就是房家所有人。殺死妳一人，與殺死房家所有人，性質上完全不同，豈可混為一談？」

「可是……」

「我覺得，兩件事不應該混為一談。」

「但是……」

「說起來上次逃亡時，妳有沒有留意房府爆炸一事？與現在情況相若嗎？」

我將「第一次」處身酒店套房時，二人收集及整理的情報告之他。由於大部分都是馮子健的意見，卻要由我向本人再轉述一次，感覺相當滑稽。我簡單交代完畢，最後補充當時的看法道：「也許母兄想借大爆炸來製造大新聞，搶佔曝光率，甚至以受害者身分獲得保險賠償金。」

馮子健劈頭否定道：「沒可能，妳在爆炸發生後，有沒有見過令堂與令兄現身？」

「馮子健！」

「我問妳，有，還是沒有。」

感受到馮子健刺眼的目光，我只好扭頭答道：「沒有。」

「如果真的想騙取保險金，為何不及早現身呢？」

「也許他們想等我被定罪後才出現……」

馮子健搖頭：「妳冷靜想一想，保險金有那麼容易騙取嗎？保險公司從來都是吃人不吐骨，你付保費給他們乃天公地道，要他們向你付賠償金乃無用妄想。保險公司的調查員為公司利益，必定想盡辦法調查案情，最好是找出漏洞，讓公司名正言順無需給予賠款。若然照妳的想法，令堂及令兄在爆炸後匿藏起來，等妳被警方控告犯罪後才施施然現身，只會增添嫌疑，對他們百害而無一利，隨時賠上所有。」

對方滔滔不絕地為母兄申辯，教我無法駁倒半句。

「更何況發生如此重大的命案，警方不可能拖拖拉拉，必然強勢調查。進入司法程序後，法庭亦會中止執行遺囑。一個搞不好，豈非數年後才可以名正言順掌控房氏地產？變相讓自己更遲才能取得應有的遺產？妳認為令堂令兄是如此蠢笨，會搬石頭壓自己的腳嗎？」

「假如犯人不是母兄，又會是誰呢？」

「我怎麼會知道。」

馮子健滔滔不絕說了那麼多話，最後卻甩得如此乾脆，讓我氣得白瞪他一眼。

「我連閣下府上有甚麼人都不知道，如何憑空指定犯人？」馮子健坦白道：「雖然我無法為妳解開幕後黑手，但由於妳會經歷時光倒流，也許有點眉目。」

「但說無妨。」

「有沒有聽過M理論？」

我即時搖頭。

「普朗克常數呢？」

繼續搖頭。

「相對論呢？」

我尷尬地點頭：「算是聽過。」

只是聽過其名，至於原理解釋，則一竅不通。

「雖然對於時空理論，向來只有理論基礎，從未有人能夠證明。若然你的經歷是真的，恐怕是世界上首位穿越者。當然這裏尚有很多質疑，究竟是本人穿越時空，抑或單純意識穿越時間，殊有分別。愛因斯坦在一九零五年發表一篇名為《論動體的電動力學》論文，提出將時間和空間結合為四維時空的概念；後來兩次超弦理論的革命，演化出M理論……」

那怕馮子健滔滔不絕長篇發言，很遺憾地我完全聽不懂，亦無興趣鑽研這些高深學問，遂伸手打斷他道：「請給我說簡單些的版本！」

馮子健一愣，沉默半晌後道：「根據目前既知的時空理論，我敢斷定前後兩次犯人都是同一人。」

「等等，中間是不是省略太多了？」

「反正你都聽不懂，所以我全部跳過了。」

可惡，感覺被對方小瞧了。也罷，當前首要之務，乃揪出欲置我於死地之幕後黑手。

「總而言之理由呢？」

「該怎麼向你解釋呢……聽好了，你經歷兩次八月三十一日，除去你行動範圍影響周圍人事有所變化外，其他一律照常不變，對嗎？」

我點點頭，比方說，公司那邊的運作就沒有變化。而這幾天的新聞報導，幾乎與「第一次」沒有任何變化。英國仍舊如期舉行蘇格蘭獨立公投，電視台報導的各項民調亦無明顯變化。

「兩次相同的時間中，唯獨妳採取不一樣的行動，進而影響到周圍的人與事，所以房宅內的經歷截然不同。然而在妳活動範圍以外，則幾乎不受影響，故此一切照舊如儀。」

「嗯，這個我理解。」

「然後有需要搞清楚，你在八月卅一日醒過來後有否發現睡房擺設與記憶不符？房府內部結構及外在景觀都與以前有否出入？周圍的人與你的記憶有否對上？」

「沒有，一切都如常。」我回答完後，還是想不通：「能否說得簡單些？」

「這樣子我大體搞懂了。」

「誒？」

「然後妳所改變的，只是醒過來後八月卅一日後的事。八月卅日之前，仍然維持原狀。」我仍在一頭霧水時，馮子健擺手說明道：「兩次時間線中，妳的行動都只是針對令堂令兄，並未做出超過其他範疇的影響。然而府上同樣發生大爆炸，以其威力及規模，不可能是臨時起意，必然是早有預謀有組織。估計早於八月卅一日前，犯人已經著手準備。雖然不知道妳用甚麼方法回到過去，但不管重來幾次，除非妳能回到這個『因』形成之前阻止，不然房府依然會發生大爆炸。」

「意思是，一切的『因』早於八月卅日前已經種下。無論我在八月卅一日後如何改變行動，都不能迴避相同的『果』嗎？」

「可以這樣說。」

「就算你這樣說，我都不知道回到過去的方法。再者究竟房府與誰結怨，為何動殺機，更是毫無頭緒。」

「一、房府中人或房氏地產得罪人……」

「商場上打交道者不知凡幾，沒可能一一數算。」

「二、犯人目標並非是房家，炸毀別墅也許只是計劃的其中一個步驟；三、犯人是隨機挑上房府，沒有特別目的或動機。」

竟然可以於一瞬間推論這麼多想法，不愧是通緝犯，犯罪經驗真豐富。

「然而目前證據不足，根本無法推論下去。」馮子健道：「今夜妳會醒過來絕對是奇蹟，亦可以說是命不該絕，估計連犯人都沒有預算到，真是福大命大。」

「請說這是老天開眼，亡父保佑。」我狠狠地道：「不能讓那樣的人渣活在世上！應該要做的事只有一件，就是將那傢伙揪出來碎屍萬斷！」

「有恩報恩，有仇報仇，夠爽快，我最喜歡。」馮子健居然聽得滿意，大力支持道：「這個忙我絕對幫定，當作是報恩吧。」

「感覺你比之前還要親切一點。」黑夜中看不見對方容貌，但馮子健的語氣與之前有異，而且話亦比較多。

「之前我是甚麼樣子？」

「老是板起臉，不肯多說話。」

「言多必失，少說話幹實事，有何問題？」

「我並不覺得有問題。」

馮子健忽然嘆一口氣：「上一次我未能成功保護妳，真是對不起。」

「不！那是意外……」

「明明『她』已經鄭重託付，我居然會大意，未能及早察覺犯人的意圖，更反將一軍，可謂相當失敗。」

馮子健再次提到「她」了，每次談及「她」，在明滅的火光中，我都留意到他的眼眸中夾雜複雜的神色。我怕他內疚，急道：「沒事兒，你看我現在還不是好端端的健在嗎？再加上今晚，你確實兩度拯救過我。」

「奇蹟不可能再三出現，如果妳不幸再度遇害，還能保證自己會再次回到過去嗎？」我無言以對，那怕自己親身經歷，都未能百分百保證奇蹟再次降臨。

「話說回頭，『她』到底是誰？」

馮子健之所以屢次協助我，完全是因為「她」而來。我很想弄明白，到底那個人是誰，所謂「報恩」又是甚麼意思。

馮子健還是用同樣的口氣答道：「和妳沒有關係。」

「怎麼可能和我沒有關係？」

「總之妳不用管。」凡是提及「她」，馮子健頓時換成另一副口氣，將我拒之千里以外：「幫妳揪出幕後黑手後，從此各不再相欠，各行各路。」

二人之所以建立關係，只因為我需要找出連串事件的幕後黑手，而他想借此向我報恩。幾番疑惑，都未能求得答案，更使人挫折失落。我欲問還休，難以捉摸馮子健的心思，心中湧嚮沸騰熾熱的激盪，緊緊的掐起來。

「目下我們掌握的線索不多，也不可能回去府上搜證。若果犯人發現妳未遇害，很可能會有進一步行動。現在妳應該把握良機隱去行蹤，讓犯人誤會妳在大爆炸中死亡，好引蛇出洞。」

要找出「看不見的犯人」，最穩妥是聽從馮子健的計議。正如我一貫處事方法，「The best

person for the job」：權叔也好，蘭瑟也好，只要是該領域專精，則委以重任，同時投予絕對信任。

安心下來後，肚子開始打鼓，怪難為情。馮子健隨手從口袋摸出一包獨立包裝的餅乾，我心懷感激地收下。倘若只有自己一人，恐怕在此刻於深山窮谷中酸楚彷惶。

「那麼這幾天我們該往哪兒？」

房府盡毀，我亦不能隨便現身，難道要和馮子健一齊露宿荒野？

「這個等我想想。」

馮子健所謂「想想」，往往是無盡的沉默。

「話說回頭，你平時多數躲在何處？還是我們回去荔枝莊？」

身為全國頭號通緝犯，連警方都抓不到他半條毛，肯定有獨特的躲藏技巧。

馮子健一聲不響，看來不欲向我道明。為打開話題，渡過漫長的黑夜，我只好轉口問道：「說起來，為何你會在這裏？」

世界上沒有必然的巧合，冷靜想一想，他怎麼可能恰好心有靈犀，千里赴來為救我一命呢？

馮子健完全是那種「哦既然碰上妳了就順便報恩好撇甩責任」的態度，一邊控制火焰強度，一邊微動薄唇答道：「準備下一場殺人行動。」

聽到這番口氣，心中不禁一寒，再度提醒我千萬不要忘記，他乃是全國聞名的殺人犯。

「這次你想殺死哪位作家？」

「寇尹。」

我驚訝起來：「寇尹？那位科幻小說家寇尹？」

寇尹大名，如雷貫耳。其撰寫的一系列科幻冒險小說，風行全國，甚至改編拍成電視劇及電影。我唸書的時候，很多男學生都沉迷其中。

「我要先訂正一句，他寫的是狗屁小說，不是科幻小說。如果他寫的叫科幻小說，那樣子便是侮辱全球所有寫科幻小說的作家。」

我聽出他的話中飽含憎惡之意，嘗試靠近問道：「為何要殺死他？」

「殺死那些人渣不需要特別的理由。」馮子健明顯洋溢起怒意道：「事前已經調查清楚，他在這附近有一棟祕密豪宅，經常逗留在那邊住宿。原本準備今晚趁黑試探環境，沒想到走到半途碰見大爆炸，還有人在叫救命，才會先去救人。」

萬萬料不到，路過所救的人居然是我。

「你和寇尹有仇嗎？」

馮子健未有正面回答我的質疑：「寇尹未成名前，乃寫武俠小說出身。」

寇尹屢次接受傳媒訪談，經常提及過去曾經撰寫武俠小說，曾經擔任過毛艮及申龍的代筆。在武俠小說領域上，毛艮、蕭綸公、申龍等名家好比是萬丈高山，難以逾越。故此他轉避鋒芒，創作科幻小說，結果意外揚名。

「武俠小說在七十年代末已經如明日黃花，開到荼薇，就算寫得比毛蕭申再好一千倍都不會有人看。寇尹後來轉營寫科幻小說，才平地一聲雷，擠身今天大家所認知的一流作家之列。」

「這些事眾所周知，算不上祕密啊。」

馮子健不管我找茬，繼續說下去：「寇尹在八十年代憑科幻小說成名，其風行程度婦孺皆知，但暢銷的都是科幻小說，昔日創作的武俠小說卻依然堆積如山，無人問津。那時他人漸紅，便再動腦筋思考，如何將那批賣不出的武俠小說換成雪花花的銀錢。一邊借訪問明示暗示宣傳，一邊到處找出版社兜賣版權。出版社不是呆子，要麼知道他寫的武俠小說完全不入流，要麼說只想翻印毛蕭申的舊小說穩賺，怎會冒虧本的風險替他出版。豈料他真是行運一條龍，居然有呆子聽信鬼話，購入他的武俠小說版權刊印。」

「誰？」

「金耀出版社。」

「沒聽過呢。」

馮子健的聲音沉厚而帶有磁性，說話時緩促有序，技巧比父親高明太多：「金耀出版社的老闆叫鐵蘭仙，當他聽說寇尹找上門，高興得不得了。寇尹的『宮奇文系列』科幻小說版權都在龍江出版社，但尚有其他幾個系列的科幻小說待價而沽，乃人人皆渴望搶入手出版的奇貨。鐵蘭仙當然想爭取回來，寇尹開條件，必須先買下自己的武俠小說版權，然後才考慮售賣其他科幻小說的版權。寇尹的武俠小說雖然不出名，但數量頗多，全部版權一筆過買下來，絕對不是少數目，隨時賠死人不饒命。鐵蘭仙只是嗜書之人，不知道是本人眼盲腦昏，還是寇尹在旁慫恿，居然問黑社會借貴利錢，將寇尹所有武俠小說的版權一筆過高額購入，同時議定『白震天系列』的科幻小說版權歸他。」

「問黑社會借錢？他瘋了嗎？」

與銀行不同，黑社會借錢不用審批，過程快款項大，但代價及麻煩亦非常高。萬一有任何糾紛，連公家執法機關都幫不上忙。

「之後的事你該想到，那批不知所謂的垃圾壓根兒賣不出去。黑社會上門追債，哪裏有錢可還？不用三個月鐵蘭仙被人劈死在辦公室，傷口像拉鍊似的從胸骨裂到下腹，送到醫院後再沒有出來。」

我掩著嘴，無法想像那是多麼恐怖的景象。七十、八十年代國內的黑社會幾乎與警察分庭而治，他們心狠手辣毫無道德，放肆猖獗目無法紀，貪污枉法警匪勾結，是人見人怕的惡勢力。父親那時生意剛起步，都得默默忍受他們的壓迫，奉上不少好處才能平安無事。

「鐵蘭仙妻子仇香蘭更是寇尹書迷，支持丈夫決定，估計她沒有想到，自己最後連腹中塊肉都無法保護，橫死街頭。好端端的一家人，就此全家富貴。」

「等一會！這些事是真的嗎？我從未聽過！」

「因為事後寇尹花費不少人力財力，將整件事隱瞞下來。那時候互聯網尚未普及，只要控制好傳媒，就可以隻手遮天。時間久了，知情者祕而不宣，事件就慢慢就淡化消弭。不然他哪裏能夠如此風騷，掛著暢銷科幻小說作家的名銜四處招搖？」

雖然事件令人同情，但我從營商的角度，不覺得寇尹何錯之有：「生意本來就一買一賣，雙方你情我願，買賣有賺有虧，定必有風險。寇尹確實有行騙之意，但鐵蘭仙沒有好好進行風險評估，承辦下超過他能接受的生意，亦有不對的地方。」

馮子健聞之「嘿嘿嘿」仰天冷笑，望向我道：「如果寇尹覺得自己沒錯，為何在事發之後，他一反常態，在所有訪談及講座上，絕口不提這件事呢？禍根由他種下，為何事後推得一乾二淨，至少向死者家屬慰問道歉吧？可是沒有啊！半句都沒有！時光荏苒，花果飄零，鐵家三口屍骨暴寒，若非我今夜說出，妳會知道這件事嗎？不會啊！他就是奢望用時間沖走一切，掩藏所有不光彩的醜事，不容自己的名聲沾上半點污穢！」

望著他說得咬牙切齒，我靜靜問：「既然你會如此斷言，想必定有十足的證據吧。」

馮子健嗤笑：「那件事發生之後，寇尹私下花很多錢，將所有金耀出版社刊印過的作品全部購回銷毀。由於當時銷量不佳，大部分書店積壓存貨，自然樂於打包送走。幸好皇天不負有心人，我花費不少心血，終於成功從四川的舊書店中找回一九八二年金耀出版社出版的《鐵男直戈》上下冊。這兩本滄海遺珠因為被店主當成墊鍋用的墊子，才倖免於難未遭銷毀。」

「書呢？」

「收在背囊處。」

我此時才留意到他向來形影不離的大背囊不在背上：「你那個沉甸甸的大背囊呢？不是常時帶著嗎？」

馮子健聽我口氣對他的背囊十分熟悉，不禁有點莞爾。想起我之前的解釋，也就不感意外：「背囊太重，不便爬山，我把它藏在山腳下。妳想看的，之後可以借給你。」

「不用了，你說的，我都相信。」

其實對於作家那些私隱往事，我一竅不通。就算檢查那兩本舊書，都瞧不出甚麼。聽他說出這段隱祕往事，我擅自猜度道：「難道你是鐵蘭仙的親戚嗎？」

馮子健一愕：「怎麼可能？」

「誒？你不是說和寇尹有不共戴天之仇嗎？」

「確實有仇，但不獨是他人一人，而是龍江文學大賞的評審。」

「龍江文學大賞的評審？」

龍江文學大賞，乃由龍江出版社主辦，全國最大型的文學比賽。馮子健似乎發現話說太多，乾咳一聲。自傾吐過後，怒意消弭大半，語氣亦變得寬容起來：「如今夜已深了，妳先睡一會吧，我來看守。尋找犯人的事，宜從長計議。」

眼皮沉重的我，臥在石頭上安心閉目，轉瞬入眠。

雖然上次不幸被殺，但並非他的錯，故此毫不怪責他。

何況我我心知肚明，他對我的所作所為，全是為某人「報恩」而來，決不會對我有不剋企圖。

耿耿星河欲曙天，待在溪邊至破曉，東方山峰吐白照來。我穿著粉紅睡衣，頭髮凌亂。赤足走到溪水前照照樣子，恐怖得像女鬼一樣，真想找個洞鑽進去。

連化妝品都沒有帶在身上，真是失策。

第玖回　倪端深發猶惆悵
竇疑叢生費思量

且說夜宿河川之畔，此事可引南海鄺士元有〈夜宿中灣〉，一窺端詳：

暮夜溪山靜　飛潛各自閒
更尋花隱處　踏月過前灣

手腳多處擦傷、割傷、撞傷，一夜過後仍然疼痛。

由於腳掌上只是穿著室內用的絨毛拖鞋，馮子健生怕我雙足受損，堅持背負我行走。

身邊連化妝品都沒有，只好隨便以手疏理長髮。不多時坡道旁有一個背囊，我認得那正是馮子健的東西。此處人跡罕至，那怕隨便棄置，都不會有路人偷走。

馮子健將背囊負在胸前，繼續向下游走去。

「太重了吧！真的不打緊嗎？」

「現在這點重量還可以。」馮子健游刃有餘地道，我好奇試問道：「這背囊沉甸甸的，是塞滿食物嗎？」

馮子健搖頭，我再問：「難道是防身武器？」

再度搖頭後，我已經想不到答案，隨便道：「看你如此重視它，莫非載著甚麼珍貴的東西嗎？」

「沒錯，是世界上最珍貴的寶物。」

意料之外地馮子健居然會坦白回答，然而他的語氣像是對著另一個人說話。我從未聽過他發出如此溫柔和緩的聲音，就像細水長流，不緊不慢的，充滿深度與寬度。忽然心臟扭著，感到怪難受，好生不舒服。

走了一個小時多，沿著小溪匯流到小河，再到大海出口，終於看到遠處灘邊有一座碼頭，以及附近熙來攘往的人影。

「那邊碼頭有航班開往荃青鎮，我們先想辦法上船，然後從北上到屯門鎮。」

「誒？屯門鎮？」

荃青鎮位處九龍市西部，與屯門鎮相鄰，同是新興小鎮。

「那處是我之前匿藏的地點……反正現在一時三刻都抽不出身解決寇尹那個仆街，姑且留其人頭於項上，先幫你找出犯人吧。」

「那個真是抱歉。」

雖然殺人是不對的，可是我無法指斥馮子健。畢竟自己亦為私仇，強行打斷對方預定計劃，還任性地使他幫我辦事，感覺自己才是惡劣之徒。

「沒關係，反正遲早都要找妳報恩，現在不過是提前了而已，沒有甚麼好介意。」

那怕馮子健並不覺得麻煩，可是我總是於心有愧，無法釋懷。

「除去報恩，難道就沒有別的理由嗎？」

「沒有。」

我有點生氣起來：「如果不是報恩，我們就不能走在一起嗎？」

馮子健頓足，過一會才道：「別開玩笑了，你堂堂千金小姐，如今更可能是房家惟一生還者，合法繼承人，沒必要認識我這樣粗賤的通緝犯。」

「但是……」

「儘管將我當成破布，用完就丟。這是妳的權利，我不會怪責妳。」

「就只是因為我是『她』的恩人？這樣子未免太奇怪了，簡直莫名其妙，我無法認同。」

最初之所以與馮子健合作，單純是因利成便，能用上的東西都利用起來吧。

自己在利用對方，對方亦是反過來利用我：完成心目中的「報恩」，滿足內心的需要後，便能夠名正言順斷絕一切關係，繼續踏上殺死作家的復仇之路。

我心中萌芽異常的想法，渴望改變現在二人之間不正常的關係。

為隱瞞身分祕密躲匿，就不能做出任何過度張揚的行為。如今我身穿睡衣，貿然登船，搞不好即時被船員查問，惹來不必要的麻煩。馮子健決定先去附近泳灘，看看能不能偷些衣物回來。

我身無分文，除偷竊以外就別無他法，故此不予反對，讓馮子健頗為意外。

就算身攜巨款，在這片海岸附近都不可能找到適合我的時裝店鋪。做人要學會變通，別無其他更好的方法下，當然只能依從馮子健的提議，接受賊贓撐過去。

「為善無近名，為惡無近刑。」只要沒有被人發現犯法，那麼一切都是合法。與商場上做生意如出一轍，應該出手時就要出手，為達成目的總要不擇手段。

馮子健吩咐我藏好身子後，跑去泳灘那邊去，良久才提著一個塑膠袋回來。他將塑膠袋遞給我，我抽出來望望，是一件灰綠相間的長袖格仔上衣、紅黑相間的格仔裙，灰色短靴，以及一套淺藍色的連身泳衣。

「你是從哪裏偷來的？」

「泳灘上只有幾位老伯，諒你都不想穿他們的衣服，只好再行前一點的民居偷來。不過內衣找不到合適的尺寸，只好潛進小賣部偷一套泳衣。」

「你……」

馮子健臉不紅氣不喘，正經八百地道：「九十五、五十八、九十六，附近又沒有內衣店，妳這副身材很難找到合穿的內衣。幸好這款泳衣彈性好，剪裁貼身，應該勉強可以取代內衣。」

「你……你你……你是欠打是不是？」聽到他板起嚴肅的臉說著令人羞恥的事，我不由得下意識一腳伸過去踢開他：「給我彈開三米遠！變態！」

馮子健小聲吐嚷「好心著雷劈」，背轉身走開。我從來沒有將自己的三圍告訴他人，連父親都不知道。莫非方才借由抱起我的時候上下其手，就能探得一清二楚？那傢伙究竟身懷多少種本領？

「你怎麼會對別人的身材瞭若指掌？」

「單純是長年累月的經驗。」

「其實你不是殺人犯，是強姦犯吧。」

「妳們這些女人可不可以別想那麼多？」馮子健有點洩氣道：「我這點本領又不是只是用來測量女人，更重要的是稱算敵人。連對手的身體狀況都不瞭解，如何與他們對峙？」

「放心，我只是在開玩笑。」

馮子健是甚麼樣的人，我當然非常清楚。沒想到老是認真不苟言笑的馮子健，會有如此不為人知的本領。因為很有趣，才臨時起意作弄他。

留意四下無人，快速脫下睡衣換上衣服。原本的內衣臭髒髒的，如果不穿內衣，衣服磨著乳房及私處很癢很不舒服，只好勉為其難穿上泳衣。隨便疏理凌亂長髮，靠近海水映照容貌，沒有化妝的素顏說不上醜，亦談不上漂亮。衣履雖然未至於襤褸不堪，但畢竟是普通民居偷來，滿滿的平民土氣，連自己都覺得容姿消滅，不勝往日美態。

「很好，這樣別人看到妳，都認不出是房大小姐。」

「你真的五行欠打嗎？」雖然知道他沒有惡意，但聽入耳就很窩火。

「這樣才方便行動，不好嗎？」

「就算如此，你別說些讓女生誤會尷尬的言辭嗎？」

那怕無惡意，可是說法很難讓人接受。馮子健只是聳聳肩，也不知道有否聽進去。

偷衣服時順手牽羊偷些金錢，將脫下的舊衣物藏在林中後，便乘上渡輪彼向荃灣碼頭出發。船上疏落只有幾個人，乘客分散而坐，誰都沒有留意我們。

抵埗後在碼頭附近的便利店購入麵包牛奶當作早餐，人生首次嘗到這麼簡單粗劣的早餐，不禁憶起府上的廚子，懷念每天都能吃到他們精心準備的豐富美食。習以為常的日常，不知不覺間視為理所當然。然而一場大爆炸，卻將這個日常輕易粉碎。

望著掌中的炒蛋雞肉包，狠狠張開小嘴咬一口吞下肚。將我熟悉的人以及日常毀掉，這口惡氣吞不得，決不原諒那位犯人。唔唔唔……

「如何？有錢的千金小姐吃不慣嗎？」

「別小瞧我啊，和爸爸一樣，小女子同樣能屈能伸。還有我有名字的，別再叫千金小姐。」

以前父親及趙京逸、馬東丁帶我出去玩，都是吃粗茶淡菜，然後說昔日捱世界時有多辛苦。他們言傳身教，讓我不致像其他名媛千金，態度囂張目空一切。

聽到他老是強調我「千金小姐」的身分，雖然知道他無意，但總有幾分介懷。我根本不是房兆麟的親生女，身世未白。更何況如今乃落難之身，受馮子健照顧，豈能再擺起架子充闊氣呢。

自己身世來歷尚未明瞭，而且過於敏感，我都不知道應否向馮子健如實告之。

「那處到底是否安全嗎？」馮子健不肯吐露最終目的地，我轉一個彎兒再度追問，他只管答道：「我在那邊匿藏月餘，直到八月底離開時，警方都未曾察覺，保證安全。」

「說不定現在已經被警方發現了。」

「我會先過去打探，若然情況有變，便改為其他地方。」

無汽車代步，亦不敢隨便乘坐公共汽車，二人四足沿海旁的行人徑徒步走過去。途中累了就坐下來休息，前後接近八小時才來到蝴蝶灣一帶。我從未曾試過走一整天的路，雙腳快要麻痺無力，無法再提起膝蓋。馮子健見我累得半死不活，二話不說再次背負我。

「等等……你快快放我下來……我休息一下就沒事。」

我介意旁人目光，羞恥地道。

「妳臉都煞白了，好好的別亂動。」

「你不是說別做引人注目的事嗎？」

「放心，旁人更加不好意思望過來。」

也不知道他是不是在胡說八道，只好忍氣吞聲悶下來。雖然他雙腿有力，可是我見到他後頸大汗冒出，便細心以衣袖拭抹。

抵達蝴蝶灣後，從海岸旁邊斜折往上，進入林蔭深處，登上青蝶脊的山徑。山徑幽暗，茂密的枝杈與濃郁綠葉遮掩大部分陽光，加之山澗有清風便來，所以不會讓人感到暑熱難耐。

足下所行，泰半不是平坦之路。間有急湍澗流，泥地石地，蛇盤曲繞，傾斜難立。途中有幾處路段，傾斜接近五十度，馮子健需要手腳並用抓牢地面攀爬。我伏在他的背上，瞧得緊張萬分。

越是深入山林，遠離都市，蚊蟲滋生尤盛，不住在身邊囂張飛舞。空氣中夾雜飄揚著不知何處而來的屎臭味。低頭顧盼間，見到地面遺留不少硬如石頭的糞便，登時皺眉生畏。

「好了，這邊可以走快一點。」

「走快一點？」

馮子健四肢貼地，低聲說「抓緊一點」。才剛剛抱著他雙肩，對方整個人像猛獸一樣躍前，不再是雙足奔跑，而是身體壓低雙手划前，高速穿林踏葉，於斜路上以「之」字型衝上去。

我從未見過有人用這樣的方式跑步，不，已經不能稱為「人」的方式，那是野獸獨有的動作。以這樣怪異無比的姿勢奔跑半小時，馮子健終於累倒下來。

此時處身山腰一小片凸出的平地，我與他背靠背坐下來休息。日光斜照，涼風習習撲面，已狙下午四時。出發前在山下買的食物與樽裝水都吃光喝光，休息一巡後，我體力都恢復得七七八八。

馮子健說最難行的路段已經過去，接下來都是起跌平常的山道。既然雙腿酸軟盡消，自忖足以應付，不能再為他人添麻煩。沿路上馮子健亦刻意遷就我，放緩步速。如是者再走了一小時左右，望見山下有一處廢棄的建築物。

「你之前就是躲在這兒？」

馮子健點點頭，吩咐我先躲起來，他獨自前去探勘。確定安全後，始在那邊揮手召我過去。腳下踏過疑似平整寬闊的道路，鳥叫雀鳴相迎，震得樹搖葉響。當靠近那棟建築物時，一切聲音戛然而止，如同進入死寂的國度。

馮子健直接走近正門，雙手用力扳拗鐵閘，轟隆隆的抖落大片鏽花後，趟開深處塵封的祕境。我見到正門上面掛有脫色的牌扁，上書「大同鐵廠」四字，登時「哦」的一聲呼道：「這裏就是大同鐵廠？」

「妳居然知道大同鐵廠？」

「自小就聽過它的大名，怎麼可能不知道啊！」感覺很有緣呢，估計這處是當年鐵廠遺址。居然尚在人間，未被拆卸，令我稱奇不已：「五十至七十年代名負一時，幾乎是寶安縣工業老大哥之一，其生產加工的鐵製產品行銷全國以至東南亞，質優價廉……」

「那樣又如何，最終周轉不靈，被令尊收購吞併。」馮子健插口道：「然後幾番整合搬遷，這間舊鐵廠亦遭廢棄。土地的地權幾經轉手，現在好像落入某大地產商手上。」

「這方面我並不清楚，業權方面的問題，需要到政府部門查冊才能了解詳情。」

我想起小時候父親說往事，提到收購大同鐵廠，全賴一時僥倖。鐵廠原本是家族生意經營，可惜內部傾軋，兩房人馬互相鬥爭，最終才被他漁翁得利。所以他常常引以為鑒，勸我別與母兄爭執。

知而不行，是為不知。父親的道理，我當然明白。但是別人欺負到頭上，甚至欲置我於死地，沒理由一退再退，含怒而不發，助長對方氣焰。

馮子健順手指向西南方道：「過去在那邊的龍鼓灘有碼頭，中間有車道相連，方便工廠輸入原料及輸出貨品。但鐵廠廢棄後，車路及碼頭都荒廢掉。加上無人開發管理，所以被森林掩沒。」

「那邊居然有碼頭？」

「屯門地名，最早有史可考，乃出於唐代文書。因商船往來頻密，催生海盜流寇。唐代為保海上安全，屯兵於西北部，即為今之屯門鎮。」

「即是說唐代已經有軍隊在此駐兵？」

「其實九龍市的歷史頗為悠久，早於唐代已經建造龍鼓灘碼頭。即使經過歷代戰亂變革，依然使用至今。至於現代人熟知的荃灣碼頭，是後來七十年代新建的，才取代了舊碼頭。」

馮子健從容像考古學者說出當地風土掌故，我訝異他博學多材，問道：「你上哪兒查到的？」

「看書。」

「我唸書時都沒有教過這些知識，到底是看甚麼書才知道如此詳細？」

「甚麼都會看……」馮子健答完，沒有再說下去。我留意到他的口吻，似乎不欲我再追問。與此同時陣陣機油霉味從廠內湧出，我即時以雙手掩著口鼻，濃烈嗆喉揮之不去。才走不到幾步，就看見室內中央某條柱樑下大片乾涸的血跡，嚇得呼叫起來。

馮子健不以為然，隨便邁步越過去：「之前在這裏殺過人，故意留下來的。放心吧，屍體已經好好處理掉了。」

「殺人？你殺的是誰？」

說好的匿藏地點呢？怎麼會變成命案現場？

馮子健不發一言的抽來一張椅子，用衣袖抹去灰塵，讓我坐下來。看來又是打算硬嘴巴不應話，那樣我亦只好爽快放棄。扭頭四處打量，好幾部機械都鋪滿塵埃，甚至有駭人的細小昆蟲在眼角快速鑽過。

馮子健突然拋話道：「妳知道大同鐵廠的老闆的下場嗎？」

大同鐵廠早於七十年代就被父親收購，那時我還未出生。雖然父親屢次提及自己收購的風光故事，但罕有交代收購對象的下場，故此一無所知。為何他會突然提起這樁事來呢？我眼眉一挑，馮子健從不說廢話，必定有其用意，故反詰道：「你知道多少事，不妨直說。」

「大同鐵廠的老闆及妻子駕車時發生意外，失控撞上行人道再翻轉，在車廂內夾成肉醬，當場失救慘死。」

「竟然發生那樣的慘事？」

父親從來不曾宣之於口的「真相」，是故意不告訴我，還是真的毫不知情？

「當時傳媒認為老闆夫妻生意失敗，與身為經理的弟弟交惡，背負大量債務，才不得不走上絕路。那時對於收購大同鐵廠的令尊猛烈抨擊，認為他的手腕不近人情。令尊為求向大眾澄清，公開批露交易文件及金額，證明一切是合法合情合理的商業決定。由於收購費用高於市場估值，而且坊間流傳老闆的弟弟有謀害兄嫂之意，市民的風向才改變，漸漸杜絕悠悠之口。」

父親的應對甚為高明，風吹哪邊就倒往哪邊，根本不用被民意牽著走。

「我倒是聽過一個有趣的傳聞，說老闆遺下一名孤兒，至於孰真孰假則無法考證。」

「你還真是知道很多啊。」

「只是碰巧知道。」馮子健聳肩道：「來到老舊的地方，便勾起這處的歷史罷了。假如那位孤兒尚在生，如今應該有卅多歲吧？」

沒想到臨時匿藏的大同鐵廠，與房家有這一段淵源，我感嘆冥冥之中自有神祕主宰。

蘭瑟常常敬拜的神，如果真的存在，希望祂幫助我解決仇敵。

馮子健卸下背囊，拉來一張椅子坐下，樣子極度疲憊。我望望外面的太陽，正沉沒於山背後。今天他出力甚巨，按道理應該換我來準備晚飯，所以連忙問他附近有否食物。

「山中有很多食物，隨便取用。」

「等一會，你是指摘野果嗎？」

馮子健像是聽到荒唐之言，瞪大雙眼後道：「算了，妳還是留在這處，我去去就回。」

可惡，難道我就像一個廢人般，只能逗留在廠內等他回來嗎？

大約一小時後，太陽完全沉沒時，馮子健終於歸來。左臂膀內抱著大捆樹枝，右臂膀揹著一條不明物體。身上衣服沾上數筆血跡，還有一陣腥臭味。

「那是甚麼？」

「生火用的乾樹枝。」

「不，我指那個。」

手指明晃晃指向他的右邊，偏生答左邊，分明有意耍我。

「山上的野狗。」

他隨手將屍體丟在地面，然後從工廠深處找到一個比較完好的鍋，於附近石河中取水盛滿。一眨眼功能間就迅速鑽柴生火，一邊燒水一邊手執利刀剖開那條野狗屍體。

「且慢？難道我們要吃狗肉？」

「放心，我會好好除去毛皮，剖開肚子取出內臟洗淨。」

「為甚麼要吃這種東西？」

看見我一副明顯厭惡抗拒的神情，馮子健不以為然道：「在這一帶幾乎沒有能吃的，就是野狗最多。如果你真的不想吃，我再去找找看。」

「不……不用了。」

從小到大都未曾吃過狗肉，但如今餓得快沒力氣，還有拒絕的餘地嗎？

「如果不吃狗肉……還可以吃甚麼？」

「可以選吃樹皮樹根。」

「那些是人吃的嗎？」

馮子健認真道：「以前打仗時，就是剝樹皮樹根充飢。」

「現在又不是打仗……吃狗肉始終不是太道德……」

「沒飯吃，就甚麼都要塞入肚，連人肉都要吃。以前有位文人叫高伯雨，對漢奸極為憤慨，然而居住的地方淪陷後，還不是靦顏當漢奸去？你義不食周粟，但老婆父母子女呢？他們都要吃飯啊。人的尊嚴，是靠錢和食物撐起來的。連飯都沒得吃時，屎都要吃下肚，哪裏有本事說仁義道德？」

確實狗和豬牛羊都一樣，但我們總會將之劃分在畜牲以外，對食狗肉感到抗拒。奈何我挑不到反駁的理據，單純自我道德其實沒有任何意義或好處，但內心又不想附和，只好轉口道：「才不想和你辯論人生哲理。」

「我只是想說明，你有權力選擇不吃。」

「將屍體拖到來，才問我吃不吃？如果你真的問心無愧，為何不在最初就光明正大說明呢？」

「不是人人都喜歡吃狗肉，我怕妳不願接受，所以才會隱瞞不說。」

「呵，虧你還知道這點事。」

「反正都是肉，吃進肚子後並不會有分別。」

「野蠻！冷血！難以想像你會是那樣的人！」

霎時二人關係鬧僵，我明白馮子健的主張，但無論如何都不能妥協。

最後是馮子健主動讓步，從工廠內找到另一個比較完好的鐵鍋，出去盛水燒熱，以及採摘果子。其中主要為桃金娘及紫玉盤，洗淨後端到我面前。

「這些總能夠吃吧？」

自己甚麼都沒有做，卻挑三揀四，多少感到慚愧。於尷尬的氣氛中，我率先向對方道歉。馮子健婉轉說對不起，然後又問我吃不吃蛇或雀鳥。只要不是吃貓狗，我都能夠接受。

「但打雀鳥和蛇會不會比較困難？」

「不是太難，我去準備一些工具。」

一副經驗豐富的樣子，說不定過去潛匿在山林中，就是靠打獵野獸來充飢。

「那麼我們就躲在這裏？躲多久？」祭祀完五臟廟後，不得不討論更為迫切的生存問題。那怕一度因為狗肉而鬧僵，可是此刻亦恢復如常展開討論。

「如今犯人尚未知妳在生，這是最好的逆轉機會。貿然行動，反而會披露你在生，將伏擊的優勢化為無形。」

馮子健在策謀時，永遠是如此保守慎重，連我都不由自主大喊：「難道依然是老辦法，先蹲在這處收集些情報，整理狀況嗎？」

類似的對白，「第一次」時聽得多，連帶我都能夠維妙維肖地模仿。馮子健始料未及，隨後點點頭：「不過這次我決不會再讓你被殺。」

總而言之，我們暫時在這處躲多幾天。而馮子健亦遵守承諾，只打飛鳥、抓蛇及摘果充飢。有回將埋在地裏的整串番薯連拔起，隨便在地面挖一個形似地鍋的坑，上架幾根木棍，就將番薯燜來吃。香噴噴熱燙燙，使人回味無窮。

這段期間馮子健再詢問我，要求我將所有與案件相關的事都詳細本末地說清楚。遇到交代不清楚的部分，更再三反覆詢問，簡直如同審訊犯人的程度。另外每天亦偷偷到山腳，從附近村莊處打聽情報，甚至攜回好幾份報紙分析報導內容。

如同「第一次」般，房宅爆炸果然成為頭條新聞。傳媒紛紛深入報導，即使這邊的鄉村，都成為人人熱烈議論的話題。

整間別墅夷為平地，引發大火。與之前不同，不單是發生的日期提前，更要命的是波及正門外的記者。「第一次」時傳媒到場時，大火已經在消防員的抑止下撲滅；但這次眾記者正正在案發現場，他們不在意同事的死傷，而是爭奪最佳位置及角度拍攝錄影。透過鏡頭的影響力，彷彿親歷其境，加添報導的感染力。

不知是否幸運，因為房府四周花園遼闊，前門後門有馬路，圍牆內更有泳池，火勢不易蔓延到附近山林。而爆發時飛濺出來的瓦礫亦僅是零星彈到鄰居庭園內，沒有引致更大的破壞及人命傷亡。

消防員同樣於廿分鐘內趕到房府，花費五小時才成功撲滅。事後災場早就黑焦成碳，內部倒塌，屍體無法辨認。警方的鑑證人員連日在灰燼中搜索，嘗試復原案發現場的情況。

「燒成那樣子還可以復原嗎？」

「屍體很難完全燒光，那怕是火葬，將屍體以高溫焚燒好幾小時，也會留下相當多的骨頭，接著就必須用機械來研磨成粉。更不用說住宅火災，很難做到像火葬場那樣的溫度。像那樣的大爆炸引發的大火，算上加入助燃劑，可以衝上攝氏千餘度。在那樣的高溫下，很可能形成『鍛燒骨』，為鑑證人員留下可供覓集的證據。」

我憶起父親火葬後留下的骨灰，確實有進行過類似的過程。

「鍛……鍛燒骨？」

「人類身體及骨頭全都含碳，在極高溫狀況下，骨頭所含的碳就會被燒光。受火焚燒後即使皮肉嚴重受損，但骨頭構造上卻能完整保持，尤其是腿部的股骨和脛骨，還有臂部的肱骨等等人體最大最結實的骨頭，維持死亡時的原樣，那些殘留的骨頭就是『鍛燒骨』。不過鍛燒骨非常脆弱，很容易粉碎，如果是資深的鑑證人員，想必會有辦法保存，同時嘗試從其他家具的狀況及屍體分佈情況重建火災現場。」馮子健說著，不禁嘆氣道：「真正可怕的不是警察，是鑑證員及法醫。就算死者的殘骸攪成一團，他們還是有辦法篩撿出線索。相反而言只要搞定他們，找不到合符法庭承認的證據，警察就會變成廢物。」

「你對這些事倒真是熟悉啊。」

「畢竟我努力地學習過。」

「一般人才不會學習這些知識吧？」

馮子健那驚人的知識，到底從何處學來?據警方報導，馮子健連中學都未畢業。我亦不認為，世界上有哪間學校，膽敢不遵照教育局規範，胡亂教導學生這些考試用不上的奇怪知識。

馮子健倒是坦白道：「凡是殺人有關的知識，我全都努力學習。」

為求殺人而學習，以殺人為目標努力，真不知應否稱讚這股決心。

我倒是有一事不明白，反問他道：「不過像你如此謹慎小心，為何仍然被警方盯上呢？」

「不，我是故意公開身分的。」

「為何要做那樣的事？」

馮子健長吁一口氣，我觀察他的側面，以為他又閉嘴不言時，沒料及會突然張口道：「那些作家全部都是罪有應得，死有餘辜。他們一直隱瞞自己所犯下的罪行，在社會面前偽裝起來，戴著面具過活。不僅無人問罪，更有支持者追捧。我綁走他們審問同時錄影，故意將錄影片段寄給警察，試圖借警方的力量，立案控告作家。可惜警方根本無意公開，依然包庇死者的罪行，不願意在公眾面前披露。」

我不敢輕易取信馮子健一面之辭：「既然警方不願公開案情，你再繼續殺下去有意思嗎？」

「就算無人瞭解真相，我都會殺下去，將那些仆街一個不留全部殺光。」

馮子健語氣中飽含深沉的怨恨，更加讓我無法理解：「這個社會上，有誰沒有犯過錯？每位成功人士背後，必然做過見不得光的事。如果全部都要執行私刑，豈非天下大亂，視法律於無物？」

「正因為他們視法律於無物，自然沒有資格接受法律的保護。」

「其實你之所以執意殺死他們，還有其他用意吧？」

只殺死與龍江出版有關係的知名作家，決非偶然的巧合。馮子健挑選下手的對象，肯定尚有其他條件，卻祕而不宣。

「妳先關心一下自己的事吧。」馮子健聲音稍微提高，一旦我嘗試觸及某些範疇，他就想辦法避而不談：「警方已經統計出災場有多少具遺體，一旦身分化驗核實，必然發現屍體數目對不上。」

與「第一次」不同，這次蘭瑟並未離開九龍市，更主動在翌日親赴災場協助警方辨認屍體。

「沒想到蘭瑟會主動現身。」

想起「第一次」時的經歷，勾起我的不快情緒。假如甚麼都不做，勢必再次陷入不利的局面。

「妳說那位家庭醫生？」馮子健早從我的敘述中知悉「第一次」的經過，望向報紙分析道：「屍體都焦化灰化，混成一團，根本無法辨認。惟有靠熟悉現場的人，根據屍體位置判別死者是誰。不過這次與上次不同，在外界的認知中妳在事發時未離開房府，運氣好一點的，就是視為失蹤。」

「究竟是誰如此狠心，要殺光房府上下所有人？如果真的要解決我，就別將無辜的人都牽扯進來！」

正如馮子健那樣，殺歸殺，只會向目標人物下手，而不會影響到其他人。

「仔細想想，想殺死妳的人，與炸毀房府的人，真的是同一個人嗎？」

「你以前都提過類似的話題，很可惜我甚麼都想不到，也搞不懂犯人的動機。」

犯人是母兄的說法幾乎被馮子健駁倒後，我便沒有再提出新的嫌疑人。馮子健也不是活神仙，光從報導中搜集資料，根本不足以作出新推論。

「啊，TD 7689航機又發生意外墮毀……」

「有甚麼在意的報導？」

「不，沒有。」

我撥撥額前長髮，心中欣喜。自己不是徒勞無功，至少拯救到趙京逸。沒有通知他從美國回來，他便不會坐上那班航機，僥倖逃過一劫。

放下《成功日報》，改為翻開《蘭花日報》，意外發現有寇尹專訪。

事緣記者好奇地在房府附近別墅巡察，訪問鄰居有關爆炸的詳情，巧合碰見住在房府左邊不遠處的寇尹。面對記者提問當晚情況，他老人家登時激動不已，眉飛色舞繪影繪聲說出來。

居住廿多年，竟然不曾知曉寇尹乃近在咫尺的鄰里，正是「民至老死不相往來」。我需要作出強烈申辯，那邊很多別墅都是富人購入後當作不動產業，或是閒置作渡假的房子，十有八九長期丟空。加之各戶設置安全系統，守衛森嚴，隨便靠近都可以干犯官非。如非必要，我們都不可能去打擾別人家門，自然無從得知鄰居是誰。

「我記得妳提及過，當晚是跟蹤兩位可疑人物，才會從後門出來，對吧。」

「嗯。」

「當妳見到可疑人物步出後門，到自己尾隨追出來時，大約相距多少時間？」

我默默掐指心算，當時怕被他們發現，所以不敢走太快，應該相差一分鐘左右。

「只是相隔一分鐘，居然可以丟失目標？犯人是坐車離開嗎？」

我即時搖首：「我沒有聽到引擎聲。」

「先排除幻覺、鬼影，那兩位都是『人』。既然是人，就不會憑空消失。不是駕車離開，會不會是跳落斜坡滾下去？」

「怎會有人跳下去？會死的啊！何況那處枝葉茂盛，勢必會發出聲響，不可能不會察覺。」

當晚如不是馮子健及時救起我，恐怕摔斷脊椎或手腳，在斜坡下叫天不應叫地不聞，然後失救致死。

「若是沿後門外的道路急步離開，融入夜色中，你便會看不見，形同消失。」

「那條是私人道路，只有那一帶別墅的住客才有權使用。難道妳的意思是，那兩個人是附近的鄰居？」

「就算不是鄰居，亦必然有關。」馮子健借報章上描述事件的地圖比劃道：「私人路段出入口有護衛員及監視器，警方未有發現可疑人物出沒。那兩個人從後門離開後，既沒有像我們跳落山崖，也沒有從出入口離開。或者換一個說法，就算循出入口離開，都不會惹來任何人起疑……」

「莫非你的意思是……」

「那兩個人恐怕是那邊別墅的住客，離開貴府後，直接回自己家中就可以。不用駕車，單純步行就可以抵達，估計距離不會太遠。」

我沉思半晌，馮子健的說話甚為新穎奇特，姑且能夠合理解釋當晚的情況。鄰接房府左右的兩棟別墅，相距約六七米左右。設計師為求令生活空間更具私密性，除去獨立提供私家路段外，每棟別墅以一個個立方型珠寶盒展開變化與錯落，室外庭院均有大型樹木及水景，在建築之間及與周邊形成自然分隔。在相互連繫同時，亦形成連貫綠化帶，增強和諧與簡約的印象。

因為馮子健一席話，讓我大腦靈光一閃。

「有沒有辦法查到附近鄰居到底是誰？」

「真的想調查，去土地及物業局查詢業權，不難取得答案。」馮子健道：「不過好消息是，至少我們知道其中一位是寇尹。」

「難道你認為寇尹是犯人？」

「犯案之後裝作旁觀者，亦未嘗不是詭計。」馮子健舉手道：「不過我想不到他有何動機，想要炸死你全家。」

「說的是呢。」我思索道：「總之先想法子，調查左鄰右里的身分吧。」

查閱業權雖然是免費開放，但用戶需要向政府有關部門登記身分。馮子健皺眉，一位是通緝犯，一位是被人追殺的千金小姐。無論是哪一位，都不可能光明正大遞上身分證登記申請查閱。

難得有大發現，卻苦無突破位，使我有點氣餒。

馮子健突然醒起某些事，向我詢問道：「妳提及之前第二位殺手親自到酒店套房中行刺，對方是用菲律賓魔棍，是吧？」

「那時的你告訴我的。」

坦白說我根本不會武功，究竟當時對方手上的兵器是甚麼名堂，更一無所知。幸賴馮子健當場點破，否則我亦不能向現在的馮子健轉述。

「一般而言殺手是重視實際及效率，菲律賓魔棍實戰很強，但不是便利暗殺的武功……」

我不會武功，當時嚇得縮起來，遺憾地無法具體描述交手的過程。

「能夠和我互角多招，對方的身手自不弱。反而最後拔槍殺死妳，是否多此一舉呢？既然殺手攜有槍枝，為何不在最初破門進房時就拔槍殺人？」

馮子健對於敵人的行動感到迷惑，經他一提，我才醒悟過來。

「你知道原因嗎？」

「比較合理的解釋是，子彈費很貴。」

「嗄？」

「開槍殺人不僅會發出聲響，留下硝煙味或彈痕，更重要是於屍體身上遺下彈孔，事後處理十分麻煩。」馮子健嘗試理順道：「第一位殺手身上沒有槍，第二位才有，不過並不是作為主武器，極有可能是因為有我在妨礙，交手後判斷不利，萬不得已才拔槍。」

「聽上去倒有幾分道理。」

「會使用武術及槍械的殺手嗎？可惜我對殺手組織不熟，無法猜出對方來歷。」

「居然有你不知道的事呢。」

「我才不是江湖百曉生。」馮子健對我道：「在這處逗留太久，為安全起見，同時為蒐集情報，我們動身下山，轉移地點吧。」

一旦下山，就有可能暴露行蹤。無論是幕後黑手抑或警察，都有可能對我或馮子健不利。為安全起見，馮子健希望添加多些裝備。他即時拉我到外面，撿起筆直堅挺的樹枝，即席親手示範，以小刀削成長劍形。

「這柄輕飄飄的木劍真的有用嗎？」

「之前我就是靠這玩意，將一整隊追捕我的特殊部隊全數打成重傷。」

「你將一隊特殊部隊打成重傷？吹牛皮也不要太過份！」

明明是驚天動地的大事，馮子健卻用平淡的口氣訴說道：「張衡那廝派出五十位特殊部隊隊員，企圖將我就地格殺。那次圍困在山上，殺上一天一夜，才成功突破重圍逃亡。」

「等一會，你說的張衡，難道是那位持續追捕你的獨立調查組組長張總督察？」

「不是他還有誰？」

我輕輕呻吟起來，張衡來頭不小，乃南京市總局治安部刑事偵查組第一組組長兼總督察。過去數年領導獨立調查組，專門處理一系列馮子健殺人案。由於多年來無法破案，飽受壓力，成為市民的笑柄。諷刺地正正因為如此，才令他名聲「水漲船高」。

無視法律程序，派出警隊最精銳的特殊部隊，更要格殺勿論，無疑馮子健逍遙法外至今，已經成為某些人的骨中釘眼中刺了。

「警方從來沒有向外界公布過那次行動……對哦，一旦慘敗的消息洩露出去，警方的聲譽會掃清光吧？」我感到頭痛道：「雖然你功夫很好，但和特殊部隊比起來，根本差天共地。對方裝備精良，豈會被區區樹枝打敗？我寧願認為你在胡說八道，還更有說服力。」

馮子健板起臉道：「誰管妳信不信，總之幫我削多幾柄劍出來，我自有用處。」

「誒？我來？」

「我還要去打獵，當然由妳來辦。還是說你想對調？」

「不用了，幾天以來自己白吃白喝，總得付出點體力勞動。」

「這柄小刀暫時借給妳，小心使用吧。」

他解下一直貼身收藏的防身小刀，遞過來給我。雙手接過後，感受到沉重感。拔出來時，玄光乍現，刀刃透露出刺骨的殺氣。

馮子健老是給人一種窮酸寒慘的味道，與這柄小刀的精良氣質格格不入。

「這柄刀似乎有點來頭，不是普通款式。」

「Cold Steel出品的1917 Frontier Bowie Knife……『她』留給我惟一的禮物。」

我聽出他話中飽含豐富的感情，果然只要涉及「她」的事，馮子健就會浮現起這副溫柔而悲涼的表情。

「那個……」

「妳慢慢削吧，最要緊是頂部，給我削尖一點。」

我正想再試問「她」到底是誰，馮子健毅然起步，將我留在現場。望向手中的小刀，把心一橫，蹲下來好好削樹枝。

要是連木劍都削不好，我就真的是一個廢物了。

不一會他拖著一頭野豬回來，我連忙問他赤手空拳如何打獵。

「有一門武功叫寸勁……」

中國武功真是那麼厲害？不是電影電視劇杜撰出來的嗎？

「如果是野生的老虎，你都能打倒牠嗎？」

「當然沒問題，不過九龍市內的野生老虎，早於八十年前已經絕跡吧。」

「拜託我只是開玩笑，你千萬別認真。」

與他相處那麼久，我終於明白，對方根本不是人，更不能用人類的常識去丈量他。

馮子健檢查我的作業，數十柄木劍逐一檢驗，大抵滿意點頭，將之全數捆綁，再找個麻布袋捲好，整團交給我抱著。至於那柄Cold Steel小刀，則交回他插在後腰的刀鞘內，貼身收藏。烤香豬肉，吃飽之後並分批封存妥當，趁入黑後離開大同鐵廠，回歸市區。

第拾回　抽絲剝繭開道路
綴軼聯殘網乾坤

原本只是供男女匿名入住後做出種種成人活動的地方，意外地竟然提供電腦上網服務。打開電腦，琳瑯滿屏的成人廣告，方明白其「用途」「用心」。

「這些地方為保障使用者，故此提供隱密的上網線路。」馮子健活動指骨，隨手在電腦上安裝好幾款必需軟件後，進入ＤＯＳ模式中，嘗試開始駭進警方內聯網。我對這方面完全不懂，只好安靜地坐在房間中央的圓形大床。

離開大同鐵廠，先在附近農村偷衣服鞋襪，更換打扮後才回去市區。

「話說你打算去哪兒？」

「時鐘酒店。」

「咦？」

「別想歪，我只是想在那邊上網查點事，順便睡覺休息。」

「睡覺……」

「再者妳也需要洗澡吧。」

「洗澡……」

「你究竟有沒有聽我說話？」

「有啊！」我拍拍自己的臉頰，認真道：「我當然相信你的為人啦！」

馮子健的心中，永遠只有「她」，從來沒有將我放在眼內。

沒錯，我只不過是區區一位「恩人」罷了。除此以外，甚麼都不是。

想到此處，心中不禁扭住，覺得十分辛苦。待在馮子健旁邊，看著他專心矢志地操作電腦，完全沒有望向我，更加說不出的悶熱起來。

我打開房間內的冰箱，取出一罐汽水，同時將冗餘的垃圾推開。

「為何會將安全套擺在冰箱中？」

話先說在前頭，二人才不可能發展出那種關係。

「子健，你也來吃點。」

從雪櫃中取出一條粗巨的芝士魚肉腸，遞至馮子健面前，權當小吃醫肚。

「謝謝……好，搞定了。」

這幾天我故意只叫他的名字，可是他都毫無反應，簡直像木頭人一樣。

「搞定甚麼？」

「已經成功駭入警方的內聯網。」

我眼珠子突出來，望望時鐘，前後只不過是半小時的功夫。

「你究竟還懂得多少項技能？」

「不多，只是剛好有接觸過，算不上熟悉。」

這傢伙未免太謙虛了，假如不是通緝犯，真想高薪聘任為我的部下。平時當私人保鑣，不定時駭入敵方企業內部竊取商業機密，對公司發展大大有利。

「找到了，這一堆文件，都是與房府爆炸案有關。」

滑鼠一口氣在螢幕上圈選，全部下載回來，隨後逐一打開細閱。

警方的內部文件比外界公布的還多，現場屍體分佈、災場照片、蘭瑟的口供、法醫驗屍報告等等，既厚且長，應有盡有。我們擠在螢幕前，花三小時才看完。

從紀錄得知，事後警方派出災難受害者辨認小組協助辨認死者，同時配合法醫進行身分鑑定。災場中多具屍體嚴重燒焦，甚至只剩下一些殘肢缺齒。他們從這些零碎中取得有關血型和脫氧核糖核酸的資料，逐一核實身分。

法醫報告提及部分死者氣管內都有積灰，血液亦驗出含一定程度的一氧化碳和山埃，證明爆炸後並未即時死亡，但有可能無法逃走，或嚴重受傷，被困在災場中。法醫只能證明他們生存過一段時間，卻無從證實他們是燒死，抑或是在濃煙中窒息致死後身體燃燒。

最為觸目驚心的，是部分死者在火場的高溫下，連同窗框牆壁及其他雜物混成焦黑物體，扭成一團無從分離的異物。當讀到報告這段內容，配上附件相片，我心中難過不已。

在睡夢中直接炸死，也許比較幸運吧。不然被瓦礫壓斷手腳，無法動彈下活生生燒死，光是想像起來就慘不忍睹。

那不是人應有的死法。

那怕是我最討厭的母兄，亦不至於遭受如此下場。

我控制不住，衝入洗手間，持續嘔吐不已。盥洗後望望鏡中的自己，才區區一星期多，人已經枯槁瘦弱，憔悴不已。自困在洗手間內，我再次感受到所有人都離開我，只餘自己一人的孤寂。

懊惱地對著洗手盤，再次用冷水拍拍臉頰。那怕只餘下我一人，亦必須要找出犯人，查清楚整件事的來龍去眼，告慰房家上下在天之靈。如果連這點小事都辦不成，才真的無顏見父親、權叔及眾多傭人。

「蘭瑟依照警方指示，協助指出災場位置中各具屍首。其中搜查過妳的房間，並未發現任何屍體或殘骸，故此列入下落不明中。」

馮子健在洗手間門外，向我敘述重點。

「這樣啊……與之前如出一轍呢。」

不論是「第一次」抑或是現在，我都沒有在災場中身亡。分別是這次我在事發前仍逗留在家，連房車都留在別墅，所以警方不可能無緣無故將我視為嫌疑犯。

推門離開洗手間，我故作堅強，要求繼續看文件。馮子健沒有阻止，二人徹夜不眠，埋首在電腦螢幕前，終於在侵晨時全數閱畢。

馮子健特別挑起其中一份道：「專家到場視察，確定爆炸的中心點是貴府的地下室。該處發現擬似TNT殘留物，配合災場生成濃黑色的煙霧，認為爆炸原因有可疑，列為謀殺案處理。」

再度寫出我聽不懂的名詞，馮子健略作解說道：「TNT炸藥，即是三硝基甲苯。將甲苯、濃硝酸和濃硫酸作用後，會生成一種淡黃色至淡棕色，近似砂糖的粉末。保存期長久，不易受潮或引爆，最適合長期準備埋藏。只需要一小包，加裝雷管引爆，即時可以引發連鎖化學反應。在十萬分之一秒內，體積變大數萬倍，形成巨大爆炸，輕鬆摧毀房屋甚至山岩。」

「地下室居然會有那些危險品？我完全不知道！」

「因為那些都是禁運品，一般而言民間不可能私藏。如果你知道，早就報警處理了。」馮子健指著報告道：「鑑證人員還從火場中發現滲和黃磷之物，難怪起爆後會快速引致火災。爆炸加助燃物，雙管齊下，看樣子犯人是鐵了心想殺光你們呢。」

我狠狠咬牙切齒，心想究竟是誰在我家中設置炸彈？

「關於起爆的痕跡尚在調查，未確定是遙距起爆抑或是定時起爆。按道理民間不可能遁正常途徑入手ＴＮＴ，那麼犯人是從何處取得原料呢？」馮子健沉吟半晌，望向我問道：「我之前曾對妳提及，那些殺手可能在暗網上接受委託嗎？」

「對。」

「不單止招募殺手，甚至買炸藥，統統可以在暗網上搞定。」

「你認為這件事是不是內鬼所為？」我雙手交疊在胸前，心中冒起強烈的怒意：「對方一直留在房府內，悄悄購入炸藥，再藏在地下室中，然後當夜偷走並引爆！」

不僅偷拍我、監視我，更打算殺光我們全家上下。犯人到底有何企圖？

馮子健見我掐住拳頭，淡然問：「那麼妳有甚麼打算？」

「假如當晚溜走的兩人是內鬼兼犯人，那麼災場中不可能發現他們的屍體，與我同樣列為下落不明。」

馮子健截截螢幕：「除去你之外，就只有這三位找不到遺體。」

我望向名單，分別是阿勤、阿周及阿樂。

「阿勤很矮，阿周很高大，兩人的身材都與黑影人對不上……」

「最後一人呢？」

「阿樂是女人，頭髮長長的，更不可能認錯！」

發現屍體的死者不可能是犯人，而未曾尋獲屍體的失蹤者亦與當晚我目睹的黑影人不符，於是推理陷入死胡同內。

馮子健提出大膽的看法：「有部分屍體已經燒成灰，警方只能憑蘭瑟證供，根據死者所在位置，判明其身分。假如屍體是掉包，恐怕警方都無法準確鑑定。」

哦，我好像在電影中看過類似的手法。

假如馮子健的猜測屬實，那麼我們又回歸原點，仍然未能鎖定最大嫌疑人。

「我有一個大膽的提案。」不甘連日來徒勞無功，我在床上輾轉反側，思前想後一個晚上後，果斷立正面對馮子健道：「不如直接去警察局報案吧。」

「甚麼？」馮子健罕有地露出駭人的表情。

「我不是犯人，是被害者，理所當然有權聯絡警察。一旦我現身，犯人知道我仍未死去，必然會有所行動。屆時自然會露出馬腳。」

與其敵我雙雙不動，不如由我主動出手。這是反客為主，引蛇出洞之策。

「白痴，你知道自己在說甚麼嗎？以自己為誘餌？不想活了嗎？」

「我當然想活！但是一天不揪出犯人，一天都不能安心活下去！」我強烈主張道：「一直躲起來，連案發現場都無法接近，活像閉門造車般推理，根本不可能查出任何線索。」

何況前後兩次的經驗，證明我們這種圈外人調查方法，老是陷入被動與不夠全面，始終有局限性。現實不是演戲，人類不是神明，怎麼可能憑著道聽塗說的二手甚至三手情報，便能安坐在室內將整個案情和真相推理出來？

馮子健沉聲問：「如果警方詢問，如何逃出災場，為何現在才到警局報案，妳會如何回答？」

「關於這方面，我當然早有準備。」

一直以來都是受馮子健保護，委實說不過去。

最初只是事態緊急，機緣巧合下，才會接受馮子健的保護。然而之後變本加厲，漸漸變成依賴馮子健，處處尋求他的協助。明明是自己遇上的麻煩，卻甩給馮子健，完全不像原本的我。

馮子健似乎想說甚麼，半張著嘴巴，最後吞回肚去，神色黯然，扭頭道：「對不起。」

「你不用道歉，我都有責任。」

馮子健從來都不是我的下屬，而且他是殺人犯，才不是警察。他有辦得到的事，亦有辦不到的事。對方好幾度說過，自己只會殺人，是我私自誤會與期盼，他有本事抓犯人。無法準確稱量他人的能力，自己都要負上一定責任。

「這幾天以來，感謝你的照顧。浪費那麼多時間，真是抱歉。」我主意既定，心情輕鬆起來：「子健你不是說要報仇嗎？快快上路，別再被我的事耽擱。我這邊的事，就交給警方處理。」

因為幫不上恩人的忙，所以無法原諒自己嗎？雖然我好言相對，但馮子健似乎相當介懷，悶悶不樂地收拾行李。

「至少讓我護送你到最近的派出所……」

「嗯，麻煩你了。」

公元二零一四年九月十六日中午，在細小的時鐘酒店房間離開後，馮子健帶我穿過小巷，避開路上的行人，以及四處的監視鏡頭，來到最近的派出所。

我故意穿著襤褸，蓬頭垢面，走到派出所前。事實上因為數天沒有洗澡，身體自然散發異味，令站崗的警員忍不住掩鼻皺眉。

「救命……警察先生，救命啊！」

「喂，妳這瘋女人別抓住我……」

「吵吵嚷嚷的，甚麼事？」

「師兄，這女人拚命抓住我的手臂說救命！」

「救命！有人要殺死我！」

另一位警員打量我後，先招待我進派出所坐下來。他十分認真地取出文件，循例詢問我的姓名、身分證號碼、電話聯絡號碼以及住址。

「等等！有人想殺死我啊！」

那怕是做戲，我一副好生緊張著急的樣子，但眼前的警察態度依然慢條斯理，更有時間梳理頭髮，喝一口水後道：「是是，我知道。這邊是派出所，沒事兒的。總之先照程序，進行報案登記。」

搞甚麼啊！無論如何看，眼前的我可是十萬火急等待救命。居然一副不以為然的樣子，還公事公辦的叫人填表格，這算是甚麼意思？

不行，計劃才剛剛開始，千萬不能亂生氣。那怕警察的反應遲緩得令人氣結，我都努力按捺怒意，逐一照對方指示，按正常報案程序提供資料。

「咦，妳是叫房宛萍，對吧？」

「當然！」

「沒有身分證明文件嗎？真難辦呢……為免有人冒認身分，按照指示，我們需要先幫妳申辦遺失身分證的登記……」

望見他轉身去另一個抽屜中取文件，我不由得尖銳地叫道：「喂喂喂！你們沒有看新聞嗎？我是房府大爆炸案中的生還者，現在好不容易才逃難走出來，難道不能高調重視一下嗎？」

對方居然反過來呼喝我道：「警察辦事，不用妳來說三道四！老子現在就很忙，已經全心全意服務妳啦，還有甚麼要求？」

可惡，我原以為主動現身後，警方會立即高調保護我。豈料遭受如斯冷待，情何以堪？對方更一副沒事兒的樣子，特登放慢手腳，難道他們未瞭解事情的嚴重性嗎？

首先處理遺失身分證，發出一張臨時聲明，然後據此聲明，再一次進行報案程序。

「嗯，房小姐，妳說爆炸當晚被神祕人擄走，從後門逃出去，所以沒有炸死，對吧？」

「正是如此。」

當晚確實有兩位神祕人物從後門逃走，我故意平添一筆，將二人連繫起來。反正如今死無對證，又有馮子健協助編整出天衣無縫的證供，諒犯人有天大的膽子，都不敢現身反駁。

「然後妳在囚禁多天後找機會逃出來，即時到派出所報案……」

「他們一定在外面搜刮，我好不容易躲過他們的耳目，才逃到這處。」

真真假假的證供混在一起，完美解釋自己生還至今的原因，順便挖個坑陷害犯人，一舉兩得。

「如果證供沒有問題，請簽名。」

我提筆簽完名字，他吩咐我先留在原位，他需要聯絡上司尋求協助。如是者又渡過幾小時，終於有一批比較高級的警察進入詢問室。來者自稱是西貢鎮警局的督察，似乎驚悉事態，不住用紙巾擦汗，對我十分客氣。不僅即時安排我轉移至警方轄下的證人屋進行廿四小時的保護，同時聲言協助調查房府爆炸案。我欣然同意，與他們一起步出派出所。

派出所外面竟然堆滿記者，鎂光燈持續閃爍。左右警員掩護下，匆匆推我步上警車，驅動引擎駛離現場。以前我非常痛恨記者，如今巴不得他們再來多些，將我尚在生存的消息散播開去。假如幕後黑手知道了，必定氣得直跺腳吧。

在車上警方仍然盤問我這幾天以來的經歷，由於我已經背熟內容，且無需要與他人配合。那怕天馬行空，只要符合邏輯就不會令警方起疑。我一概聲明自己被蒙眼包頭，被人囚禁在不知名的地方，連日來只能吃對方塞來的獸肉及水果。警方顯然不是三歲孩童，然而任憑他們反覆詢問，都挑不出毛病，最終只能接受證供。

我有自信，就算他們檢查我的牙縫殘渣以至糞便樣本，都找不到說謊的線索。

警方設置的證人屋，廿四小時有警員駐守保護。我下塌後有女警代為購買食物、衣物及日用品。雖然房子細小，但至少能夠好好洗澡及睡覺。

輕微拉開窗簾，外面是朝向一堵蔭綠的斜坡。警方沒有告訴我這房子在甚麼地方，單位內又沒有任何可以對外聯絡的電子產品，甚至不提供手機。形同與外界隔絕下，我拿起風筒吹乾長髮，坐在沙發上，打開電視機隨便看點節目。

麗的電視壹龍台正在播放六時正晚間新聞，果然我現身的消息已經成為本地頭條新聞。主播提及的內容，與我編造的證供一樣，看來大家都信以為真。

只有我、馮子健及真正的犯人知道我在胡說八道。

我在明處為餌，受警方保護。與此同時馮子健誓不放心，議定會持續監視情況。目下最為不安的，就是犯人會有甚麼行動。

門外有兩位警察駐守，單位內有另一位女警相陪。是夜終於能夠睡在比較像樣的床上，連日以來緊張與煩躁的情緒，總算得以放鬆下來。即使明知接下來還有一段硬仗，我亦不可能違反生理的警鐘，迅速沉眠進入睡鄉。

在證人屋渡過平靜的日子，警方表示蘭瑟希望與我會面，詢問是否同意。我怎麼可能反對，即時點頭，讓警方安排他上門。十八日下午，與蘭瑟久別重逢，讓我非常高興。對方同樣想像不到我尚在人間，高興得哭出來。

我們互相互相寒暄一番，蘭瑟表示他原本打算離開九龍市，可是聽到房府大爆炸後，即時取消行程急急折返，盡市民之責義助警方調查災場。至於我當然不可能向他透露真相，依然用編造的謊言敷衍過去。隨後我提及房府內也許有內奸時，蘭瑟雙手抱在胸前，似乎不大相信。我問他有否頭緒，疑心哪個人，他都是直搖頭。

「我在房府工作那麼長時間，都不覺得誰可疑。」

「我也是呢。」

「警方說炸藥堆在地下室，即是說能自由進出地下室的都有可能是犯人？」

地下室主要是收藏舊的衣物、父親的古董、備用雜物，但最主要是食材。房府人多，伙食開銷大，很多時是整批入貨後，由傭人搬運至貨倉中保存，所以食材佔最多。

由於蘭瑟在府上最主要的職責是照顧先父，所以對其他事未必清楚，我向他詳細闡釋道：「全屋所有鑰匙均放在大廳的古董大鐘鐘身內的鋼盒，所有鑰匙均只有標明編號。另外傭人均備有一張小卡片，列出全宅所有門戶對應的鑰匙號碼，以便有需要時查看。但因為大家怕麻煩，而且工作上需要，往往會熟記自己平常需要的鑰匙編號。其中管家權叔最厲害，可以完全記住，所以大家都直接問他。」

「即是說有傭人故意在搬運貨物入地下室時順便埋入炸彈？」

「理論上可以這樣說，不過犯人只要在平日暗暗牢記地下室的鑰匙，同樣可以趁無人注意時偷偷打開。如是者根本無法特定是誰，任何人都有可疑。」

我在之前多次與馮子健分析，都無法特定出少數嫌疑犯。假如是輕鬆簡單的工作，我就無需要以身犯險當餌誘了。

「不妨改變一下思路，對方是從哪裏獲得炸藥呢？一九九三年美國的世界貿易中心爆炸案，犯人用千磅炸藥，都只能炸出一個卅米的洞，破壞四層混凝土。當然這還要視乎炸藥的質量，以及建築物的強度，而會有所差別。我姑且從房府損毀的狀況，假定是五百磅吧。我國向來對三硝基甲苯之類的原料規管甚嚴，一般人很難入手。就算通過暗網購入，亦只能分批逐小運送，瞞過房府耳目，像螞蟻搬家逐次到運，這樣推想才比較合理。」

當時馮子健的分析，我仍然牢記在腦中。

「將三硝基甲苯與硝酸銨混合，製成阿馬托炸藥，在第一次及第二次世界大戰中都廣泛作為各種炸彈原料投入使用。雖然現在已經被其他物料替代，但由於製作簡單，依然是不少人的首選。依一定百分比與燃料油混合，更能提高精度及爆破威力。當然以上只是其中一種製作方法，我不知道貴府上的炸彈是否用此種原料製成。至於報告中提及的黃磷是助燃劑，才會令別墅在大爆炸後迅速起火，增加殺傷力。」

我深深感到震撼，萬萬料不到一般人都可以輕易購入原料，自行在家生產大殺傷力武器。馮子健還親自示範，上網搜尋特定網站及論壇，便有一堆圖文並茂步驟清楚的教學。

「警方調查多時都找不到犯人的行蹤，估計炸彈是定時起爆，而非遙控起爆。」

「為何不用遙控起爆？不是比較方便一點嗎？」

對方用遙控起爆，我早就不明就裏地死於非命，但還是想順籐摸瓜追根究底。

「遙控起爆的話，時下最普通簡單就是以手機作起爆器。然而有一個缺點，無論爆炸有多麼猛烈，警察終究會發現手機起爆的痕跡，或者幸運地從ＳＩＭ卡殘片中發現線索，從爆炸時間鎖定那一時段內打出的電話，由該號碼追查到撥出手機所在位置。這樣子抽絲剝繭，必然被警方追蹤到。隨著警方的鑑證科技日益進步，某些人亦發明二重甚至三重遙控起爆，當然破解終究是時間問題，卻給予犯人足夠時間抹消證據。」

「二重遙控起爆是甚麼？」

「就是用三部電話，先從甲撥去乙，乙收到訊號自動撥去丙，丙再引爆炸彈。事後只要及早收回乙手機，就能誘騙警方，令他們誤以為犯人是從乙地發出引爆訊號。」聽著一堆技術名詞，就感到腦子昏昏沉沉，馮子健最後說：「總之依照你的描述，當晚於起爆前從後門離開的人，很大可能就是引爆炸彈的人。他們不選擇遙控起爆，故此需要親赴現場設置，不幸被你目擊身影。對方故意等晚上眾人深眠時從後門出入，避開前門的記者，神不知鬼不覺地犯案，更顯得犯人是非常熟悉府上環境以至你們的作息習慣，十之八九有內鬼協助。」

單單是在地下室佈置炸藥，已經排除外人所為。聽罷他的分析，府上所有人，尤其是成年男性，全都是嫌疑犯。

「無論是自製也好，購買也好，對方是自己祕密辦事？抑或是用房府名義購買，悄悄與你們的購貨混在一起呢？」

「有分別嗎？」

「如果是以貴府名義購入，也許能從你們紀錄的單據查出甚麼兆頭。」

「一直都是由權叔將當月開支單據整理列成表單，我簽字後就批錢。」

「妳不用看看內容嗎？」

「如果我懷疑權叔，不如我自己親手做嗎？」

用人不疑疑人不用，充份授權的作風有以致之，這是我向來風格。無論是房府，抑或是房氏地產，我都是這樣辦。馮子健聞之，以手托著下巴，煩惱地道：「甚麼都是權叔前權叔後，我都懷疑他是最具潛力問鼎內鬼的寶座。」

聽到他懷疑權叔，我稍稍不悅反問：「理由是甚麼？」

「以他的權力，瞞著你做甚麼事，你都不知道的吧？」

「……對。」客觀而言，我無法否認。

「放心，我只是懷疑，沒有實據。古來權臣弄權，欺上瞞下，絕不罕見。權叔只是最有可能的嫌疑犯，但能做與有做，是兩回事。」

「不過現已經死無對症……」

「他未必死去吧。」

「嗄？」

「你留心警方的報告，他的遺體嚴重燒焦成灰，只餘下殘缺不全的骨頭及牙齒。從死亡位置上判斷是蕭敢權，但尚需要進一步的ＤＮＡ鑑定。如果屍體已經調包，那麼他可能並未死去。」

「這就是你懷疑他的理由？」

「正是如此。」

我搖搖頭，試圖揮去馮子健的推測。權叔在我家服務多年，一直忠心耿耿。假如他要出賣我們，早就動手了，何必等到今日呢。再者屍體調包之類，瞞得過ＤＮＡ鑑定嗎？

我仍是無法忘記馮子健臨別前的說話，提起精神甩開雜念，專心向上門探訪的蘭瑟道：「放心吧，警方一定會將兇手抓出來，讓真相水落石出！」

「妳別太勉強自己啦。」

「不，現在房府只餘下我一人倖存，怎麼能夠苟且偷生？」

蘭瑟仍是勸不過我，只能合十低頭為我祈禱，懇求天主保佑一切平安順利。

「話說先父屍寒多時，都未曾下葬。」

「沒問題，房老爺的屍首尚留在殮房冷藏。待爆炸案的犯人落網，妳得以平安後，再為他辦身後事亦不遲。」

大約三小時後，我們相互交代完畢，警方護送蘭瑟離開。據說現在他同樣接受警方保護，住在另一所證人屋內。

「說起來子健他到底在哪兒呢？」

想到他要躲在外面持續監視，良心有些不安。早叫他別管我了，硬是不聽話，何必呢。

「傻瓜，倒像是我白白接受他的恩情。」

不能單方面接受別人的好意，一旦這邊的事解決，只要是力所能及，都希望幫他一把，貢獻一分力量。

轉眼就來到廿日，警方那邊仍然毫無進展。那怕打開電視，傳媒持續跟進，警方都不願洩露任何情報。我私下詢問警察，他們說鑑證工作持續進行中，故此不便公開進度。我呆在證人屋內，足不出戶，快要悶死了。

想來馮子健做過甚麼事，有任何新發現，都會即時向我交代；不似那些警察，十問九不答，永遠擺出官方口吻，害我完全無法掌握情況。

午飯照樣是叫外賣，沒多久就有叩門聲。女警照老樣子開門，不料一具粗壯的手臂伸進來，三隻手指迅速將女警的脖子掐住，人頭一仰，眼睛凸出，居然即時斷氣！

「唏呀！」

我瞧得一清二楚，由於不是頭一回目睹殺人場面，精神上挺過來。

正常的外賣員不可能殺人，而且手法如此熟稔。

身體比意識更早作出決定，那怕耳後聽到腳步聲，都不會回頭望一眼。未等對方推門，我急急疾奔。衝入最深處的洗手間，反鎖上門後，即時有撼動重響。

一旦我慢半步，下場必然是死路一條。

說起來為何現在忽然有職業殺手上門啊？搞甚麼啊！

原以為能夠保護我的警察，竟然如此不中用。門外兩個，房內一個，竟然悄無聲息下被殺。

我無意抨擊他們保護不力，光是保護自己已經拚盡全力。門外持續有人衝撞，看樣子撐不了多久。我轉身在牆壁摸索，推開逃生門逃出去。

證人屋在二樓，在入住時警方告之，這是後備的緊急出口。原定是正門的兩位警察抗敵，由單位內的女警陪我逃出去。我匆匆推門跳出去，攀下鐵梯到地面，瞬間聽到上面有門聲破裂。我往屋村的休憩用地逃命，縱然不住叫救命，但四周的人只是在看熱鬧。

「小姐，有甚麼可以幫忙？」

一位屋村的護衛員上前，我即時拉住他，正要說明狀況時，眼前一花，大片溫熱的腦漿及血液濺上我的臉。那位護衛員腦袋開花，變成一攤紅糊，軟綿綿倒在地上。

目擊有人爆頭被殺，公眾開始恐慌，尖叫聲下四散逃命。得知對方有槍械，我更加慌不擇路，轉挑掩體穿插，誤打誤撞逃至馬路邊時，一輛悍馬煞停在足前。

「上車！」

是馮子健的聲音！

明明全身發抖，可是一聽到他的聲音，心中即時充滿安全感，彷彿無所畏懼。

匆匆跨坐上車，馮子健發動油門，即時絕塵而去。

「你這幾天都在哪兒？」

「附近。」

「這輛機車是何處來的？」

「偷的。」

真夠簡明直接。

我掠起在呼嘯中變得凌亂的長髮，回頭張望，竟然有另一部機車的引擎聲咆哮駛至，持續追咬不放。

「抓穩了。」

未等我應聲，馮子健驅車加速，於馬路上奔馳。縱然路上車流不多，依然險象環生。前後兩部機車，一直在馬路穿插，隨時逆線行車，甚至穿過交通燈，依然未能甩開。

「子健，怎麼辦？」

馮子健全神貫注，無暇回答我的提問。

不久駛至一段上坡路，我辨識四周景物，似乎是荔景山方向。長期在市區追逐，必然引來警方包圍。馮子健只能逃往山區，可惜未能撇開殺手。

在一處拐彎位，對方冒險抄內線道切入，與我們並排同時，閃電間右手拇、食、中三指曲起，往我咽喉啄來。

「小心！」

馮子健反應極快，奮不顧身以右手推開我。分毫之間三隻手指在我脖子前擦過，透出陣陣寒意。馮子健不假思索，閃電間左手抽出捕向敵人。對方想加速逃逸，但馮子健看準時機抓住對方車尾，翻身跳上機車車尾後座。

「交給你了。」

「咦？」

竟然在駕駛途中棄車不顧？我急急伏向前抓住機車手柄，勉強維持住車身平衡。

那邊馮子健左手撐在椅墊，支撐全身橫旋，一腳自右而左掃去，狠狠將對方踢落機車。車身失去控制，撞向山坡，殘骸橫躺在馬路上。對方才剛滾落地面，手一撐就靈活翻身，越過路邊的防護欄，向山坡下的森林逃走。真不知是果斷抑或是乾脆，一擊不成就即時撤退。

「妳留在這裏！」

馮子健窮追敵人不放，跨過防護欄跳出去。我還未理順情況，急急煞停機車，跑到欄杆邊觀看。只見殺手回身，居然抽出手槍指過來。

有上一次被射殺的慘痛經驗，我毫不猶豫躲在機車後。至於馮子健肩膀一抖，將背囊卸下，舉在身前當護盾。不迴避不折彎，一直線衝過去。

良久沒有聽到槍響，我再試圖冒頭，望著二人在馬路旁邊的叢林中一逃一追的背影。殺手因為臨時起意肇事逃逸，拋棄機車於荒野郊林中逃亡，顯得進退失據。至於馮子健活像入水之魚，像鬼魅般快速，又像猿猴般敏捷，眨眼間一晃身，幾個起落，消失在樹影中。

「那個笨蛋，雖然抓住殺手可以套取情報，但亦不該隨便將我拋下吧？」

我恐怕孤身一人留在原位會遭遇危險，至少不能與馮子健分開太遠。

「他應該需要這些武器吧？」

我將留在機車上的那捆木劍抱起，小心按著裙子跨過欄杆，仗著林木當掩體慢慢探進深處。沿著激烈的穿林打葉聲，踏過翠草與雜木叢生的陡坡。越是接近戰場中心，心兒越加亂跳，久久未能平靜。走上一兩分鐘，終於窺見馮子健與殺手於林間纏鬥。

在如此接近的距離下，我瞧清楚殺手的面孔，與「第一次」是截然不同的人。

生怕如同上次那樣猝然被殺，決定躲在樹木後遠遠窺視。且說二人依然快速地拳來腳往，精湛至無與倫比的招式，令我目眩神往。然而此間不是拍攝電影，而是實際的生死相拚。

馮子健雙手掄舞那個沉重的背囊，如同沉重型兵器，每一撥都力透千鈞。殺手焉會想到背囊可以這樣利用，加之雙手空空如也，只是屈曲三指撩抓，根本攔不下來，只好借用茂林的地形閃避。

「他的手槍不在啊……」

對方突然看準來勢，右手精準插來。馮子健左手抽出，左足抬起，以肘膝夾住藤棍。神乎技奇的招數，封截對手的手臂。然而馮子健右足前蹬之勢未息，右手連帶旋前揮來。原來之前所有誇張的大動作都在裝模作樣，事實上馮子健單手便可以舉起背囊。

殺手遭誤導而陷入劣勢，滿以為必輸無疑，豈料對方左手自身後一抖，竟然從不可思議的方向扭送，兩隻手指前戳刺向馮子健右腕。

那是甚麼招數啊？根本違反人體物理常識啊！

敵人奇招乍現，偷襲得手。馮子健虎口受創劇痛，背囊脫手墮地，戰況優劣開始逆轉。欲知此番明爭，最終贏家是誰，且待下回再說。

第拾壹回　無情辣手摧花折

不意明眸掃霾開

卻說殺手突然使出陰招，幾乎廢去馮子健右手，迫得他撤招退後。為避開後續連招，右腳伸前踢去，殺手右手由前戳改橫抓，扑去小腿上。馮子健左足壓地，全身蹲沉，迫使右足屈下，堪堪避開這一道狠辣招數。借由此番間隔，急急雙腳發勁，放棄攻擊逃去後方，拉開距離。

殺手沒有自信可以安全脫身，疑心馮子健留有後著反擊，只得舞起雙手戒備。馮子健右腕尚痛，尚提起雙掌，提防殺手的進攻。

為何不拔出那柄刀呢？我無法帶測馮子健的意圖，但明顯不是敵人對手。只道空手不利，即時將那袋木劍扔出，正好擲至馮子健腳邊。

「快快用這個！」

「謝謝。」

上半身不動如山，下半身腳趾勾起，整捆木劍堆抄起至腰間。殺手意識到不妙，即時撲上前。馮子健右手抓住布袋，爆發前衝，五步的距離縮成三步。剛爪鋒利捋來，馮子健錯步旋身，背部擦過殺手左肩，右手將木劍上的套索掛在右腰，左手拔劍，毫無凝滯遲鈍。仗賴迴旋時的勁力，左臂甩出，一劍橫砍，朝殺手右後頸抹去。

我從旁瞧得清楚，雖然殺手招數狠猛，但馮子健精細沉穩。連串複雜的動作渾然天成，好比事前演練百次，絕不失手。殺手三指掠去，將木劍掐碎。馮子健迅速再抽一劍，他來不及撤手回身擋格，步法露出破綻。

即使如此，對方仍依仗腰馬之力，堪堪避過第二劍。馮子健砍不中，右腳即時前探撥來。對手差一點就下盤被勾倒，幾乎崩潰破解，只得狼狽地拉開距離。馮子健左手「刷刷刷」連刺三劍，分別向左中右三方連環穿刺，攻勢一下子凌厲無比。殺手好不容易取得的優勢瞬間消弭於無，只能偶然發勁化開，折斷木劍。

與運使小刀時截然不同，馮子健的劍招輕盈綿密，卻同樣狠辣要命。尤其是木劍並非真劍，雖然以小刀削成劍刃之狀，終究是光能看不能斬。惟一勉強可為，就只有往前刺去。一寸長一寸強，對方沒有兵器，難以欺身近襲。一番交手後，持續處於下風，漸漸變成以臂抵擋。

劍臂相交，殺氣致山鳥飛昇遠離，拋下雀啼數聲。殺手試圖運用奇特的招數，欲扣住馮子健手臂，但木劍比較長就是優勢，令他的臂彎無法如意拈附到馮子健手腕處，只能一一拆解來招。

木劍雖然長，但非常脆弱。殺手發現此弱點，即時改變策略，奮起以手肘背截擊木劍。黐住拖拉，引馮子健中門大開，再雙手手指化成鷹爪，瘋狂掃撥。頻密叩擊之下，馮子健左手上的木劍即告斷裂，甚至殃及池魚，連旁邊的樹幹都受害，留下深深的指痕。

那是甚麼武功啊？太恐怖了！

面對敵人逆襲，馮子健毫不慌張。左手繼續揮前，樹枝斷裂尖銳的部分當作攻擊點，一如預定刺向殺手右肩。

木劍變成木短刃，右手反手執著木劍，抵在右臂外側，交疊扣住殺手左臂，不讓他有機會化解。殺手大愕，未能及時適應變招，急急右旋後方甩手。為免對手右爪追擊，馮子健順勢釋放，左手朝後一擲，將斷劍作為飛刃投出。

如此攻擊根本不能構成任何傷害，但由於投得精準，直射臉門，殺手亦不得不緩下腳步，右手三指擒住飛來的斷劍。馮子健左手抄起另一柄木劍，蹬上樹幹回身彈來，再補上一劍。這次不是刺向咽喉，而是左肩膀骨處，全是人體柔軟的部位。

攻擊的距離又變長，令人難以適應。加之劍速越來越快，幾乎是暴雨般打來。不過對手亦非凡人，迅速掌握他攻擊的著點，遊刃有餘地完全防住。

我瞧得緊張，雙方交手幾乎接近五分鐘之久。不明白為何馮子健不拔刀。要是換上另一款更好的武器，他早就勝出。

木劍一根接一根斷掉，馮子健俱不在意，迅即再抽出一柄。殺手留心算著，見之餘下六柄，拔光之時勝負便見分曉，開始流露笑意。

左手的木劍再遭打斷，為阻止他抽出第二柄劍，殺手一腳伸上去，直踢馮子健小腹。馮子健右劍攔不下，遭踢斷兩截，卻得以阻撓攻勢，左臂沉向右腳。殺手怕被抓住，撤下後退。

馮子健雙手交叉，分別向左右腰間探去。殺手右手自上而下抓落，試圖掐斷馮子健左肩骨。

馮子健左手放棄拔劍，主動舉臂迎上右爪。殺手心知他右手必定拔劍，仗著左手虛掩，多半從下方挑上。

正如對弈，算定自已看穿對手接下來的招數，及早應對。

這處不是擂台，亦非正式武術比賽，雙方比武過招，根本不需遵守甚麼規則。

最初交手時被對方縱身如電的速度打甩手槍落地，確是始料未及。幸而對方不知道，他身上仍然藏有另一柄手槍。左手準備就緒，隨時可以流暢地拔出來這張王牌，出奇不意射殺敵人。

這種萬無一失的安心，卻害了殺手的性命。對方藏招，馮子健同樣都在藏招，而且使出內行人想像不到的招數。

殺手見馮子健在左手掩護下右臂擺起，左手於腰後掏槍。然而劇痛突然襲來，馮子健右手不是拔出木劍，而是那柄Cold Steel小刀。

小刀迷你輕巧，比木劍短很多，卻異常鋒利，真正切骨剁肉。光芒乍現，持槍的左手手腕即時砍斷筋肉，更沿內臂順勢而上，準確刺向喉嚨。

馮子健早就預定殺手會藏起真正的皇牌，所以他頻繁使用木劍，就是要讓對手錯判，對自己掉以輕心。

殺手看上去還未死去，兀自慢慢倒在地上，瞪著雙眼，一副難以理解，亦無法理解的眼神，死死盯著馮子健，最終身體徐徐倒下。馮子健將他頭連同脖子埋入泥中，緩緩拔回小刀，防止被血噴濺上身。

驚心動魄的戰況結束，我不禁鬆一口氣，遂從樹幹後走出來。

「子……」

突然左心房焦熱劇痛，伴隨著撕裂空氣的衝擊，一枚子彈像是電鑽鑽頭貫體。

「……健……」

大片血漿自左胸飛濺，我目定口呆，面對如此晴天霹靂的變化，大腦霎時間當掉。四肢乏力倒地，手足迅速冰冷沒有知覺，彷彿全身所有神經都集中到胸口的槍傷上。

意識逐漸喪失，再次體驗死亡，依然是非常恐懼不安。竟然會因為一時大意而中槍，搞甚麼啊！這不是白費馮子健的一番努力嗎？

馮子健跑來抱起我，拖去樹幹後躲起來，拚命地抽拍我的臉，不斷地說話，可惜我完全聽不到。

連張開嘴巴氣力都沒有，亦不能伸手抓住他。最後關頭竟然迎來這樣的結局，簡直太鬼扯了。好不容易與馮子健共處多時，難道神明如此狠心，再次將我們之間的經歷化為泡影嗎？

「我不想……離開你……」

無論如何，都想與他在一起。萬萬料不到在人生的最後，自己的內心竟然被馮子健填滿。可惜這份思緒無法殘留，隨著兩眼不爭氣地閉上，意識亦澈底中斷，沉沒於黑暗中。

＊＊＊＊＊

醒過來時，眼前再次見到熟悉的睡房。

痛覺像成百上千根針刺殘留全身，呼吸急速，瞳孔還在顫慄不已。躺在床上望著天花板發呆，明明只有心臟遭貫穿，卻似有巨大的蠻力將手腳斷裂，使身體撕裂成碎片，於生死的境界線徘徊。大腦慘白，空蕩蕩中逐漸回想之前發生的事。我右手習慣性摸索床邊的手機，瞇著惺忪的睡眼，從螢幕確認「今天」的日期時間。

民國一零三年，二零一四年八月廿八日，星期四，上午六時五十六分。

我瞠目結舌，摸摸臉頰，感到難以置信。

假如第一次是奇蹟，那麼第二次呢？居然再次回到過去，這算甚麼意思？

我內心思緒紊亂，數算日期，今天乃父親死亡前三天。喜的是可以再見到父親，憂的是要再次與父親分別。自己兩度被殺，連幕後黑手是誰都未找出，恐怖的無力感襲向全身以至心靈。回到過去不僅未能讓事態好轉，反而變得更糟。

今天是星期四，從手機上的日程提醒，需要回公司完成一宗為期十年的交易。可是眼下我根本無心處理。得知三天後父親就會死亡，房府隨時大爆炸，而自己更屢次被殺手行刺，焉能有心思考慮十年後的未來？

人類連自己下一秒是生是死都不知道，憑甚麼去計劃未來？

一次是偶然，兩次就是必然。毫無疑問，我確實擁有回到過去的力量。先不管這股力量從何而來，但根據前後兩次經驗，似乎是要死亡後才會發動。

第一次死亡時，耿耿於懷的，是悔恨不能見父親最後一臉，故此讓我回到八月三十一日；然而第二次死亡時，我心底不願與馮子健分離。難不成只要臨死時意志堅定想回到過去，便能發動這份力量？究竟有沒有代價或次數限制？

一般遊戲都只能有三條性命，我又有幾多次機會可以回到過去？如果用光了怎麼辦？說不定不知不覺間，我未曾察覺下已經犧牲一些東西作為發動能力的代價。基於種種不確定性，使我無法掃去內心的陰霾。

那怕是無制限的超能力，並非意味可以無限次使用。我才不想重覆目睹父親辭世，更不願反復遭受死亡的苦楚。若不及早將幕後黑手揪出來，則難免再次發生種種慘劇。

自床上撐起身，雙手拍拍臉頰。跳起身拉開窗簾，房家別墅好端端健在，園丁依然辛勤地打理花園，一切都是如此平靜的日常。

然而我心底明白，暗處正潛伏巨大的災難。身邊潛伏內鬼，地下室藏有炸藥，必將眼前一切全數摧毀。

雖然不明緣由，但既然僥倖跳回到八月廿八日，更加不能白白虛耗時光。

「果然馮子健的力量是必要的。」

要說現在誰能助我一臂之力，就只有他而矣。

之前兩次之所以無汰取得成果，皆因我太遲行動，失去先機。當「因」已經種下後，「果」必然結成，全何人都無力回天。故此我必須搶先在事件發生之前，將犯人揪出來。

那麼問題來了，馮子健人在哪兒？

我驅使大腦，不斷回憶那段與馮子健相處的日子，反覆細數他曾經說過的話。印象中本人曾經提及，在八月底時尚匿藏於在青蝶脊那邊的大同鐵廠舊址。

想到可以再會馮子健時，心兒不禁雀躍，再次萌生求生的意志與希望。二人的緣份萬萬不可自此中斷，不管重來多少遍，都絕不能讓他從我身邊溜走。

盥洗化妝後，這次換上蕾絲背緞褶襇緺綢連衣裙，配上黑色平底鞋。步出房門時，見到活生生的權叔，比誰都要開心。我抑制興奮的心情，維持平常鎮定的臉孔，前去向父親請安。

理所當然父親沉沉睡夢之中，傳來微弱的呼嚕聲，未有任何回應。蘭瑟恆例向我報告父親狀況，同時密切注意心電圖，有任何情況都會第一時間通知我。

如今我「預知」父親最終將會在星期日早上才醒來，必須要讓他安詳地離去，不允任何人滋擾。與此同時後天晚上也要及早截住從斯奈德醫學化驗所寄到府上的信件，勿讓其落入母兄手中。至於尋找內鬼方面，我仍然屬意馮子健。

然而與之前不同，我打算直接邀請他上門。只有真切到現場走一趟，收集第一手情報，才能作出最準確的判斷。

那怕在意自己的身世來歷，但至少先除掉府上禍患，之後再慢慢聽父親交代也不算遲。

我瞞住房府上所有人，親自駕車往屯門鎮山區。祕書從電話中知道我不打算回公司，顯得相當緊張。畢竟那是上億的交易，從來不曾見過我如此不負責任。

生意是上億，但人命更是無價。我沒時間向她解釋，亦不可能澄清，索性對她的追問全部置之不管。

面見通緝犯乃機密之舉，決不能四處宣揚。以防被身邊內鬼得知行蹤，我故意不帶手機出門。下山駛至市區後，隨便在路邊手機店購買一具舊款Nokia電話及儲值ＳＩＭ卡，暫時作為後備手機。順便買新的手袋、新的錢包、新的衣裙、新的鞋子……總之裏裏外外，都置換成新的。

接著我還在汽車店內以試車為理由，以老顧客的身分，隨便選駕一款房車，替換掉原本那部。未必只有手機內有跟蹤器，為安全起見我的舊手袋舊錢包舊衣裙舊鞋子，全部留在舊房車處，停泊在停車場內。沒想到會以這種形式，將馮子健教我處置跟蹤器的方法派上用場。

「呃，對了，這件東西也許有用。」

我買齊必須品，啟用車上的導航，憑記憶與衛星地圖指定大概位置，隨後直撲往屯門鎮。當入山後地圖便無法再指引具體路線，我憑印象中記得龍鼓灘碼頭有一條荒廢的道路連接山中的工廠。利用書局購買的地圖，加上記憶摸索，好一會後居然成功尋獲。

在路上駕車奔馳時，回想當初漫漫長路，走到雙腿幾乎報廢，整天酸軟乏力，簡直苦不堪言。

中午過後，烈日高掛，我終於駕駛房車至目的地。當目睹熟悉的舊工廠映入眼簾，不禁興奮莫名。眼前荒廢的大同鐵廠，時間彷彿是凝止的。於那邊陳舊的廢棄車輪下，猶壓著一份一九六七年的舊報紙。

我邁步靠近正門時，考量此時的馮子健根本不認識我，內心痛苦地扭起來。一邊思考見面時怎生開場，一邊靠近工廠門口。嘗試叩門叫喊，卻無人應門。鎖頭沒有上鎖，靜靜掛在門扉。吃力地推開沉重鐵閘，穿過幾部生鏽機器，來到中間比較寬闊的地面，意外發現有人在此。

「啊——」

透過天窗照射的陽光，清楚可辨一名年若四十多，臉青口腫，傷痕遍體的女士，倒臥在遍滿血跡的地面。初步打量外在傷勢，顯然遭受長期毒打。粗糙的麻繩結得牢固，還要加上鐵鎖，即使死而復生亦插翅難飛。

她處身的位置，正是「將來」我會發現血跡的地方。由於臉上青青紫紫，無從辨明身分。我大體想到，她也許是馮子健綁來的作家。摸摸地面血跡，早已乾透。趨前探視，沒有呼吸，早已身亡。

等一會，這樣子不就是進入案發現場嗎？

我緊張地左右細看，卻不見馮子健的身影。料想他可能暫時離開，惟有耐心靜候。等了足足一小時，居然不見人影。悶極無聊下，決定往工廠深處探險。

「第二次」在這裏躲藏時，因為太無聊而仔細逛過無數遍，對廠房的內部格局瞭若指掌。除大型機器及家具外，其餘雜物早就搬個乾淨，連像樣的寶物都沒有半件遺留下來。

「咦？這個不就是子健的背囊？」

我在在深處一道通往一樓的鐵樓梯階段上發現馮子健的背囊，他究竟在搞甚麼，竟然會將重要之物隨便擺在這處？

平時他總是置在身邊嚴加看管，連我都不准碰，更未曾見過內藏物。我左瞧瞧右看看，確定四下無人後，始悄悄打開背囊。

我知道偷窺他人私隱是不對的，可是無法抑止自己對馮子健的好奇心。右手不由自主的探入袋口，最先摸到的是厚厚而柔軟的塑膠包，小心翼翼拉扯，沒想到輕易拔出來。

透明的塑膠袋內，整齊地包裝好一疊厚厚的原稿紙。上面密密碼碼的寫著絹秀的字，一望即知定必出自少女之手。

「《透天玄機》，作者是文月……瑠衣……」

文稿頁首即有記下作品及作者名字，我作為女人的直覺，登時認定這個人必然是馮子健口中的「她」的名字。如非重視之人，重視之物，是不可能細心封存，視如珍寶。

瞬間內心冒起不悅與疑惑，忍住內心衝動，嘗試拆開塑膠袋口，將原稿紙抽出來，閱讀上面的文字。名字明明是日本人，寫的卻是中文小說，更加添幾分疑竇。

我幾乎不看小說，至多是應付課業，看老師指定的作品，早就遺忘閱讀的樂趣。萬萬料不到自己居然被這篇小說吸引，一不小心便沉迷其中，拚命翻頁追看，渾然忘記時間的流逝，甚至原本來此處的目的。

少女的秀麗字體，書寫浩大的奇幻故事。架空的世界、近未來的背景、有趣的男女主角、吸引的劇情……即使文筆略為幼稚，劇情稍微粗糙，但無礙展現作者那澎湃的創造力與可塑性。

突然脖子一涼，我感到一絲絲的寒意，有銳物搭在我的咽喉上。第三次遭遇同樣的處境，我習為常，毫不感到緊張，仍然低頭閱讀下去。

身後有人聲問：「房家的大小姐怎麼會來這裏？」

那怕沒有後眼，仍可以憑聲音辨識來者，以及肯定他不會殺死我。

「子健，我是房宛萍。雖然說出來有點不可思議，可是我有要緊事麻煩你幫忙！」

後面的人陷入沉默，我望望手上的原稿，驚覺自己怎麼如此大意，急急辯護道：「對不起！偷看了你的東西，非常抱歉！」

馮子健將小刀收起來，我站起身轉面望向他。既是最熟悉的人，同時亦是最陌生的人。憶起前塵往事，彷如隔世一般，心裏酸酸的，又氤氳出一片暖意。

「抱歉，還給你。」

他將原稿紙取回去，仔細疊齊，重新封在塑膠袋中，再收入背囊。那種珍而重之的態度，好比是對待價值連成的寶物，不允許半點碰損。我就像做錯事的孩子，半句聲都不敢哼，靜靜待在一邊。

從小說世界抽離回來後，我才醒覺自己犯下如此嚴重的錯。對我而言馮子健是生死與共的伙伴，可是此刻的他完全沒有過去兩次的記憶。那怕我是「那個人」的恩人，一旦於「初次見面」時留下極為糟糕的第一印象，亦有可能得罪他。沒有二話不說宰了我，已經相當幸運。

「房家的千金小姐為何會來這種地方？」

我鼓氣勇氣打破眼前僵局，開門見山向他說明自己是來自未來，以及接下來即將會發生的事。

由於是第二次敘述舊事，而且深明馮子健的脾性，故此我盡量詳略得宜地敘述過去兩次經歷。

他一言不發，靜靜聽著我敘述。期間我們一上一下坐在階梯上，前後接近一個半小時多。馮子健聽完後思索一會，低頭問我道：「你聽過霍金曾經異想天開，邀請未來人開派對嗎？」

「我知道霍金是誰，但不知道他有邀請未來人。再說知道了都不會去，我才沒那麼空閒！三天後父親就會死，來月我都會死，怎麼有閒情出席派對？」

「算了，不扯廢話。簡單來說前兩次時間回溯都失敗收場，如今已屆第三次？」

「雖然很離奇荒誕，但我所言全部屬實！」

「無需那麼緊張，我又沒有否定妳的說話。」馮子健挺直身體道：「我答應過『她』，必須向妳報恩。既然未來的我會兩度協助妳，那麼現在的我亦無理由推托。」

只因為與「她」的協定，為兌現「她」的承諾，才會向我作出此番無條件的承諾。因為時間倒流，我們之前種種經歷已經如泡霧消失。恢復為最初陌生人的關係，令人感到無形的隔閡。

「文月瑠衣是誰？」經歷三度往返，我終於知道「她」的名字，忍不住問道。

彷彿是觸碰逆鱗，馮子健神情倏地為之一變。我不願再退避，仰視著他那副酷寒冷漠的表情，堅持要求出一個答案。

「以前的我有沒有向妳說過？」

其實這處可以欺他無知而點頭，但我不想瞞騙他，所以決定搖頭。自己最恨別人欺騙自己，那麼自己亦不應欺騙他人。

「既然過去的我沒有說，那麼現在的我亦無需要答。」

如果我不是「恩人」，肯定被他殺死。背上冒出冷汗，感到對方手下留情，不由得嘲笑自己。明明連對方真正的本性及過去都毫不理解，談甚麼同生共死的伙伴。

父親也好、母親也好、馮子健也好，我都無法真切理解他們。

「求求你！現在我只能拜託你了！」

案件未發生，就算報警，警方都辦不到任何事，更會打草驚蛇，刺激府上內奸。

上一次找警察幫忙，不僅未能查獲任何新線索，案情無進展，更連保護我安全都辦不到。那末要警察有何用？到頭來真正能信賴的，只有馮子健一人。

對方默默負起背囊步下階梯，與垂首的我擦肩而過。

「房大小姐，等我先處理些手尾，然後再聽候差遣。」

那是對陌生人用的語氣，我內心無比刺痛，怎麼會變成這樣子呢。

「叫我宛萍！你一直都是那樣叫我！」

「……好吧，房宛萍。」

「才不是如此呆板的聲調！」

對現在的馮子健而言，我只是一位突然冒出來討債的恩人。

絕對不能氣餒，失去的關係與情感，終能再次建立。我厭惡過去的愚蠢，亦誓約未來必將扭轉。

從廢工廠角落撿來一個麻布袋，將屍體身上的鎖鏈解開，慢慢地將之塞進去。

我好奇地問：「這個人是誰？」

「尚無菜。」

我倒抽一口氣，沒料到是她。

本國知名的愛情小說家，之所以認識她，絕非因為看過其愛情小說，而是她於最近一兩年鼓動全國六千多位作家，八成出版業者的聯署，代表全國作家協會及出版業協會與政府商討設立授借權。

茲事體大，爭議十分多，由此頻頻見報。由於連財經版都頻繁關注，所以我亦略有所聞。

尚無菜謂目前我國少人買書，皆因市民都去圖書館借書，減少購書意欲。圖書館的書於購買時只付一次錢，之後市民無限次借閱，變相令作家及版權持有人收入減少，由此要參考外國推動授借權制度。大抵內容就是市民借書要邀一定版權稅，補貼作者損失。

對此議題社會反應極大，對於家貧而且居住空間狹小的升斗市民而言，他們認為自己根本沒錢買書亦沒空間買書，無疑根絕借書的機會。政府亦不願意在購書之後更需逐本逐次計費，增加工作成本及開支。據政府臨時統計，一旦實施授借權制度，國家圖書館每年要撥出接近二百六十億五千萬新民幣，更未計算全國私營圖書館，影響甚鉅。

何況羊毛出在羊身上，圖書館不論公營私營，都是以非牟利為主。國家圖書館是政府經營，開支驟增，屆時勢必增加稅收，結果費用有可能落在不借書的市民身上攤分，造成不公平待遇。私營圖書館純靠有心人捐助或政府資助營運，無其他收入來源。一旦確立授借權，恐怕付不起版稅，變相強制倒閉。

同時全國各大小學校圖書館亦群起反對，一致認為此舉會增加開支。雖然聯盟作出承諾不向教育機構徵費，不過辦學團體並不相信。基於唇亡齒寒，辦學團體與私營圖書館建立反授借權聯盟陣線，要求政府強硬拒絕授借權。

有論者指出國際聯盟並無強制推廣授借權，而且大聯盟提出的「全球大部分國家都有實施」純是誤導，事實是絕大部分國家仍在商討中。由全球多個圖書館組成的國際圖書館協會聯合會的文獻，認為並未有任何可信的研究論據證實圖書館服務導致書籍銷路下跌，同時指出外借服務有助作品在市場推廣及鼓勵銷售，亦能推動市民閱讀及接觸廣泛全面的知識。

外國亦有論文指出授借權是開歷史的倒車，削弱市民自由閱讀的權利，揚言此舉會令國家社會倒退回文化黑暗的封建時代：富裕階層壟斷知識，因為有錢付得起版稅所以能獨佔優秀的學習環境；低下貧民付不起版稅而不能自由汲取書本知識，不能公平接受相等的教育。甚至有數名諾貝爾文學獎得主激烈反對，倡言圖書館應該反過來向作者及出版社徵收「圖書館上架費」，不然不購書不上架，不給予它們展示借閱以至紀錄珍藏的機會，任其於商業市場上埋沒消失不留痕跡。

吵著吵著慢慢變質，連翻譯外國書的出版社都想分一杯羹，認為外國作者及本國翻譯者都應受惠，同時要求「維權」，讓以上二者都納入授借權制度的保護下；部分詩人戲謔，提倡需要向唱誦詩歌者徵收一定版權費用；文具商電腦商認為作家是購買他們的文具軟件從事出版寫作賺錢，按法例屬於商業用途而非私人民用，作家亦應繳付高昂的營商費用，將一部分創作的收入撥歸他們……此一言彼一語，鬧得全國沸騰，文化界出版界圖書館界等等都亂成一團，大家都爭相佔領道德高地，爭論不休。

由於房家既大又有錢，想要甚麼書都可以隨便買隨便攞，從來不愁要出去跟人搶借的煩惱，故此授借權設立與否，影響不大。然而對於低下貧困市民而言，無疑是懸在頭上的一柄刀。不少市民責難尚無菜為首的作家是貪得無厭的碩鼠，曾經聯署支持的作家紛紛中槍，被反對者群起圍攻。後來好像因為主推的聯盟盟主尚無菜女士失蹤，才暫時沉寂下來。

如今親睹她的屍體，方明白根本不是失蹤，而是已經遇害，才會不見蹤影。

「為何要殺死她？」我忍不住問道，馮子健反問：「妳問來作甚？」

「你說過，殺死的作者都是死有餘辜，從來不會無的放矢，肯定有確鑿的理由。」

「替天行道，將他們虛偽的面具及隱瞞的罪惡全部揭露，需要理由嗎？」

「替天行道？」

「之所以推行授借權，只是想中飽私囊。所謂聯署的六千多位作家，其中有一部分根本早就死了。連死人都拿來利用，簡直惡劣至極。像這樣的文壇敗類，必須及早天誅，以絕後患。」馮子健話中流露憤慨，不單止是向我說，更是向天控訴：「今年二月廿一日上呈立法院馬嘉峰主席的『本國作家及出版社的一項共同訴求——再三要求國家建立「授借權」機制』的公開信，在國家網站上有公開讓公眾查閱。只要有時間逐一核查聯署作家名單上的名字，不難發現一部分同意者根本早就過身。」

我沒有看過那份名單，無法判斷他所說的是對是錯。

「你的腦袋到底是甚麼構造，竟然可以準確記得這麼多事？」

「只不過是我剛巧有接觸過相關文件，順便記下來。」

有甚麼人會特別接觸那些雜項文件啊？而且「順便記下來」？直接背誦入腦嗎？瞧他說得輕描淡寫般，讓我再次驚嘆他的能力非同尋常。

「像她那樣的八婆不學無術，整天往錢眼鑽，殺死她正是為世界除一大害。」馮子健氣猶未盡，續罵道：「子曰『君子求諸己，小人求諸人。』她寫的故事既爛又差，結果沒有人買。不好好反省，倒是怪罪到圖書館上，埋怨讀者只借不買。之所以搞出甚麼授借權，是算定立法成功後，利用自己身為教育局顧問的權力，將自己的作品混入學生指定讀物的書單內。」

這可是非常嚴重的指控，已經到達私相授受舞弊程度：「那樣豈不是……」

「學生必須讀她的小說做功課及報告，買書也好借書也好，都能賺取稅金。真虧她有時間想出這些生金蛋的鬼主意，而不是思考如何寫好小說。」馮子健頓一頓後續道：「看一個人不能只看表面，每個人行動的背後必然有某種企圖。人類全部都戴著面具，將自己見不得光的事掩藏起來。」

「人性本惡論嗎？」我不是不能理解，為父親處理公司上下多少業務，見盡不少醜陋人性，深有同感。即使重來無數次，馮子健還是沒有改變，滿肚墨水隨口滔滔祕聞逸事，始終如一說著我聽不懂的話，以及堅持自己獨有的道理。

言罷繼續處理屍體，雖然我想幫忙，但屍體已經被馮子健用小刀剁成一團爛泥，戴上的手套已經沾滿血跡，腥味難除。我望望自己的黃白相間條紋短袖上衣及橙色高腰百褶裙，要是弄污可是非常麻煩，還是袖手旁觀比較好。

「話說……你這麼大方告訴我，沒關係嗎？」

「如非未來的我告訴妳，妳是不可能知道我在這處。換句話說，妳肯定是可以信任的人。何況無論如何，既然恩人有求於問，答之亦無不可。」

若果你真是信任我，更加應該將文月瑠衣的事原原本本的說明嘛。只將我當成「恩人」，人家才不想要這樣的關係。心中如此抱怨，卻未敢送出嘴外。

馮子健將尚無菜的屍體塞好，再丟入黏著不少灰塵的舊棉花球，束好後整條抬出去。

「在這裏等我。」

馮子健拋下這句說話後揚長而去，我不敢再妄動，乖乖在工廠中等候。

回想「第二次」匿藏在此的日子，景物依舊，人事全非。借助時間倒流，同樣的日子及事件體會兩回，經歷太多的事，連記憶都變得渾沌起來。眼前發生殺人事件，竟然可以平靜以對。人云「近朱者赤，近墨者黑」。也許最近老是陪伴在馮子健身邊，連我都變得不正常起來。

即使有這份自覺，我仍然沒有後悔。

父親似乎曾經說過一句話：幫助過你的人永遠都會幫助你，但你幫過的人就不一定。把你看透了還願意無條件留下來的人，在你困厄之際還願意不問理由伸手的人，願意才是真真正正值得結交的人。

父親非常珍惜與趙京逸的友情，正是源自本人親身感受的人生真諦。小時我似懂非懂的聽著記下，直到此時此刻才真正了解。身邊的傭人只是受薪，公司下屬只是聽令，警察只是公事公辦……只有馮子健是最獨特的，乃是命中值得結交之人，乃是心中無可取代之人。

「你有甚麼頭緒？」

大約一小時後馮子健回來，也許是聽罷我的敘述，居然體貼地打鳥摘果。在烤熟進食時，我嘗試問他能否得出甚麼推論。

「之前……不，未來的我曾經提過甚麼推論？」

我憑記憶力，將馮子健曾經綜合過的推論說出來。

「現在時間倒流，案件未發生，不可能再靠偷警方調查文件參考。幸好綜合你前後兩次的經歷，犯人應該是潛伏在房府中，將他揪出來不成問題。」

奸賊盈庭，豺狼當道，只恨不知其蹤跡。

「首先去土地及物業局查詢附近別墅的業權；其次是找出藏在地下室的炸彈；三者是揪出內奸。最後一點最為困難，如果不是親赴貴府一趟，很難求證出嫌疑犯。」

「放心，我正有此意。」

「可是我是通緝犯，很難公開露臉。」

「在來的路上，我已經想到好方法了。」

馮子健不解，我胸有成竹地道：「好歹我是房府的女主人，要是連這點小事都辦不到，徒引人見笑。」

如何將他偷運入境，送到府上，而不會惹人起疑等等，我已經有分數。

馮子健無可奈何地用拳頭敲額，我繼續說下去：「土地及物業局那邊，我可以親身前去申請查證；至於地下室，只要知道炸彈是長甚麼樣子，我都能夠找出來。」

「沒用的，你以為像電影，包成一捆捆，還要綁上時鐘嗎？它們可能毫不起眼，包裝成普通的磚塊，或是維持粉末狀，隨便塞在夾縫中或是雜物堆中。」

三點中有兩點都必須要馮子健現身幫忙，更加有理由要拐帶他回家去。

「幸好案件尚未發生，也許可以在地下室發現裝置完成的炸彈。」

「真希望這是玩笑。」

我完全笑不出來，馮子健完全不像是說笑道：「雖然不知道對方的炸藥是自製抑或是購買，本地能夠購買的話門路太少，容易被警方注意。故此大抵是自行購買原材料，祕密生產。」

「如果在家居中自行混合製作炸藥，具體需要用甚麼工具呢？」

我有意無意一問，馮子健打開手機上網，隨便搜來幾張圖片。我在手機上打量，有些像是燒杯燒瓶，即使學校的實驗室都有。但某些比較大型的儀器，卻甚為罕見。

「用燒瓶或燒杯等一般用具，要自己人手調控份量百分比，炸藥的精度相當差。這些器材雖然不及軍工廠的專業，但體積合理，容易使用，有助更穩定安全製作炸藥……」

「咦？」我發現不對勁的地方，馮子健亦留意到我盯著手機的眼神有異。我取走他的手機，掃動幾張照片，將螢幕轉向馮子健：「這個東西……是甚麼來的？」

「這是一套小型的混滲機，圖片下面有說明，可以將高密度粒狀硝酸銨進行細碎並添加適量的流體燃料，增加炸藥的能量密度。甚至在混滲時加入鋁熱劑，促使爆炸威力更強。以上的工序一般需要工廠大型機器才可辦到，但使用這器材的話，一般家居都能進行調合，製作出高性能的炸藥。」

我不願相信這個真相，顫抖著道：「我見過……我真的見過……蘭瑟他有這部機器……」

猶憶及「第一次」蘭瑟搬家時，恰好從箱中跌出那具醫療器材，由於形狀奇特，所以至今仍不曾忘記。

第拾貳回　誰知詭譎腹藏詐
自省幽微心識非

平常入室造訪，抑或兩度搬家，都有注意到那幾部奇怪的儀器。向來以為是醫學用具，誰會料到可以調合炸藥？最令我難過之處，最早挑出的嫌疑犯居然是蘭瑟。由始至終，我都不曾將他歸入嫌疑對象中。

馮子健見我心神大駭，鎮定道：「這具儀器同樣可供調配藥劑，既然他是醫生，擁有這樣的器材並無不妥。不應因為他有這具儀器，就認定是犯人。」

「可是……」

與彷徨的我不同，馮子健依然鎮定如常，托托頭，雙手交疊在胸前：「當然醫生的身分，購入部分原料，甚為方便，甩下暫且不能視為確實罪證，至多是最具嫌疑。看來有必要實地觀察一下，也許能找出一般人不曾注意的線索。」

一番討論後，暫時議定接下來的行動。馮子健將大同鐵廠內所有生活過的痕跡清理掉，只留下那灘血跡後，跟我一同乘車下山去。如是者一去一回，已經臨近傍晚時份。

「來，你戴上這個，隱藏自己的容貌。」

我驅車載同馮子健返回市區，在車廂內將一副從禮品店購入的鳥嘴面具送給他。

「回到府上後，你就說自己是我的筆友，從外地來九龍市，在敝府上暫住幾天……喂，子健，有沒有聽到我的話？」

「當然聽到，」馮子健專心打量面具道：「你竟然買 Medico della Peste 送給我？」

「Me…Medico? 你說甚麼？」

「明明是妳買回來的，反而不知道它是甚麼？」

「因為店員說這款最暢銷，所以我才買。」

「妳呀……以為我戴上面具就安全嗎？」

「至少戴上它之後，你能夠在房府隨便行動。對了，我已經預約理髮師，順便幫你剪髮。還有衣服太舊了，全部換新的。」

馮子健瞪大眼珠，不過沒有揚言反對。然後默默打量面具，但見其硬身皮革，輕巧牢固，遂說明道：「這玩意叫瘟疫醫生。原本是中世紀黑死病盛行時的瘟疫醫生標準配備，鳥嘴的前端會裝上白銀，嘴的部分亦能盛入香料除臭消毒，算是古代的防毒面罩。」他揚揚那副面具道：「這不是十六世紀的真實用品，應該是面具派對用。徒有其形，猶可遮臉。」

不愧是博學多才，腦子記住一堆有的沒的怪知識。

「不喜歡嗎？我去換另一副。」

「不用，本身戴著面具就是一件蠢事，更引人注目。不過情況嚴峻，按你的說法，大後天房兆麟一旦辭世，家族就會內鬥，然後是大爆炸。如不及早行動，我怕來不及了。」馮子健嘗試戴上，朝前輕輕揮拳：「幸好沒有影響視角及呼吸，意外實用性很高。」

「你究竟是用甚麼標準去鑑別啊？」

「當然首要別阻礙我的視線及吐納，其次是方便觀察自身及敵人。雖然眼罩有顏色，但無礙視線，應該沒有問題。」

「嗯，你說沒問題就行。」畢竟他才是用家，當然以他感受為先。雖然遮著臉，但誠如馮子健所言，戴上後說不出的怪異，果真變得更加可疑。

「等一會，其實你會不會易容。」

馮子健懊惱地扶額道：「你以為我是江湖百曉生嗎？」

「對不起……」

如果他會易容，早就能夠輕鬆變成另一副臉孔生活，何需躲起來呢？

為馮子健理髮更衣，又在汽車店歸還房車後，便正式回去房府，已近晚上九時。前腳才一進門，應接的傭人已經對我身邊人投來奇異的目光。

阿勤不畏死亡，大膽上前問：「小姐，這位是……」

我將擬定好的答案流利背誦出來：「他叫Michael Feng，美國來的朋友，這幾天會住在府上，你們要好好幫我招呼她。」

「是。」就算滿肚子疑問，作為傭人都不會過問主子半句。待登上一樓，遠離大廳打掃的傭人，馮子健急急問：「『咪高峰』是甚麼意思？」

「不好聽嗎？」

單純是想名字時靈光一閃，覺得甚為有趣，故意惡作劇的答案。僅是數天內暫用的假名，隨我胡來應該沒有問題。

此時管家權叔穩重步至，觀其一位五十多歲的男人，工作中一絲不苟，似一位忠厚樸實的老兵，和藹謹慎地守在馬家最前線。

「大小姐妳回來就好了，一直無法聯絡你，擔心死我們了。」

「對不起，我忘記帶手機。」

既然知道手機有可能被人植入追蹤軟件，當然不可能再白痴地帶在身上。

「權叔，要你擔心真對不起。」我偽裝自己的心意，低頭道歉。權叔並不介意：「那麼這位客人是誰？」

「你好，我叫Michael Feng，昨天從美國回來。」

馮子健爽快接上口，伸出友善之手。真厲害的演技，還在我的謊言之上加入「從美國回來」的設定，會不會鬧太大？權叔疑慮他為何戴上面具，我即時插口道：「Michael因為某些原因，所以需要長時間戴面具，叫傭人不需介意。」

權叔心想對方恐怕有某些難言之隱，顧及感受下，不再追究。他向馮子健親切握手，答應會提醒所有傭人注意。最後再三向我囑咐道：「大小姐，出門時不要再忘記帶手機。妳知道我們有多擔心妳嗎？祕書小姐都急得哭了。」

祕書她總是這樣前怕狼後怕虎，處理日程文件及對外應答簡直一流，就是碰上關乎自己的大事就容易慌張手忙腳亂，老是沒有主見。待家中事件告一段落後，再找機會向她訓話。

「權叔，我知道了。另外麻煩你吩咐廚子準備茶點，我陪Michael去房間談點要緊的事。」

「是。」

「還有Michael要住在這裏幾天，給我準備一間客房，謝謝。」

權叔領命退下，我帶著馮子健先進入我的睡房。

「畢竟以前屢次受你照顧呢，這次就換我才招待你吧。」

馮子健望望房中以黑木家具為主體的佈置，以及滿架密密的商業書，抱怨道：「完全不像女生的睡房。」

「房間只要舒適方便就行，又不是藝術館。」我請馮子健坐下，就像朋友般閒話家常：「這幾天你就以客人身分住下來，沒有問題嗎？」

馮子健一聲不響，迅速在房間各處巡視搜索，未有發現竊聽或監視器。以防萬一，他仍然非常慎重，雙方盡量貼近下，然後才小聲對話。適時權叔叩門，那怕見到我們二人坐得貼近，亦沒有表示驚訝。他進房上茶及擺下點心後，詢問道：「大小姐，需要加熱晚飯嗎？」

「好啊，你直接送上來，我和子……Michael一起用餐。」

「明白。」

待他旋身默默退出房間後，馮子健從窗戶外窺看後花園，院子草木皆青，在夜色下一片黑暗，不見半個人影。

「妳家別墅有多大？」

「連同外面的花園，接近一千五百平方米。」

「有多少位傭人？」

「九位……不，是廿位……」

父親死後才餘下九人，現在應該仍然維持廿人。

「有沒有傭人房？」

「我們包食宿，除管家權叔擁有獨立一間睡房外，其他傭人位處於二樓，都是二人共用一間房。」

「蘭瑟呢？」

「他是獨立一間房，安排在父親房間旁邊，以便隨時診治急救。」我追加補述道：「另外二樓還有數間空置的客房、娛樂及休息室等等。」

「蘭瑟有沒有權利進入地下室？」

我搖搖頭：「不行，再者只有傭人在搬運物品時，才會進入地下室。」

「妳覺得除蘭瑟外，誰有本事將炸藥藏到別墅地下室內？」

我想不到，馮子健續道：「土炮製藥不是太困難的事，園丁用市販的一般肥料都能製造。若然找到祕密又安全的渠道，甚至能將炸彈自外面攜入。也就是說，犯人可能是另有其人。」

馮子健正反立論，同時推論出幾種「蘭瑟不是兇手」的理據，而且全部頭頭是道。即是說沒有更進一步確鑿的證據，每一個人都是兇手。雖然說出來會令人不寒而慄，可是子健認為這是最可信的推論。

將全屋廿位傭人連同蘭瑟都視為嫌疑犯嗎？馮子健雙手負在背後：「有誰可以神不知鬼不覺的將炸藥搬入屋？如果是土炮劣質，要生成同等威力，總量更可能在五百磅以上，而且分別安置在別墅各處，才能造成巨大威力的破壞。」

他伸手輕敲結實的牆壁：「要不為人知下偷運入屋，對方必然是這裏的人、可以自由出入而不會被人懷疑。這是非常周詳、縝密以及長期的行動，無論是自製抑或外購，犯人都不可能即時準備那麼多炸藥。為避免引人疑心，勢必籌備多時，長時間逐批逐批小量地運進來。」

這些之前都推論過，是可以確定的情報，馮子健只是重複一次以作整理。

「換句話說，偷拍我的生活照，以及在手機中安裝跟蹤程式之類，都是同一個人所為？」

「很難說，但很大機會。而且犯人未必只有一個人，亦可以集體行動。」

結果還是無法輕鬆排除任何一個人。

「妳們的地下室使用頻率高嗎？每次有幾多人進出？」

「我都是交給權叔管理，詳情我都不清楚。」

「看起來權叔相當可疑。」

馮子健舊調重彈，連我都不得不動搖起來，心想他是不是在亂槍打鳥。

「先大膽假定別墅內所有人都有嫌疑，接下來是小心求證，祕密進行調查，切莫打草驚蛇。」

不多時傭人已經在二樓準備好客房，我吩咐馮子健先去安頓好，隨後再過去一同用餐。陪著他渡過那麼多日子，都是吃野雀野豬山菜野根，難得光臨敝府，應該趁此機會吃一頓豐盛的名貴葷菜。

由於要隱藏真面目，不可能於眾目睽睽下同桌吃飯，只好安排傭人將飯菜送入房。即使吃飯中，他還小心至拉上窗簾，沒有放鬆警戒。

「其實妳不用給我吃那麼好的，像我這樣的粗人，吃龍肉都啖不出味道。」

「不，過門都是客，不能失了禮數。」

再者這是現在我惟一能為他做到的事。

「過去兩次危機中，都任性地給你平添許多麻煩。單單是一頓飯，根本不能代表甚麼。」

「就算妳提及『以前』的經歷，於我而言都無甚感覺，就像是聽別人的事一般。不過那時的我沒有好好保護妳，有違『她』的承諾，亦令我感到歉疚。」
「別再向我道歉！你根本沒有錯！」我聽到「她」的事，便感到生氣，強作精神道：「瞧，我還不是沒事兒回來嗎？」
「雖然不知道妳為何能屢次返回過去，但最好別依賴這種不明來歷的力量。」馮子健下定決心道：「如果這次能順利解決事件，妳便不用再遭遇死亡。」
我聽出弦外之音，他的難過，僅是因為無法兌現與「她」的承諾，先後兩次使我這位「恩人」被殺。絕對要讓他再次理解，我不是他的「恩人」，不准再用這種態度來維繫我們的關係。
「加上你的能力不明朗，最好勿存僥倖之心，這次務須抓出幕後黑手的真身……」馮子健吃飯時，不忘一本正經地分析。我感受到二人明顯的距離，幽幽地道：「明明我們之間的關係可以再密切一點的……」
「甚麼了？」
我緊張地道：「不，沒甚麼，別在意，不介意。」
飯後馮子健提議今晚開展調查，我忙碌一整天，實在太疲累，只好改為明天才行動。
翌朝八月廿九日，早飯後母兄對我招呼來路不明的馮子健這件事說三道四，不過我只當成狗吠，無暇與他們爭執。與其花時間與豬隻爭論，不如與馮子健辦更重要的事。
我吩咐權叔帶我與馮子健去地下室一趟，他即時面有難色：「那不是隨便給外人參觀的地方，大小姐。」
「權叔。」

「地下室長年擺放雜物，灰塵甚多，而且分門別類擺放妥當，不是外人隨便行走參觀的地方。」權叔板起臉教訓道：「總之妳需要甚麼，我會吩咐傭人搬出來。」

原本打算借帶客人參觀古物為名，讓馮子健陪我到地下室觀察，豈料權叔會強烈反對。我說不動他，只好臨時編個話兒道：「總之你幫我取兩年前拍賣行買下的影青扁身篦紋菊瓷壺出來，好給Michael觀賞。」

「是。」

既然權叔硬不讓我們進去，我只好叫他將十九萬新民幣競拍回來的宋代古物搬出來，以免有人對我倆行動起疑。

「那是很貴重的古物，小心不要碰毀。」

「我知道的。」

馮子健在耳邊低聲道：「寧願冒險搬出來，都不允我們直接去地下室？妳不覺得可疑嗎？」

在你眼中有誰不是嫌疑犯啊？權叔秉公辦事都有錯嗎？

豈料權叔看見我們二人貼耳交流，板起臉道：「大小姐昨天和今天都不回公司，不覺得有點不對嗎？過去從來沒有發生過這樣的事。」

「公司一切上軌道，而且我要陪朋友，就當作帶薪休假，不行嗎？」

以前權叔是不會如此嘮叨，今天簡直一反常態。由於馮子健的警告，令我開始疑惑。

為防治跟蹤及竊聽，我將手機關掉，而且埋在花園中，謊稱報失。不等權叔安排，改用新買回來的手機，打亂幕後黑手的陣腳。從現在看來，權叔突然改變態度，處處在意我的反應，最為可疑。

「放心，公司的事，我在家都會好好處理。」

「明白。」

待權叔退出後，我即時拉住馮子健，一齊去探望父親。

「你留意到嗎？權叔的態度超不自然，難道他真是內奸？」

「話不能那樣說，妳疑鄰竊斧，便會覺得他一切都有問題。」

「喂，還不是因為你之前懷疑權叔，我才會產生疑心嗎？始作俑者明明就是你啊！」

以往家中發生任何事，只要吩咐權叔就辦得到，至於他是怎麼辦，幾乎一無所知。這次我主動提出親手辦事，他便諸多推搪起來，又對我突然的改變說三道四，難免引人疑竇。

馮子健似乎在思考其他事，沒有再理會我。

我們來到別墅一樓，正好碰見蘭瑟。他還是穿著白大袍，非常醒目地走過。

「艾莉卡！午安！」

「午安，蘭瑟。爸爸安好？」

「暫時還好。」

「對了，這位就是那位面具人邁克爾？」

「呃……是……」

「蘭瑟，不是面具人，是Michael……」

「所以就是邁克爾！」

「算了算了……」

馮子健不用半秒就放棄糾正他的喚名方式，果然世上就是一物剋一物。

「果然和傭人說的一樣，真的戴著一副鳥嘴面具。」

面對非常熱情，胡亂改人名的蘭瑟，馮子健緊張的問：「借問……你就是這裏的家庭醫生蘭瑟？」

「當然！邁克爾，你是怎麼認識艾莉卡？」

「書信。」

等一下，你忽然亂設定甚麼啊？之前不安躊躇的樣子是裝出來騙人的嗎？

既然有人開頭胡言亂語，我只好臉不改色雙目認真地扯謊道：「對，我們是筆友。」

「奇怪，沒聽聞過艾莉卡有筆友。」

「我們是網上的筆友，俗稱的InterPals。」

InterPals是甚麼啊？我聽都未聽過！

「……嗯，原來如此，難怪難怪。」

「原來如此」你個頭！十之八九你根本未聽過！所以InterPals到底是甚麼啊？一會必需要問問馮子健，他究竟在扯甚麼。

「說起來艾莉卡到底是誰？」

「就是我啊。」我坦言道：「蘭瑟最喜歡是叫別人的英文名。」

「不覺得很酷嗎？」

「還是叫Michael比較順口。」

貌似蘭瑟對馮子健頗有興趣，還想問下去時，突然阿勤從走廊處跑來：「蘭瑟，老爺他突然呼吸困難！快去看看！」

「對不起，晚點我們再聊！」蘭瑟激動起來，匆匆轉身跟著傭人跑。我擔心父親，亦跟著衝過去。四人進入父親的房間，但見病床上的人臉容枯黃，旁邊的儀器不斷響著警號。

我想起這幾天父親雖然昏睡不醒，但期間病情越加反覆，那時根本沒想到是天年將盡。雖然父親是被母兄刺激致死，但如果身體再穩定一點，應該可以有能力撐過去。

「老爺呼吸不正常，有點氣促……」蘭瑟一邊聆聽傭人敘述，一邊快速掃過儀器上的數值，取出聽筒一探：「心率為每分鐘四十二次，心臟有雜音。喂，加爾文呢？」他一邊為房兆麟進行心肺復甦，一邊吵著要人。

「今天他休息啊。」

「柏林呢？」

「他要出去辦貨……」

「有甚麼需要幫忙？」我看他們人手短缺，不禁擔心起來。馮子健拍拍我的肩，靜靜道：「放心，我看得出蘭瑟非常專業。」

「我都知道。」

馮子健小聲耳語道：「真的萬一，我也能夠挽袖幫忙。」

「你都懂急救？」

「以前在醫院時可是常常幫人急救，早就熟悉，不過沒有甚麼證書承認。」

「我從來都不管甚麼學歷證書，有沒有真才實學，不是靠那一張爛紙證明。」

「沒想到大小姐妳意外與我很有默契……」馮子健雙手抱在胸前，打定主意裝成看熱鬧：「不過現在主診醫生是蘭瑟，為免招惹不必要的麻煩，都是別隨便插手。」

我心情不免複雜，明知父親不可能在今天死亡，卻又不自覺緊張起來，但為怕「歷史」再生變故，只能束手在旁甚麼都不做，頗為矛盾。

「權叔！幫幫忙！」

幸好權叔路過，蘭瑟叫他接力。這位老人家倒是一板一眼，依專業標準，即時雙手疊在房兆麟胸上，穩定壓掌搥下。

蘭瑟道：「馬克，你幫忙給我撐廿秒，我去取藥物。」

「藥物？不是應該先插入呼吸管……」馮子健此時突然小聲皺眉，望著蘭瑟衝出房，他低聲問我道：「這裏沒有藥物嗎？」

「所有藥物都是放在蘭瑟房間，一直都是由他管理及取用。他說依法例規定，只有醫生才可以管有及使用該批藥物。」

「雖然我覺得不應該說三道四，可是在取藥物前，是否應該先將懸在床頭的呼吸管插入病人氣道，幫助他呼吸呢？」

馮子健置喙不可，沉思甚麼似的，聚神四處打量。眨眼間蘭瑟推來一整車用具及藥物，始為房兆麟將呼吸管插入他的氣道內，抒緩呼吸，同時準備針筒，注射藥物。蘭瑟先量度血壓，在注射藥物後再量一次，同時觀察心率，神情緊張地留意房兆麟反應。直到病人恢復正常後，才露出愉快之情。

沒錯，就如同平時一樣專業，不會令我失望。

「權叔、馬克，麻煩你們真不好意思。」終於鬆一口氣的蘭瑟神情不再像剛才嚴肅緊張，回身道謝：「無論如何太感謝了。突然少了兩位傭人，差點出事。真不知道柏林幹甚麼，這個時間出去辦貨。」

「對不起，是我叫阿周出去的，沒想到此時會發生意外……」

「權叔，麻煩下次別再亂挪用會急救的傭人，好不好？」

「是。」

之前還一臉嚴肅的權叔，面對蘭瑟亦像矮了半寸。雖然我覺得有點不好，但事件確實危害到父親安全，插口問：「權叔，你很少會搞出這樣的意外。之前不是向你提過，有急救證書的傭人都儘量別派出外嗎？」

「大小姐，其實是因為今天夫人及大少爺抽調一批傭人隨行參加宴會，我們少一批人手……所以……」

「嗤，又去搞甚麼宴會嗎？將自己的傭人抽出去搞活動就這麼有面子嗎？」我忿忿不平道：「不是說以後發生這些事，都要通知我來處理嗎？」

「因為昨天大小姐沒有攜帶手機，所以無法聯絡……」

我登時語窒，望著權叔可憐兮兮的樣子，我不忍心再對質下去。昨天故意不帶手機，居然在此處被反將一軍，真是無辜至極。

「算啦，蘭瑟，這次既然沒事，亦非權叔有心，就此罷休，行嗎？」

「既然艾莉卡都這樣說，那麼就算了。」

蘭瑟揮揮手道，權叔問明沒有問題後，旋即離開回去工作。

此時馮子健忽然走上前，好奇問蘭瑟道：「其實方才十萬火急，取藥物之類的小事可以叫傭人幫忙。」

「不行，他們未有受過相關訓練，按規矩只能由我來辦。原則上急救課程，是不包括處理藥物的。他們不是專業的護士，萬一取錯藥物及份量，隨時會令房老爺有性命危險。」

馮子健一副「原來如此」般點頭，蘭瑟吩咐傭人留心觀察房兆麟情況，每十五分鐘測量一次血壓，他則將藥物推回房去好好保存。

我們退出父親房間後回房，馮子健鎖好我房門。即使戴上面具，我仍然從他的肢體中，感受到異樣的嚴肅。

「蘭瑟和權叔關係不好嗎？」

「咦……多多少少吧，應該說二人沒有甚麼交流。權叔負責內務，蘭瑟是父親的主診醫生，兩邊職務互不干涉亦不相衝，像今天的狀況是特例。」

「不，要論特例的還有很多。你知道Gilurytmal是甚麼藥物？」

「我不是學醫，怎麼可能知道？你直接說明吧。」

馮子健神祕兮兮地從口袋取出一樽細小的玻璃瓶，我認得這是方才蘭瑟使用的藥物。

「你……你……剛才偷的？」

馮子健無視我的質問，照直道：「這是一款心臟藥物用劑，必須由醫師使用。可供口服、注射及點滴等。然後這款藥劑，我國只是尤許購入50ML及10ML兩種劑量，至於藥丸則不受限制。」

我如同聽著火星的陌生語言，嘆服道：「你的腦袋究竟有多少存量？怎麼連藥物的名字功用都記入腦？」

「那不是重點吧？且聽我說下去。一般而言藥劑下的Gilurytmal數十毫克就足夠，可是我見到蘭瑟是滿車堆上，已經超過一人用的份量。就算是點滴用，每次五十毫克稀釋，都無需這麼多。Gilurytmal的份量有嚴格規定，如果使用過量，可致病人心率失常、血壓下降、傳導阻滯、心臟肌肉功能不協調等等副作用，最嚴重是衰竭至死。」

「竟然有那樣的事？」我慢慢感覺到寒意，回想父親的身體狀況，隱約想拒絕某些事實：「注射過量，會否在體內留下證據？」

「如果只是日常逐小增加，未必能驗出來。何況令尊的死亡報告是蘭瑟寫的，他在字裏行間做點手腳，你都不會發現。」馮子健居然又回頭懷疑蘭瑟：「妳有否蘭瑟的購藥紀錄？」

「蘭瑟想購買甚麼藥物及器材，都是直接向權叔報告，甚至自行買完後交付單據即可。」

「妳都不用檢查嗎？」

「檢查來有何用？我都看不懂！何況蘭瑟說父親必需要這種藥物，難道我能不批准嗎？」

馮子健拳頭搥向椅柄道：「我原想看看蘭瑟的購藥紀錄，確定他是否過量購入。以令尊的情況，一年下來Gilurytmal的用量總該有限。另外順便留意有否購入其他可疑藥物……」

「你懂得看藥名嗎？」

「當然……就算妳不懂，難道不會找其他醫生問問嗎。」

我被他反斥，無奈道：「都說我絕對相信蘭瑟！每月將他的購藥清單給其他醫生檢查，即是不信任他啦？你叫我如何在房家立足，令傭人取信於我？」

馮子健才更加無奈地搖頭：「我不和妳談論用人的方針態度，蘭瑟在令尊身上的用藥情況有可疑，要想辦法求證。」

「需要我問權叔拿出過去一年的入貨紀錄嗎？」

「都說所有人都不可以信任，隨口索取一年份的入貨紀錄，權叔便要翻箱倒篋捧來文件，絕對很容易招人注意。假定蘭瑟就是內奸，一旦風聲走漏傳至耳中，他必定會嗅到危險，甚至銷毀證據。」

我緊捏拳頭，如果蘭瑟是內奸，背叛我的信任，對父親不利，必定不會輕饒：「確實做事不能太直接，令別人瞧出意圖，才是好計策。那麼你說說看，現在可以怎麼辦？」

「即時安排令尊進醫院，進行澈底的身體檢查，分析體內是否含有過量心血管藥物之類殘留。當然過程要迅雷不及掩耳，令蘭瑟無時間準備。待得出報告，最理想是驗出陽性反應，證據齊全，有真憑實據，才能抓起來問話，甚至直接報警。」

「你是認真嗎？這是指控蘭瑟嗎？不，已經是懷疑他殺害父親？」

「所以才更加需要身體檢查，證明沒有冤枉錯人。」馮子健冷靜地道：「其實不獨是用藥上，你還記得令尊『第一次』的死亡時間嗎？」

「上午十一時廿六分。」

「『第二次』呢？」

「上午九時十九分。」

望著我如實回答，馮子健問：「兩次時間都不同，妳就沒有一絲懷疑嗎？」

「你……之前你提過，兩次輪迴中我做出不同的行動，有變化實屬合理嗎？」

馮子健看樣子頗為生氣，我壓根兒搞不懂他為何生氣。只見他扯下面具，指著我悶起腮：「妳提過令堂令兄於令尊死後，即時喚來夏律師到府上。那麼問題來了，為何『第二次』房先生提早於九時十九分去世，他們出去叫律師再趕回別墅，抵達的時間與『第一次』相差無幾？」

面對馮子健這番質問，我抱頭細思，霎時晴天霹靂。

「如果令尊單純心臟病發，屬於天有定時，那麼妳將時間重置一百次，依然照舊會發生；要是出於人為促成，才會受人的行動影響而改變。」馮子健娓娓解明道：「前後兩次妳行動有別之處，僅僅是有否離家返公司。至於家中的事，應該大致一樣。令堂令兄早於八月卅日收到斯奈德醫學化驗所的報告，便起意決定找你父親麻煩。那怕妳人在公司抑或房府內，他們依然會貿然衝至令尊面前鬧事。雖然我們不知道報告內容，但是令尊多半在當時就激動致死。」

母親取出斯奈德醫學化驗所的信件要脅父親……最後父親活活氣死……

我張大嘴巴，無法合上，大腦瘋狂掠過無數想法。

「第一次妳回到家時，才得知晚幾分鐘，令尊早一步仙去。若然該次蘭瑟報告的時間屬實，豈不是說房老太太及房少爺『早知道』令尊當天必死，提早出門找夏律師嗎？就算如何祈禱房先生早日歸西，也不可能在未肯定令尊死去時，便急於拉著律師回家宣讀遺囑。」馮子健嚴肅地道：「種種跡象可見，蘭瑟並不可信！說不定『第一次』『上午十一時廿六分』的死亡時間都是假的！令尊早就死去，所以令堂令兄才急急出去找夏律師回家。為拖延時間，約定蘭瑟向妳隱瞞真正死亡時間，讓妳在宣讀遺囑前一刻才回到家中。照此辦法解讀，一切便說得通，合情合理。」

「沒可能……你的意思是，蘭瑟協助母兄，助紂為虐？」

完全顛覆我既有認知，一直以來都認定蘭瑟是我這邊的人，怎麼想到他會幫母兄辦事？

「不是協助，而是催使妳們為爭產而大戰。令尊患病不是一兩天的事，為何獨獨在當天才找律師？令尊訂立遺囑一事，連妳都沒有提過，怎麼會向令堂交代？就算知道遺囑，照道理是不可能知悉內容，但是令堂令兄既然一副勝券在握的樣子，有理由相信他們根本早知道遺囑內容。最大可能，就是有人洩密。那麼問題來了，是誰向令堂洩密，得知羅馬律師樓夏書淳律師處有遺囑？」馮子健有條不紊地分析道：「幕後黑手故意洩露遺囑內容予其中一方，假意支援令堂。妳不在的時候當然可以隱瞞真正死亡時間，但『第二次』妳人在現場，就無法瞞下去，只能如實向妳說明『真正的』死亡時間。雖然如今無法找到佐證，但估計『第一次』令尊同樣在九時許逝世，如是才能解釋時間上的矛盾。只要再想想令尊身亡後，房府發生的種種衝突，可以想像是有人存心挑釁妳們之間的矛盾對立。」

「可是……纂改死亡時間，不怕被人發現嗎？」

「不知道是誰主動提出避免驗屍呢？」

「……是我……」

如果馮子健的連串推測屬實，那麼我到底做了多少蠢事？莫非蘭瑟所作所為，全部都在誘導我朝他們理想的方向行動嗎？

「你還好嗎？」

我強撐身體固執道：「沒事兒……我還不可以倒下來。」

「指責壞人做壞事很簡單，但要批評好人做好事卻很困難。無論是提出的人抑或是接受的人，均需要無比的勇氣。」馮子健從旁支撐我，徐徐說下去：「畢竟很多罪惡，都是披著友善的外皮混進來的。」

「我明白的……我明明是明白的……」

然而為何會如此難受呢？

「令尊昏迷接近一星期，為何會在當天醒來？又巧合可以與令堂令兄見面？與其說是迴光返照，不如說是有人刻意安排令尊醒來與令堂見面，摧生衝突。作為專業的醫生，只要調整平日用藥的劑量，就能夠在一定程度上操縱病人身體狀況，絕非甚麼難事。」

「求求你……暫且停下，別再說了……」

真相過於殘酷，萬萬料不到我誤信小人，才是害死父親的主因。當馮子健挑明狀況後，反覆細思蘭瑟一直以來的舉動，益發錐心泣血。

不讓他人插手，堅持一人負責用藥救治父親，事事「親力親為」，絕不「假手於人」……好聽是盡心盡力，難聽就是主宰一切。再說前後兩次九月一日，父親身故後即時裝作傷心辭職離開，難道不正是心中有虧，急欲逃亡嗎？還有兩次大爆炸後親自登場協助警方，然後我都會被針對懷疑？明明身處安全屋，只是與蘭瑟會面，事後便被殺手找上門……莫非中間一切，全都是他有意操弄嗎？

「令尊死後他還故意引導妳別去驗屍，看樣子就是害怕有人驗屍時會發現甚麼……」

「夠了，此事暫且打住，請別再說了。」

毒殺父親，炸死房府上下所有人，派殺手行刺我等等，與蘭瑟一貫以來的個性形象格格不入。

心亂如麻一會後，很快就冷靜下來，詢問馮子健：「既然確定他最有嫌疑，該如何引蛇出洞？」

第拾參回　新仇幾度渾未報
舊意千重總成空

凡是忠心於自己的人就要全力保護，相反背叛的人則務須快刀斬亂麻。

馮子健輕輕嘆一口氣，戴上面具道：「今晚我們再趁無人時偷偷進入地下室調查，先找到更進一步的證據，接下來就由妳來決定怎樣處置。」

看來馮子健鐵下心鎖定蘭瑟是其中一位嫌疑犯，此刻我已經燃起怒火，欣然同意行動。趁敵人未行動前，我們要早一步斬草除根，永絕後患。

「可是連我都不知道哪柄鑰匙是地下室。」

「逐條拿出來試。」

還真是簡單暴力的解決方法。

「既然權叔拒絕回答，我嘗試偷偷問其他傭人吧。」

「妳肯定那些傭人不會走漏風聲嗎？」

「這個……」

「還是逐條拿出來試比較安全。」

如果被幕後黑手知道房大小姐四處打聽地下室是哪號鑰匙，必然有所提防，確實行不通。

具體的細節擬定好後，馮子健決定躲在房間內休息。我則前去土地及物業局，要求查驗附近別墅的業權。職員表示數量眾多，需要一定時間，結果會在之後聯絡告之。

晚上深夜二時，府上眾人熟睡，整座別墅靜悄悄的。我躡手躡腳離開睡房，於走廊會合馮子健後，由我先行帶他到大廳。是夜晚上一彎娥眉月，衰微弱光，難以視物。幸好我自小在府上長大，在黑暗中依稀靠記憶辨別方向位置。至於馮子健似乎能在黑暗中視物，得以毫無阻礙地跟在我身後，有時甚至反過來提點我注意腳下。

全屋所有鑰匙均放在大廳的古鐘鐘身內，所有鑰匙均只有標明編號，只有少數人才掌握數字是對應哪間房。我以手機屏幕的微弱光線照明，不發出聲響下小心取下全部鑰匙，將古鐘屏門關好，再慢慢步向地下室。

地下室入口在廚房門口外，將牆角一塊地板揭開，現出一條寬敞的梯級。雙雙進入後，馮子健慎重留意，確定四下無人後，再輕輕關上。整個過程悄然無聲，未被人發現，讓我鬆一口氣。

「這裏就是地下室了。」

由於地下室牆身較厚，又在別墅地底，所以我安心地亮起電燈。

階梯盡頭是一道鋼門，我們依號碼順序測試，結果全數試完，都無一條能夠打開。

「這處獨獨缺了第三十六號鑰匙。」

「莫非……」

「閣下府上的傭人，在辦完事後會不會自行取走鑰匙而不歸還？」

「沒可能，按規定必須全部交還，最後由權叔檢查……」

馮子健特地道：「可是那位權叔今晚老眼昏花，明明少了一條卻沒有處理，任由它丟空不管。」

「難道他為阻止我們進地下室，連鑰匙都藏起來？」

「看樣子管家權叔都相當可疑，搞不好當天晚上你目睹的兩個黑影，正好是權叔與蘭瑟。」

「這玩笑完全不好笑。」

然而我回想當夜兩道背影，感覺越來越像真，不禁搖頭。

「對方已經起疑心，看來要加緊步伐了。」

「可是我們沒有鑰匙……」

馮子健打量鎖孔，取出幾枝髮夾。我用光照射，辨識出來。

「喂喂！那不是我的髮夾嗎？」

甚麼時候偷入手的？

「借來一用。」

無視我的抗議，馮子健將髮夾插入匙孔中，不斷上下撬掰抽插，最後雙手緊按一扭，居然成功打開。我目瞪口呆，也罷，能夠打開就好。區區一兩支髮夾，大不了之後再買，勿因小失大。

地下室內長期啟動空調，令氣溫恆常保持於攝氏廿度左右，亦有抽濕機保持濕度。甫步進去便看見一箱箱食材、日用品、舊衣物都分門別類整整齊齊堆起來，適當地置在闊大的空間不同位置。馮子健主動匆匆兜一圈，未有特別發現，決定挑其中一處「開掘」。將外面的紙箱、塑膠箱搬開，我亦騰出雙手幫忙，兩個人四隻手，花費好一段時間才清空其中一角，發現靠牆處默默有一個可疑的細小紙箱，外面沒有任何標籤注明內容物。

「這是甚麼？」

「你問我我問誰？」

紙箱沒有商標，亦無商品名稱，更無留下任何文字。以膠帶好好封起，沉甸甸的，完全看不出是甚麼東西，但是大小形狀款式，又與周遭大異。如非埋在最深處，將外面堆疊的貨物搬開，根本不會發現。馮子健挨近鼻子用力一嗅，二話不說取出隨身攜帶的小刀切開箱口。

看到箱中物，我倒抽一口氣，既驚嚇同時恐慌。

一瓶滿滿的淡黃色晶體物，夾在整齊的線路中，卻有一邊空置著，留下闊大的空間。

「不出所料，果然真是TNT炸藥，而且品質不錯。這樣子的密封狀態下，保存期長久，不易受潮或引爆，正合長期埋藏。」

「別稱讚啊！快點處理它！」

「稍安毋躁，這邊的空間應該是預定設置電話或計時器。只要犯人一天未裝上，一天都不會引爆。」

「你能夠拆走它嗎？」

馮子健再三審視，然後道：「明顯犯人事前準備妥當，留待適當時機再引爆。若然炸彈不見了，又或隨便改動，恐怕引起犯人疑心。」

「總不可能讓如此危險的物品留在地下室，太危險了。」

「手邊沒有工具，不然就可以將線路修改，讓它不能引爆。」

「這樣的事都可以辦到？」

「估計兇手趁出入貨物時，混在其他貨物中，神不知鬼不覺藏起來。僅有這一箱的份量，與警方的鑑證報告大有出入，亦與大爆炸時的威力不符。說不定地下室中，還藏有多於一箱炸彈。那麼就算我將它拆掉，亦於事無補。」

「那麼有甚麼辦法可以迅速將所有炸彈找出來？」

「軍方及警方的特殊部隊有專門的儀器，很遺憾我們不可能偷出來用。像剛才那樣腳踏實地慢慢搬運撥開所有堆疊起來的貨品，還要考慮挖出來後還要花時間拆線路，再將一切貨物藏品恢復原狀，根本不可能在一個晚上完成。」

「距離大爆炸還有時間，我們每天晚上一點點拆除不就行？」

「妳知道那是多麼大的工程？萬一過程中驚動其他人，就功虧一簣。又或犯人發現有人動了炸彈，提起戒心，只會添煩添亂。」馮子健將箱子封回原狀：「總之先恢復原樣，其他的事從長計議。」

「可是……」

「萬一真的發生大爆炸，妳叫人起床逃走可能更簡單。」

明知府上遭人安裝炸彈，卻又無法輕舉妄動，令我非常憤怒。然而馮子健的分析亦無比正確，如今我們未有辦法妥善解決下，只好忍氣吞聲，將問題壓下來。相比炸彈，引爆的犯人才更危險。

我們失望地將現場恢復原狀，回到大廳收妥所有鑰匙時，已經是兩小時之後的事。馮子健從大廳處凝望外面花園，除去花叢中點綴的小燈，便別無照明之物。

「妳能從他的背影判斷是誰嗎？」

我搖首，悻悻然道：「當時我只是靠月色依稀見一人影。當我追出去時，已經不知所蹤。如今想想體型，確實很像權叔與蘭瑟。」

馮子健實地觀察，特意留心那道後門。後門設有密碼鎖，不是任何人都可以打開。

「妳知道密碼嗎？」

「當然知道。」我迅速回答道：「我、父親、母兄及權叔都知道。另外少數負責採購的傭人因為需要使用此門，所以有告知他們。」

像是派送報紙的，早上從私家路駛入，挨家挨戶的後門一直行放下報紙，就能一趟跑完；別的送件送貨亦是，順序駛一次派發完成。本地保安亦方便管理，是十分體貼的設計。

「另外根據消防條例，所有走火通道都要保持在容易打開的狀態。在火災斷電時，電子密碼鎖會解除鎖定，以便即時推開，不致使人逃生無門。」

「不過大爆炸一旦發生，根本無人能及時起床逃走。」

「嗯，確實是呢。」我黯然神傷，繼續說下去：「不過後門有密碼鎖，這樣子能夠圈定嫌犯，是知道密碼的人嗎？」

「內奸亦有可能打聽別人竊取密碼，再者你不是說後來因為記者堵塞正門，所以大家都轉為使用後門出入嗎？」

怎麼我的推理永遠被對方扳倒啊？

「首先妳決不是犯人，可以剔除出去。」

「當然啦！」

我本來就是被害者，怎麼可能是犯人啊。

「然後令堂令兄都不會是犯人。」

「為甚麼？」

「將自己的家隨便炸毀簡直蠢上天，不僅事後需要考慮維修重建的費用，而且要想辦法解釋

『恰好』不在現場且未遇害的理由。若真如妳所言，他們志在奪取令尊遺產，更不會選取如斯下下之策，為自己招惹更多麻煩。」

不是房梁青儀及房岳昌，哪麼犯人是誰？

「犯手毫不猶豫地炸毀別墅，既然不是為財，那麼就是為命。憑我的經驗，準備那麼多功夫奪去別人生命，絕非無緣無故，必然有著某種深切的理由。當然我不排除犯人炸毀房府，只是大目標中的一個小步驟，這需要更多證據才能證明。」

「過去的你好像都提及過類似的推論。」

「嗯，無論殺死你也好，炸毀房府也好，都只是過程，而不是目的。」

我想來想去，都無法進一步推敲。

「仔細想想，一旦房兆麟身故，你和令堂令兄的遺產爭奪白熱化，繼而引發大爆炸，大家直覺聯想是案件與爭產案相關，警方亦集中調查房府的利益者。假如一切都是犯人在幕後引導操縱的結果，便很容易理解，一切都是一場局。」

「所以呢？」

「犯人不是姓房，與房家沒有關係，不會涉入爭產風波，由始至終都不會浮上來的小人物，在大爆炸後亦容易被警方判定死亡或是完全無關的人……」

為何自己會想不到呢。

當局者迷，旁觀者清。我一直以為犯人是為爭產案而來，企圖除去我。然而只要跳出來俯瞰，便發現整件事有很多說不通的地方。

「我記起『以前』妳說過，令堂令兄不可能是犯人。那怕我有任何差池，他們身為第一利益者，必然最先遭受警方嫌疑。」

「所以犯人是妳們以外的其他人，借轟動全城的爭產案當幕前，然後在幕後操作一切。」馮子健以第三者角度，憑他專業的犯罪經驗，逐步拆解道：「對手可以長時間潛伏房宅，長時間不為人知地準備，全屋無人察覺……能夠做到這地步，必然是深藏不露的人。一般傭人只是做幾年，對別墅人事不熟，加上工作性質只能在特定地方出入，是不可能辦得到。對方必然是可以隨便出入別墅所有地方而不受懷疑，那麼答案呼之欲出……」

「權叔與蘭瑟嗎？」

權叔是資歷最老的傭人，蘭瑟是最沒有關係的外人。

「我只是基於現況，作出最合適的推理。」

確實提及希望進入地下室，權叔老大不情願，更似乎有意藏起鑰匙，生怕有人走進去似的。

「犯人恐怕在地下室收藏不止一箱炸藥，然而如果要鋪設引爆，便需要像我們現在這樣，趁夜深人靜時，逐步取出炸彈。那是非常費事的動作，一個晚上都未必辦完。而且動作太大，還可能驚醒他人。所以最理想的，就是事前分幾晚作業，先將埋有炸藥的箱子搬出來。」

「但這樣子不就會被人發現嗎？」

「只要那段日子內無人進地下室，便不會暴露。」

我掩起臉，無法反駁對方的推論。

「藏起鑰匙，安排傭人不去接觸地下室，這點事權叔應該不難辦到。」

越安全的地方越危險，事實上自己四面皆敵，還懵然不知地渡過每一天的日常。想必幕後黑手及其同黨，都愉快地嘲笑我的無知。

「假如蘭瑟和權叔是犯人，正好二人一組，與妳當晚目睹的不謀而合。」

「可是……」

「之前妳說警方在爆炸後未能發現所有屍體，部分列為失蹤者，恐怕他們都是內鬼。根本就沒有炸死，在爆炸前逃走，自然找不到屍體。如果這假設正確，隨之可以引證兩個推測：一是為何犯人在使用炸藥同時伴隨猛火，就是為求令災場陷入祝融之災，就是想將一切都高溫燒盡，連證據都要毀得乾淨；二是蘭瑟會在事後回來，順理成章成為惟一一位可供警方信賴的證人，提供房府內部情報。由於沒有其他生者，他提供的線索就成為『事實』。只要加以誘導，就會引導警方向錯誤的方向調查。甚至他可以向警方提供錯誤的ＤＮＡ情報，用假的死者替代原本的生者。」

「居然連那步都算到上去嗎？」

「犯人長時間籌劃整個計劃，自然面面俱圓，不會留有漏洞。」

「如果通知警方呢？」

「案件未發生，警方只會遁例敷衍，不會有心思調查。再者打草驚蛇，只會令犯人變更行動，屆時更難抓住他們。」

警察應該派不上用場了，我抓抓頭，仍然有事想不通。我視權叔為家人，蘭瑟是最專業的醫生，對二人絕對信任，亦待之不薄，為何他們會對房府不利？

「動機甚麼的我們無謂猜測，但殺意是貨真價實。一直處心積累隱藏身分接近妳，更順利獲取信任，恐怕不好對付。一般的詭計，不可能迫使他們浮出來。待案件發生後才追溯，又未免太遲。幸而對方的計劃太過仔細，環環相扣，才更加容易截破。」

「說來聽聽。」

「對方的計劃太周詳嚴密，甚至是經年累月佈置，確實相當高明，幾乎不會令自己成為嫌疑者；但相對地一旦發生意外，中間稍有變動，就會打亂方寸。他們就是要等令尊死後，妳與母兄陷入爭產旋渦，才引發大爆炸，便可以誤導調查，讓大家以為是家族內鬥糾紛所致。」馮子健在黑暗中，雙目炯炯有神地道：「也就是說他們處心積累殺死令尊，催使房府爭產內鬥，是整個計劃的第一步。反過來說，只要令尊沒死，對方就不能任意行動。」

「咦……確實是好主意。」

「你今天是不是去過土地及物業局？」

「對啊，我已經提出申請，查詢附近幾間別墅的業權，以及所屬人之姓名。」

「犯人離開後門，很可能逃到附近別墅暫避。只要查出戶主是誰，也許能夠揪出幕後黑手的身分，將一切線索串聯起來。」馮子健總結道：「當下最優先是保住令尊的性命，我姑且有一奇策，妳敢不敢用？」

「用！都用！」

只要能夠保住父親的性命，不管是甚麼方法，我都會答應。

*****

八月卅日朝早，我私下用自己的Nokia手機聯絡位處市區的青苗醫院，於早上安排父親入院，進行詳細的身體檢查。

根據馮子健提案，此計有三大好處：一者基於蘭瑟有毒殺父親的嫌疑，以此計隔離保護，不容他再插手；二者趁蘭瑟未能及時準備或消除證據前，及早送去醫院進行詳細的身體檢查，提高檢出證據的機率；三者確保母兄無法會見父親，令父親不再遭受意外刺激。

另外我亦要堵截住今天晚上斯奈德醫學化驗所寄達的信件，不讓母兄收到。

若然「歷史」沒有改變，他應該會在星期日才醒來。屆時我再想辦法向他解釋，相信有辦法使他同意留院養病。

大約十一時許，院方人士上門轉移病人。包括權叔在內，所有人對此都大吃一驚。我安排院方入房搬運父親時，蘭瑟匆匆趕來，問我到底在做甚麼。

我故意裝傻道：「爸爸已經昏迷一星期了，這是前所未有的情況，我覺得應該入院檢查一下。」

「可是……可是……房老爺他如今處於半昏迷狀態，不能隨便移動。」蘭瑟緊張地道。

「沒問題，我們已經檢查過，病人情況穩定。何況我們醫療團隊有專業經驗，過程中會密切留意病人身體狀況。」青苗醫院的團隊在我安排下先斬後奏，早一步檢查完畢，準備搬至另一張床移動。我向蘭瑟道：「放心吧，只是送去醫院檢查一下，確定沒問題就會送回來。」

當然這是謊話，按照既定計劃，至少在破解案件，房府安全受保障後，才會安排父親回來。

「妳都不用和我討論嗎？」

蘭瑟彷彿換成另一個人，氣急敗壞色厲內荏，嚇得旁邊傭人緊張萬分。我料定蘭瑟必有激動反應，早就處變不驚，半步不願退讓。

他們是不是忘記，誰才是僱主，誰才是主人？

我好言相勸道：「過去你不是同意父親應該入院嗎？我原以為你會支持的。」

「就算是送去醫院，也該選近一點的。我們一直與寶血有聯繫，那邊不是比較好嗎？」

「青苗比較近我公司，有個萬一我可以快點趕去。」

考慮到蘭瑟與靈血醫院的胡春霖醫生同為遺囑見證人，馮子健估計二人可能有關係。雖然沒有明顯證據，但仍然強烈勸我轉送去第三方的醫院。其時他二話不說就提議青苗醫院，好像是他比較熟悉那邊的情況。我不明白他推薦的理由，只是青苗醫院就近公司，於我亦有好處。

我可是頭一回與蘭瑟意見不合，更公開對質，使四周的傭人竊竊私語。權叔見勢不對，為安撫眾人，即時上前道：「大小姐，這樣不是太好吧？老爺並不喜歡入院……」

「等爸爸醒來我會親自向他解釋，不勞權叔費心。」

幸好母兄尚在外面玩樂未歸，只要我有本事壓住蘭瑟異議，料想其他人必噤若寒蟬。正是天時地利人和，才使這一步成功實行。不消一會院方的團隊已經將父親搬上車，運至青苗醫院，最快於明天進行詳細身體檢查。

驟然發生如此大事，震驚房府上下。我對傭人閒言閒語置若罔聞，蘭瑟更是臉有愠色。我回房換上女式西裝整齊出門，裝作平常若無其事，施施然回公司去。

「暫時情況順利。」我向佇立在房府外的馮子健道，他並沒有浮起高興的神色：「不要太高與，我們最終目標，是要引蛇出動。突如其來打亂計劃，令權叔及蘭瑟露出馬腳。」

強制奪取事件的主導權，迫使幕後黑手改變計劃，迎合我們的安排，從而露出破綻，這就是馮子健與我的計劃。

「放心，我有分寸。用人不疑，反過來就是疑人不用。只要懷疑他有一絲不忠之心，就要即時處理。」我對馮子健道，他倒是以一副贊賞的眼神投來：「果然是房家大小姐，辦事手腕夠厲害。」

我由衷地道：「還是你本事，只憑我一人根本無法走到這一步。」

我載著馮子健離開別墅，上班時駛經青苗醫院，派他潛入去負責保護父親。

我擔心他會否被別人認出是通緝犯，他說自己最熟悉青苗醫院，自有辦法在安全情況下保護房兆麟。不曉得他在醫院匿藏時有何需要，我將五千新民幣塞給他，權當應急開支。

父親人在醫院，馮子健亦隱匿於該處周全保護，以防有人暗下毒手。青苗醫院畢竟是別人的地方，失去房府主場的優勢，諒幕後黑手亦不能自由活動。驟然衝擊下，犯人如果有任何倉卒行動，必然會捅出漏子，屆時我們就能據此反攻。

「不過我們要等多久？」

「美國曾經有一位私家偵探為抓竊賊，整整蹲點四天四夜才破案。亦有某個州分，花上十多廿年抓一位強姦犯。」

「你該不會打算蹲在醫院四天甚至四十年吧？」

「我的意思是，妳應該有心理準備，這是長期戰鬥。犯人深思熟慮，而且超乎想像的有耐性，靜待在房府不知多少年月準備。即使思疑妳已經瞧出苗頭，盤算如何行動，可能拒絕上當甚至不出手。屆時就是比耐性，像釣魚一樣，誰先放棄誰先敗下來。」

我憶及母親，整整在父親身邊接近四十多年，就是等著目睹他死不瞑目的一天。人為復仇的執念，不可謂不可怕。

「畢竟就法律上而言，對方尚未行動，也就不構成犯罪。最理想是對方知難而退，放棄犯罪。不過耐心策劃準備如此久，恐怕箭在弦上，決不願善罷干休。接下來對方下一步棋究竟如何走，最是耐人尋味。」

馮子健闡述得透徹精闢，難怪他並無高興的表情，可是我亦沒有退讓認輸的理由。

「拜託你了……我只能拜託你……」

手上僅有一張手牌都已經打出去，除此以外我已經一無所有。

「放心吧，無論如何我都會幫妳好好保護令尊。」

晚上提早回家，趕及截住郵差。原本收件派件統一由權叔負責，但我不希望這封信被任何人知道，故意事前從信箱內抽走斯奈德醫學化驗所寄來的信件。

原本打算躲在書房拆信，豈料母兄剛好回來。當他們知悉父親送入青苗醫院，又走來大吵大鬧，聲言我綁架父親威脅他們。被他們折騰一番同時，權叔像看戲般沒有幫忙插手，樂見火勢更旺。我心中有氣，這不是故意宣戰嗎？

這兩條廢物，他們知道我在救他們嗎？要是我找不出犯人，你們都會在大爆炸中死去啊！不幫忙就算了，還來搞事拖後腿，再蠢都要有個限度！

趕走他們後，早已殫精竭力。頭痛如赤，雙眼沉重，只好洗澡後睡覺。恐防再有內鬼偷偷進入房間搜查，故此我一直將信件貼身收藏，打算等之後有空再另行處理。

八月卅一日，馮子健在青苗醫院來電向我報平安。父親大難不死，令我振奮起來。然而這次並沒有醒來，多少有點擔心。至九月一日，院方表示身體檢查已經完成，稍待十四個工作天便有報告。母親說想見見父親，諒他們沒有那封信，也搞不出甚麼花樣。

權叔提出同行要求，我心想他是房府老臣子，擔心父親理固當然。要是不准，反見我小氣自私，遂欣然同意。至於蘭瑟拒不出房，不願同行。即使我是僱主，亦無權強行入房，便放任他留在家中。

「大小姐，我覺得妳應該向蘭瑟道歉。」權叔該認真時，會擺出嚴肅的表情：「蘭瑟畢竟是老爺的主診醫生，這次妳自作主張，明顯沒有將他放在眼內，完全沒有尊重過人家。現在府上傭人都謠傳妳與蘭瑟不和，有甚麼事是不能好好商量呢？」

「權叔，可否別再教訓我呢？」這幾天權叔總是抓著我諄諄告誡，像錄音機般重複又重複。小時我犯錯，他就是這樣子超長氣訓話，沒想到長大後還會遇上，說實在令人煩躁：「我已經不是小孩子，有自己的考慮。總之這件事之後我會解釋，求求你別再煩我，行嗎？」

「煩？妳覺得我是老人家，說話很麻煩嗎？我是教妳做人的道理！畢竟大小姐妳是房氏地產的執行長，難道妳在公司都是這樣嗎？不用向負責的同事解釋，自作主張決定政策嗎？蘭瑟在我們這裏工作超過四年，就算是新人，亦不應受妳這樣侮辱……」

權叔一直這樣返來覆去唸著，除非誠心道歉，不然可以唸至天荒地老。我真的不想再跟他吵，總不能跟他說我在找內鬼，不找出來你會被炸死嗎？甚至我在懷疑你就是內鬼，為何如此努力替蘭瑟辯白？

無法開口說明真相，讓我好生苦惱。假如馮子健推測屬實，當父親死亡，蘭瑟辭職之後，房府便會發生爆炸。過去已經發生過兩次，我才不想來第三次。就算所有人都誤解我，不體諒我，我亦執意走下去。

母兄表情複雜，也許權叔不住說嘴，他們找不到機會插口，總算是因禍得福。來到青苗醫院後，我沿途特別四處視察，均不見馮子健，未知他躲在甚麼地方。眾人步入父親的單人病房，母兄見父親尚在生，不知何解鬆一口氣。

父母的事，還是留給他們解決，但前提是父親不能死亡。

母親抓住負責的醫生質問情況，對方表示父親身體穩定，但仍未有轉醒的跡象。馮子健說父親在原本的八月卅一日醒來，可能是藥物操作的結果，反而令父親送命。若然屬實，我反而希望父親不會醒來。

確定父親健在，母兄紛紛質疑我為何將父親送入醫院，萬一惹他老人家不高興該怎麼辦云云。我無興趣理睬他們，望著父親佝僂的身軀，能夠讓他活多一天，已經令我非常高興。

假如不是果斷將他送進醫院，父親便會於昨天早上死亡。

說起來權叔一直默默靠在窗角站著，我問他不用如此拘緊，大可走來探視父親。他表示自己只是下人，能夠看到主子平安沒事，已經非常好。他總是如此規行矩步，我亦不便勉強他。

一名男護士頭戴帽子臉披口罩，表示要換點滴。他淡定推著一架推車，首先檢查父親的身分及病履板無訛，為瓶口消毒，協助父親擺正體位，打開輸液器並插入針頭，掛回原處後排氣。一系列步驟井然有條，分毫不差，十分專業。完事後進行紀錄及整理用物，靜靜退出房間。

等一會！他不就是馮子健嗎？

雖然只露出一對眼睛，可是我決不會認錯！他還真是膽大包天，居然裝成男護士，還要幫父親換點滴？而且看上去非常內行？他就是用這辦法潛伏在父親身邊嗎？簡直令人無法想像！

母兄見父親未嘗醒來，滿臉複雜的表情，似乎無計可施，怏怏而退。權叔見父親無事，臉上寬慰，安心離去。

究竟那番表情，是真心，抑或是假意呢？

晚上蘭瑟提出辭職，言談間認為我將父親送入醫院，有不尊重他的意思。我沒有分辯。父親未過身就辭職求去，與之前兩次經歷大異。我不敢輕易答應，一來不知道他提早離開會否有甚麼影響，二來若然他根本不是犯人，屆時豈非變成我在冤枉好人？萬不得已，只好嘗試挽留他，重申送父親入院一直是我的希望，以前幾次，並非一時興起之舉。

轉眼就去到九月三日，我在公司案上重重地嘆口氣，即使稍有眉目，依然如墮五里霧中，看不清前路。別說四日四夜，我連四小時都等不了。一天找不出犯人，就像炸彈那樣，總會忽然爆炸。府中尋找內鬼的作戰持續沒有成果，房府中一切如常，惟有期待馮子健那邊有好消息。

我在公司無法專心工作，腦子都在思索誰人可疑時，馮子健突然撥電來。

「剛剛我殺了一個人。」

「……呃？」

我前一眼還在盯著螢幕瀏覽資料，評估國家翌年的土地政策，下一刻就聽到八竿子打不著的殺人自白，腦子不能即時轉過來。

「估計是職業殺手吧，趁令堂令兄探病完後，即時偽裝成醫生進房更換點滴，而且是非常老土的注射空氣……」

「爸爸呢？爸爸他沒事嗎？」幾乎等一會我才反應過來，馮子健安撫我道：「放心，完全沒事，在對方出手前我先解決了。」

「具體是甚麼情況？」

「幕後黑手終於出手，不過依然拒絕露臉，派出職業殺手赴醫院，似乎是想使令尊『死於意外』。注射空氣其實已經是很老土的手法，在點滴中加入五十毫升的空氣就會讓令尊出現生命危險，二百毫升以上必死無疑。雖然解剖後可以從血管中發現空氣確定被殺，但多數只判斷為醫療失誤。」

「對方真的敢這樣做？」

「看來他原本打算注入一百毫升的空氣，不過我已經解決，萬事平安。」馮子健嘆一口氣：「我還以為對方有多聰明，至少想辦法贓至令堂令兄身上，引人懷疑他們謀害令尊，挑釁你們的關係，一石二鳥。似乎我們這一步真是打亂他們的計劃，效果很好。」

「當然是殺了。」

「可是你怎樣處理那個殺手？」

「誒？在醫院殺人？」

「我和他纏鬥時曾打傷他手肘，而且最後是砸頭打昏他。為掩飾傷口，特意將他搬至東翼天台丟下去了。那邊窗台屋簷比較多，墜下時手腳幾番撞上阻礙物，最後連頭都砸碎，估計能擾亂一下驗屍官。」

「請不要描述得如此鮮明具體。」

「看來對方的殺手都會武功，而且造詣不低，真令人好奇幕後黑手是搭上甚麼人，才找到這些職業殺手。」

雖然知道留殺手活口，對我們反而有害，但馮子健說殺就殺的個性，我依然不太苟同。我無權責怪他，對方可是拚上命為我辦事，哪裏可以對他指手劃腳？我想起之前兩次都栽在職業殺手上，不敢掉以輕心：「別大意，也許之後還會有其他殺手。」

「我當然知道，總之醫院這邊我會好好留意。順便妳都要注意一下府上情況，對方無法殺死令尊後，下一步可能會改變策略。」

我感謝馮子健提醒，掛斷電話後，即時打開手機查看即時新聞。青苗醫院在下午三時許，有一位男性於東翼頂樓墮下死亡。報導沒有照片，幸好有途人目睹拍攝後上載去討論區，才得以讓我窺見那具慘烈的屍體。

對方四肢攤軟，半邊臉及整個後腦碎掉，相片望之叫人作嘔。雖然討論區管理員即時砍掉，但人人爭相複製分發，根本無法擋住。

「是醫生啊！」「穿著白袍，一定是醫生啦。」「這麼高收入都要自殺，那麼我更加要跳了。」

新聞報導沒有提及死者身分，網友從死者穿著猜測，對此醫院尚未作出任何澄清。即使只餘半邊臉，我都認得他，就是「第一次」九月十四日，在荔枝莊刺殺我的殺手。

歷史驚人地巧合，不，一切都是注定。

幕後黑手聯絡上仲介，然後仲介再找殺手承接，所以會出現同一個人，不足為奇。

關於房府左邊的別墅，土地及物業局終於回覆我的查詢。當我收到答案時，如同晴天霹靂，頓時裂目。誰會料得到，鄰旁業主居然是蘭瑟。他於兩年前透過代理購入，卻完全沒有在我們面前透露半句口風。

下屬購買甚麼都是自由，但在房府旁邊買入單位，卻不是自住，又祕而不宣，就顯得相當可疑。

「果然他們真的是犯人嗎？」

如此重要的消息必需及早通知馮子健，可是電話無人接聽。我內心七上八下，決定等下班後到青苗醫院一趟探望父親，同時與馮子健面對面商談。

接近下班時，家中傭人通知，蘭瑟已經召司機來搬運雜物，只留下一封辭職信。我即時叫傭人拖延，立馬動身駕車回去房府，

開玩笑！怎麼可能讓嫌疑犯逃走？以為逃之夭夭就可以逍遙法外嗎？想起以前自己傻兮兮的送別他，倍感羞愧。扯甚麼離開九龍市，其實是折回頭到鄰房監視房府呃？

進入西貢鎮後朝山上駛去時，從倒後鏡處發現有一輛黑色機車高速貼近。我只是打量一眼，即時汗毛倒豎。因為那部機車，那副頭盔，那位司機，一眼就認出是「第二次」闖入證人屋追殺我的

殺手。

這麼快便出現？不對，為何目標會變成我？

「……對方無法殺死令尊，下一步可能會改變策略……」

耳際響起馮子健的聲音，莫非犯人改變主意，打算跳過次序，在解決父親前先殺死我嗎？

怎麼能夠遂其所欲啊！已經受夠了，我才不想再死多一遍呢！

踏油門全力加速，卻無法拋開對手。急急撥電找馮子健，告之自己被殺手盯上的事。

「你現在人在哪裏？」

「我在駛回房府的途上，對方一直咬著我車尾……不，越線駛到我旁邊……」

車窗外，殺手步步進迫。我越加慌張，突然一個拐彎，一輛貨車迎頭駛來。我來不及扭動方向盤，車速無法及時煞下，終究慢了半步，「噗」的一聲巨響，房車失去控制撞穿防撞欄，於半空翻轉，墜落至斜坡下。我在車廂中只覺天旋地轉，伴隨劇裂的震盪，頭部朝下，在安全氣囊擠壓下捲曲身體。

跨過地獄之門，大口大口呼氣，世界一切都反轉了，手機還保持通話。

「宛萍！宛萍！妳沒事嗎？」

聽著這道熟悉的語氣，不知為何我笑了，我認識的馮子健終於回來了。

「沒事……只是整輛車墜落山坡下……貌似還反轉了……」

「妳身體沒事嗎？能爬出車廂嗎？」

「可以……沒事……」我腦子有點暈眩，看不清附近的事物。勉強提起精神，伸伸手腳確定健全無礙後，憑摸索解開安全帶，人即時跌去車頂處。

前車門壓至變型，無法推開，只能倉皇狼狽地攀去後座車門。

我推開車門爬出來後，馮子健在電話續道：「那位殺手可能會過來驗明屍體，妳快快離開現場，找處安全的地方躲起來！我會即時趕來的！」

「嗯！我等你！」

我靠著樹幹撐起身，才不想再次死亡，再次時間倒流，又要重新與馮子健相遇。

這段緣份絕不能輕易拋棄。

父親都能改變命運，沒理由我不可以。

我只能一直逃走，相信馮子健必定會趕及來救我。

逃出不知多遠後，明明手腳還能動，可是視野越加模糊，染上一片血色。眼皮沉重，濃烈的睡意襲來。

奇怪，全身無傷口，怎麼神志越來越迷糊？

「我……我不想死……決不能死……一定要……將……兇手……殺……」

結末

沒想到我還有機會回到青苗醫院。

青苗醫院設有附屬的孤兒院，自小不知父母下，在那邊成長。然後在這邊的病院與「她」相遇。

這處是我與文月瑠衣相識，以及分別的地方。承載太多太多回憶，難捨難離。

坐在天台上，咬著飯堂買來的菠蘿包。雖然是超便宜的兩塊錢一個的菠蘿包，可是百吃不厭，因為這是文月瑠衣她喜歡吃的食物。

病床上的她，即使是面對喜歡吃的食物，都只能瞞住醫護人員，私下偷偷地吃。

明明世界上還有更多好吃的食物，她卻再也沒機會品嘗。

「對不起呢……龍江文學大賞的評審，還有一半都未解決。」

仰望藍天白雲，料想今天又會是好天氣。憶起過去偷偷抱著她離開病床，來到天台仰天的過去。即使是一成不變的風景，對她而言都是烙在心中最難忘的回憶。細小纖弱的身軀，短暫的人生中，獨一無二的記憶，是她離去前最珍惜的寶物。

我將菠蘿包吃完，嘆喟道：「不過妳的恩人有難，我絕對不會見死不救。不過瑠衣妳知道嗎？房家大小姐居然會時間穿梭，已經是第三次回到『現在』了。如果妳能見到她，聽她訴說幾次出生入死的經歷，想必會十分高興吧。」

我拍拍背囊，可惜背囊不會回應我任何問題。

「不過這份恩情很麻煩呢，雖然放長線釣大魚，但究竟要等多久大魚才願意上釣，我內心都沒有譜。一天不解決這件事，都無法恢復自由身，替你報仇，殺盡那群仆街……」

仰天對訴，亦無人回答我的說話。

「拜託妳了……我只能拜託妳……」

房宛萍與文月瑠衣，同樣在我面前說出同一番話。不約而同地，她們伸手所及的，只有我一人。五指狠狠掐住背囊，內心總有一股莫名的騷動，擾亂內心的平靜。

擅自將所有希望放在我的雙肩，明明我根本就沒有那麼大的本事，可以滿足她們的心願。

文月瑠衣那怕算幾度病發，瀕臨死亡邊緣，都沒有放棄夢想，堅持揮動那隻弱小的手腕，完成小說參加比賽。

房宛萍年青有為，於商場上大展鴻圖。縱然幾度被殺，都堅持撐下來，拚命尋找幕後黑手，挽救親人的性命。

我呢？除去殺人之外，沒有任何才能。

「沒想到房小姐是如此親切有禮的人呢，年紀輕輕就有如此成就，真不簡單。」

文月瑠衣在生時，曾經如此讚譽房宛萍道。

「真厲害呢……明明與我年齡相同，但房小姐卻能撐起一家大企業。」

「只不過是因為她父親是有錢人罷了……」我說完之後，記得文月瑠衣的父親是那位知名日本投資者文月高丸，同樣是有錢人，只好改口道：「站在風口上，豬都會飛。就好像Yahoo!，能夠成就一時奇蹟，不是因為實力，僅僅是運氣。在那個時間，有那個機會，自己走第一步，四周沒有競爭對手，便輕易成功。一旦強鄰現身，便慢慢沉淪消失。雖然他們沒有及時進行對應Web 2.0的變革，但自己內部的問題才最致命……」

時來風送滕王閣，運去雷轟薦福碑。人的成功不是出於個人努力，而是命運的安排。

「嘻嘻嘻，子健你總是滿腹經綸呢。如果有誰能三顧草盧，絕對能成就一番大事。」

「別開玩笑了，現在世界講求的是學位，不是實力。而且天外有天，像我這麼厲害的人，外面像山一樣多……」

「不，子健是最特別的，沒有人比你更本事。」

文月瑠衣終其一生，只能困在那小小的病房，至死都無法離開，瞧瞧更廣闊的世界，認識更厲害的人。她的死亡是上天注定，但她的遺作無法面世，卻是人為。

故此我絕對不會寬恕那群評審，不將他們所有人殺死，無法獻祭予天上的她安息。

「假如將來有機會報答房小姐就好了。」

「像她那樣的有錢大小姐怎麼可能需要我們幫忙？」

「你不是說人有三衰六旺嗎？也許她都會遭遇自己無力解決的問題，屆時我希望可能回報她的恩惠，幫她一把。」

文月瑠衣已經死去了，那麼她的責任只好落在自己身上。

提起背囊，小心丟入天台一間倉庫的窗戶中。這間舊倉庫罕有人至，由以前我發現至今，爛掉的窗戶依然沒有人維修，輕易讓我自出自入，更順便住下來。這處能夠直接望到房兆麟病房門口及整條走廊，輕鬆監視同時能及時趕到現場，簡直是絕佳寶地。

背囊盛載有文月瑠衣的遺作原稿，以及龍江文學大賞所有評審的罪證。

與文月瑠衣一起的時光，還在我的心中。飽含憧憬、有夢想，可是我知道自己是甚麼料子，永遠都不可能伴在她身邊同行。

像她與房宛萍那麼閃爍生輝的女性，不可能允許我這樣派不上用場的廢物存在。我只需要像這樣隱藏在暗處，為他們掃除一切阻礙，達成理想即可。

無論是文月瑠衣的遺恨，抑或是房宛萍的寄望，我都會拚命實現。

得人恩果千年記，戴人仇恨萬倍還，這是我做人的座右銘。要是不能好好償還恩情，文月瑠衣在天之靈一定會怪責我。只是沒想到對手是如此麻煩，明明可以肯定他就是幕後黑手，偏偏半點馬腳都沒有露出來。雖然不耐煩，但都沒有辦法。敵在暗我在明，越是有智慧的人，不是迫到最後地步，都不會親自動手。

這幾天我都是打扮成男護士，自由出入醫院病房。很多人以為潛入醫院就要扮成醫生或病人，其實那是相當錯誤而且無知，像剛剛現身的殺手就是一例。

醫生本身就有一種職業氣質，不是穿上白袍掛上證件，就能騙人是醫生。那怕是無意識的步履肢體，都會澈底出賣你是冒牌貨。再說扮成醫生的風險十分高，一間醫院的醫生有限，而且別人看見你亦會視為真醫生多加留意，甚至拉著你求診，變相被發現的風險十分高。

病人的活動範圍限制太大，很難苦肉計扮受傷，同樣不是最佳選擇。

反而沒有人注意的護士才是最佳偽裝的對象，他們人數多，方便魚目混珠。頭戴帽子臉戴口罩，亦方便隱藏臉相。

別的不敢說，自小就幾番照顧重病的文月瑠衣，偶然學習一堆醫護技巧，隨便出手亦堪比專業，故此至今仍未出錯，無人懷疑。當然前提是別做出太引人注意的事，凡事低調，小心總能駛萬年船。

走至半途時手機震動，即時躲去一角取出接聽。

「子健！救命」

沒想到會聽到房宛萍的救命聲，我即時緊張問：「發生甚麼事？」

「殺手……那位殺手又來了！」

那位殺手是誰？不用半天就再次行動？而且這次換房宛萍為目標嗎？現在殺死她有何好處？不，怎麼想都是只有壞處啊！我告訴自己務必冷靜，現在無論如何都趕不及過去，只有及早把握情況再作行動：「妳現在在哪裏？」

「我在駛回別墅的途上，對方一直咬著我車尾……不，越線駛到我旁邊……」

然後是一聲巨大震撼的碰撞聲，我不管三七廿一，即時衝下樓梯到地下。

「宛萍！宛萍！妳沒事嗎？」我一邊狂奔一邊大叫，醫院各樓層的人都望過來，可是我顧不了那麼多。

決不能讓她再度離開。

恩情未報，承諾未兌現，絕對不能讓她再回到過去。

我不知道她一旦離開，是去到平行世界的過去，抑或是同一世界線上移動。但我肯定一件事，「現在」的自己終將永遠失去她。

我救不了文月瑠衣，至少不能放棄房宛萍。

「沒事……只是整輛車墜落山坡下……貌似還反轉了……」電話對面終於有聲音，我快問道：

「你身體沒事嗎？能爬出車廂嗎？」

「可以……沒事……」

「那位殺手可能會過來驗明屍體，你快快離開現場，找處安全的地方躲起來！我會即時趕來的！」

僅僅墜下山崖並不代表死亡，殺手為求確認，必然親自驗屍，甚至再補多幾槍。

「嗯！我等你！」

每次匿藏時我必定檢查好逃生方法，這裏恰好有一位醫生出入均駕駛一輛黑色的Honda NSS300 Forza機車，我花少少手段就破解防盜系統，發動引擎將他的愛車搶走，匆匆馳騁去房宛萍家方向。

雖然打算超速行駛，但為免招惹麻煩，我只能維持在合理車速。直到西貢鎮的山路上，才不加考慮突進。雖然不知道她的位置，但我留意到山腰上某處彎位聚集一批警察，將半邊道路封鎖。而且欄杆斷裂，心想八九不離十，決定將機車折頭，撲向旁邊的崖下。

忍受顛簸抖動，衝入密林之中，輾過無數叢生雜草，昆蟲在潮濕的地面驚慌飛舞。好一會發現崖下林叢中變成廢鐵的房車，正是房宛萍之座駕。如今已經與碎礫伴在一起，四周還有斷折的樹幹，狀甚恐怖。

我蹲下來探視，似乎警察尚未到場，及早靠近觀察。車廂中未見有屍骸，順著稀疏的腳印追蹤，途中發現房宛萍的手袋，正跌在一潭淺淺的泥水中。我匆匆拾起，內裏的物品早就散落，沾滿泥巴。

「斯奈德醫學化驗所……」

我認得這名字，房宛萍提過自己已經擱下信件，但尚未拆開。其實這辦法瞞得一時，瞞不了一世。一旦房老太太發現信件久久未至，立馬詢問化驗所，對方再次重寄，或是親自登門取走，同樣會曝光化驗報告。

不過那是之後的事，我將信件收妥後，攜著手袋撥開草叢，繼續跟蹤足印。除女子的高跟鞋外，還有可疑的痕跡，似乎有人故意抹去足印。我留神之際，不慎一腳踏在異物上。低頭一望，竟然是一根人骨。

「甚……」

尺許之隔，一副森森白骨，伴隨腐化的衣物及屍水，與大地融合為一。就像死去數年一般，無法辨識生前相貌。身上覆蓋一套殘舊腐爛的衣物，一支小手槍遺落在右手指骨處，以及滾在一邊的機車頭盔。

然後我目睹房宛萍的身姿，靜靜倒在樹下。酣甜的睡顏純真得像個小嬰兒，一陣風揚起她垂落在肩上的發絲，宛若一幅彩繪般和諧。我跑上去叫喚她，可是完全沒有醒過來的痕跡。探其口鼻，沒有呼吸，更沒有心跳。但是容顏不改，完全不像是死屍。

她身上半分「死」的味道都沒有。

我殺的人多，一個人究竟是生是死，一眼就可分辨。然而此刻面對她，居然困惑不已。

自那一天起，房宛萍就像睡公主一樣，再也沒有醒過來。

*****

九月十日深夜，有兩個人悄悄從後門離開。

「我覺得設定五分鐘太冒險了。」

「不用怕，我計算過的，五分鐘最理想。正好夠時間離開宅第，返回我們那邊。」

「好吧，蘭瑟你的計算總是如此好。」

雖然受到稱讚，可是蘭瑟才沒有高興。

「那麼我照計劃，駛走夫人的車。」

「麻煩你了。」

四年前進入房府時，已經策劃毀滅房家。他的父母親身為大同鐵廠的老闆，卻在交通意外中死亡。

「因為房兆麟吞併鐵廠，所以你已經一無所有。」

「他」這樣向自己道，年少時默默望著父母下葬，在哭盡淚乾之後，支撐他活下去的是復仇的意志。

「房兆麟用計令鐵廠生意一落千丈，使你們一家人生活漸趨艱難。真虧他有臉說價錢符合市場期望，表面上合符法規，其實是赤裸裸的吞併，賤價收購。事後更公開造謠，誣蔑你二叔內鬥奪權殺人，簡直卑鄙無恥。」

「不可原諒……令我失去雙親，成為孤兒。我一定要殺死房兆麟！他令我們家破人亡，我都要他們家破人亡！」

雖然警方說父母超速駕駛，意外翻側死亡。但自己及「他」深信不疑，是房兆麟故意製造車禍，殺人滅口。因為「他」說死者從來不曾高速駕駛，永遠是比標準速度更慢，凡事講求安全第一。然而這番證詞根本沒有證據，法庭拒絕接受，仍然判斷父親危險駕駛致死。

「他」已經成功潛入房府工作，默默在仇人手下搜查證據，卻一無所獲。當蘭瑟長大後，銳意協助「他」，二人合作執行復仇大計。

「根本不需要證據，法律既然不能彰顯公平，就由我來執行公義。」

當蘭瑟長大時，沒有忘記父母親的仇恨，他決定自己親自動手，殺死房家上下所有人。不應為殺死人渣而背負罪名，所以決不能讓自己被逮捕，由此不斷思考如何完美犯罪。憑藉自己的醫術，研究怎樣不動聲息毫無痕跡下以藥物殺人，漸有眉目時，終於等到機會了。

公元二千年，房兆麟突然病發倒下，由於當事人堅持不肯住院，房家急徵醫生在家照顧病人。

「真是天助我也，我活了卅八年，朝思暮想要房氏家破人亡，沒日沒夜研究最精深的殺人方法，就是為了今天！耶和華神啊！太感謝你了！」

沒錯，耶和華是最公平的神。施行報應的上帝，終於回應蘭瑟的心願。

「我要宣告耶和華的名，你們要將大德歸與我們的　神。他是磐石、他的作為完全、他所行的無不公平．是誠實無偽的　神、又公義、又正直。」

「你們如今要知道我，唯有我是　神、在我以外並無別神。我使人死、我使人活、我損傷、我也醫治、並無人能從我手中救出來。我向天舉手說、我憑我的永生起誓。我若磨我閃亮的刀、手掌審判之權、就必報復我的敵人、報應恨我的人。」

「義人見仇敵遭報、就歡喜、要在惡人的血中洗腳。因此人必說、義人誠然有善報，在地上果房家。

但這空缺太吸引人，聽聞不少醫生都想應聘。由於應徵者眾，房宛萍已委託「他」手執第一關的篩選。在「他」將強力的對手掃除，故意安插蘭瑟入內，加上面試時突出的表現，成功如願進入房家。

蘭瑟反覆讚頌《聖經》上的話語，每一字每一句都默記在心中。

有施行判斷的 神。」

也許房兆麟至死都沒想到，女兒會招狼入舍，讓仇人的兒子結束他的人生。

根據蘭瑟長年實驗，只要持續長時間注射一定劑量的藥物，人體就會轉向衰弱然後死亡。由於份量不多，攤分時日長，慢慢增加份量，幾乎不易被人發現。正如水能載舟亦能覆舟，飲水過多都會中水毒，藥物使用過量都會致死。

蘭瑟最先選上的是Gilurytmal，一種很普遍的心臟病藥物。注射過量，人體會不支，嚴重者甚至死亡。就算發現了，只要有合理理由證明自己必需注射這麼多份量，就不構成犯罪，至多是醫療失誤，吊銷醫生執照。算上去，自己賺得夠多，沒問題。

最可笑是仇人的女兒房宛萍，外面的人說她有多聰敏貌美，蘭瑟卻暗笑是胸大無腦，對他感激感恩，幾乎言聽計從，澈底將她玩弄在股掌之上。這麼容易相信人，真是方便他行事。至於其妻子與兒子，一股心思都花在遺產及公司上，只要給他們一點利益就感恩戴德，挑幾句話就言聽計從，同樣很好騙。

「按你的辦法，光是殺死老爺這惡徒，都要花上幾年時間。還有夫人、大少爺和大小姐呢？你打算要搞幾多個十年？」

「他」在房府工作太久，所以習慣這副口吻，老爺夫人少爺小姐之類的唸得順口，改不回來。因為有前車之鑑，所以除房兆麟及房梁青儀以外，其他人一律只用英文名稱呼他們。

「放心吧，對付他們才不需要這麼麻煩。我已經安排妥當，只要老爺一死，他們就會陷入爭產風波中。我們做一對好漁人，從旁獲利就行。」

我向「他」展示實驗中的炸藥。

「你來真的嗎？」

「網上有齊全套教程，加上我從暗網購買回來的器材，很輕易就能製造出強力的炸彈。不過為免被人察覺，每次的份量不能太多。」

機會永遠是留給有準備的人，在二零一四年五月初時房兆麟突然立下遺囑。出乎意料之外，大部分都撥給房岳昌。

「搞甚麼啊？老爺是故意嗎？這份遺囑一旦公開，艾莉卡那丫頭一定抓狂。」

蘭瑟看不清房兆麟的企圖，抑或單純是一時老眼昏花做錯決定，畢竟老人家總會昏聵無能。

「不，大小姐她是老爺在外面的私生女。」

「啥？你從來沒有提過！」

「因為老爺從不讓我們公開……大小姐是在外面抱來的，那時還是只有數月大，出生證明之類都由房老爺解決。之後的事你都猜到，夫人一口咬定大小姐是情婦的女兒，總是處處針對她，母女才會關係惡劣。」

原來還有這一段不為人知的歷史。

「嘿嘿嘿，這樣不是更好嗎？」蘭瑟忍不住笑，他很想快點暢笑，然而在大仇未報前，只能這樣在房間中拽著笑：「老爺死亡後，艾莉卡知道遺囑內容後必然反目，加促他們內鬥。」

「萬一他們沒有爭產呢？」

「屆時準備殺手，處理掉其中一邊，然後製造出另一邊為爭產而出手殺人的風向。只要有人懷疑，有人相信，空穴自會來風。」

「你哪兒找殺手？」

「現在科技發達，隨便連上暗網聯絡，只要付錢就有人辦事，很簡單。」

蘭瑟提著一支燒瓶，內裏是調合中的炸藥：「總之先等到他們互鬥成仇時，再來一場大爆炸，所有人都炸死，所有證據燒光，警方亦只能判為疑案。由於大家只會集中在爭產風波上，我們即使遭受調查，只要口供合理，想必亦不會捲進去。」

「但是我們如果沒有死去，不是會引人懷疑嗎？」

「放心，你都要詐死，然後偷走出國。至於屍體嘛，我會想辦法買一條回來。」

「那麼你呢？」

「我要留下來，以房府家庭醫生身分引導警方，提供偽證擾亂調查。」

蘭瑟可是精心參考不少國內外的殺人事件，如何能在殺人後逍遙法外，他可是做了很多功夫，亦籌思數種不同情況下的應急方案。反正已經忍耐接近半世紀，沒必要一時急躁而只爭朝夕。

欲速則不達，神自有其主意。每一次都是祂製造機會，蘭瑟告訴自己要耐心等待他的安排。有趣的是「他」告訴蘭瑟，房梁青儀偷偷拾起房宛萍的頭髮去驗ＤＮＡ。貌似將會發生有趣的事件，機不可失，當然盤算如何有效利用這場風暴。

看樣子準備好的材料都齊全，是時候引爆了。

不得不說那對母子笨得要命，只要餵少少魚餌，偷偷向他們洩露遺囑內容，就自己懂得如何「辦事」。豈料世事往往出人意料之外，原以為房宛萍是一隻聽話的棋子，居然突然間不問自己就自作主張，送房兆麟去青苗醫院檢查身體。

莫非她開始懷疑自己？要是對方驗出房兆麟身上有不尋常的用藥痕跡，那麼便功虧一簣！那怕他大發脾氣都沒有用，那丫頭的態度突然一百八十度改變，難道她察覺到自己的祕密計劃？想反將一軍？究竟哪裏出現差錯？

那位戴面具的邁克爾相當可疑，他突然而來，突然而去。想來自從他現身後，房宛萍的行動就截然不同。但是蘭瑟無暇追究對方身分，首先要解決眼前危機。

「蘭瑟，這樣子不是辦法，大小姐絕對是懷疑上你了。」

「放心，她還沒有足夠證據，不然早就向我攤牌。」

「你還笑得出來？」

「稍安無躁，你先去醫院看看情況。雖然不太情願，但我會聯絡殺手，叫他先解決老爺。只要他死去，就會如願揭起爭產風波的序幕，艾莉卡那丫頭還有本事找我們麻煩嗎？搞不好她忙著找律師阻撓遺囑執行，與夫人她們對薄公堂呢！」

算無遺策的蘭瑟，卻遲遲等不到房兆麟的死訊。反之暗網處仲介聯絡，殺手行動失敗，懷疑對方有要人保護。

房宛萍那傢伙連這步都算到嗎？她早知道會有人對房兆麟不利嗎？送去青苗醫院本身就是魚餌嗎？她安排了甚麼人在醫院保護房兆麟？

仲介表示絕不會洩露客人的情報，強調是他們的錯，會再安排其他殺手繼續執行委託。蘭瑟心想房宛萍已經佈好陷阱等自己上釣，再試圖殺死房兆麟只會正中陷阱。一步先，步步先，反而要逆流而上，決定恢復殺死房宛萍的計畫。

她知道太多，亦太礙事。趁事件未鬧大，自己身分未曝光。只要除掉房婉萍，佈置成「意外死亡」，就無人揭露自己的祕密。

目擊到新聞報導房宛萍回家途中發生意外，超速駕駛與迎頭的貨車相撞，整輛車打飛墜下山崖。警方到現場調查，只發現報廢的車，未見屍體。仲介那邊報告，殺手在下山搜索屍體後亦失去聯絡，未能判定其生死。

「草！」

蘭瑟罕有地爆粗，虧仲介在暗網宣傳自己有多本事，自負派出最專業的殺手，結果連殺一個女人都搞不定，一波三折。

「現在應該怎麼辦？」

計劃全部打亂，蘭瑟深信有理由相信房宛萍身邊有高人協助，不然說不通為何自己會屢次失手。

「別緊張，目前警方只將艾莉卡的車禍當成意外，估計不會調查到我們頭上。既然她已死，夫人力主接老爺回家，你故意遂其所願。只要房府上全家俱在，就有本事令他們早登極樂。」

蘭瑟打算是等房兆麟送回來，故意用藥使他病情轉重，然後一命嗚呼。由於前後受奔波之苦，他大可以在報告上寫上青苗醫院強行搬運病人，致使病人情況惡化。料想房梁青儀一心向財產，亦不會同意花時間驗屍，總而言之自己決不會惹上麻煩。

事態往往出人意料之外，人在醫院的房兆麟居然在九月三日晚上自動轉醒。知道女兒下落不明後傷心欲絕，在「他」持續規勸下，始安排出院手續回家。

九月五日出院後，才剛臥在床上，房梁青儀及房岳昌便拿出一封信質問房兆麟。由於當時所有人屏退出房，無人知道三人談論甚麼，只知道傳來激烈的爭吵。之後房兆麟拒見任何人，將房門鎖上，連「他」都不得其門而入。

事態逐漸惡化，房梁青儀及房岳昌從速聯合董事，架空房兆麟，企圖奪取房氏地產的控制權。當然這番變動，惹來公司內大部分員工及股東反對，雙方展開惡鬥。傳媒嗅到大戰的氣味，紛紛緊咬不放，爭取獨家內幕消息。房府的權力變動，亦變成市民大眾的最新話題。

簡直有如神助，他還在想怎樣令房家內部不和時，耶和華神已經早一步幫他安排好了。

雖然發生很多事，但計劃只要稍微改變就可以如常執行。自九月五日夜深時份，自己與「他」到地下室將所有收藏的炸彈都挖出來，一一裝設好雷管。直到十日晚上，全部設定倒數五分鐘。

房家玩完了。

自己一邊走一邊想笑。

照計劃「他」亦會在這場爆炸中遇害身亡，然後蘭瑟就是「惟一的證人」，向警方提供房府全人的情報。由於無其他生還者，他所說的證供將會成為惟一的真相。

「房兆麟喪女之痛後，又遭逢舟車之苦，老人家已經不堪折磨。想不到房梁青儀還拿著一封信質問他老人家，即時頑疾復發，氣急攻心。當晚自己返回鄰旁的別墅，準備撰寫報告及休息時，豈料突然發生大爆炸，地動山搖，我嚇得跌在地上，已經望見房府烈焰沖天，故此即時撥電報警……」

做戲做全套，「他」更將夾萬中的錢財都掃光，駛走房梁青儀的房車，偽造成漏夜捲款潛逃外國的假象。自己亦臨時搬來屍體，準備好提供給法醫虛假的DNA毛髮皮屑等樣本，誤導鑑證。事成之後，保證警方會通緝房梁青儀以及房岳昌。

二人的屍體會被當成普通傭人，燒到灰也不剩。

畢竟他是房府家庭醫生，持有這些「證物」並不會引人懷疑。加上整件事件中他沒有一分一毫的利益，房氏地產半分錢都不會落入手，警方更不會懷疑他。

完美……非常完美……

現在他回去房府旁邊的別墅，這棟別墅是兩年前購入的，因為接近房府，方便他往返，與「他」商討情報。料想房府的人萬萬不會猜到，仇人就在旁邊購置物業。

他決定在最好的座位上觀賞房府毀滅的一刻。要說遺憾，是無法親手令房兆麟死亡。

與「他」不同，自己長伴在那位老人身邊，完全沒有產生過一絲感情。

名為救人，實為殺人。別人以為他盡心盡力挽救病人，其實巴不得房兆麟早死早著。看著他受疾病折磨，自己再慢慢增加他的痛苦，求生不得求死不能，簡直是平生一大樂事。

也罷，反正他很快就會炸成肉碎，在烈火中焚成灰燼。然後自己就會跑出來，說房梁青儀及房岳昌意圖謀害房兆麟。

這是蘭瑟構思的後備方案，當「遺囑未公布前」，房梁青儀及房岳昌定必以為自己無望，財產都會被房宛萍搶走。只要向警察暗示房宛萍車禍事不尋常，大家就會先入為主，認為房梁青儀及房岳昌殺人謀財。由於無法奪取公司權益，決定殺人逃亡。反正人已不見，警方縱有心調查，亦只會變成懸案。

「咦？」

出乎意料之外，等待超過五分鐘，房府並沒有爆炸。寂靜的晚上，依然昏暗，沉默得有點壓抑。蘭瑟摸不透狀況，回想自己步驟正確，沒有任何紕漏。看看手錶，已經過去六分鐘。他思量究竟何處發生問題時，突然背部被人捅了一刀。

這一刀來得驟然而且準確，狠狠貫穿心臟。

蘭瑟的意識迅速消逝，細思極恐下，他本能想扭頭望望犯人是誰，好認住對方的樣子。然而兇手抓住他的頭按在地上，不允許回首。就此圓瞪雙目，張開嘴巴，結束他的一生。

蘭瑟花費數年的心思籌備滅絕房府的復仇計劃，馮子健卻只需要幾秒便解決他。

馮子健沒有興趣知道，蘭瑟為何想滅絕房氏。僅僅因為答應房宛萍，要解決犯人及保護家人，才會刺出這一刀。

殺人其實不需要理由，硬要給上一個理由，就是對方找錯挑戰的對手。

有志者不一定事竟成，有很多事在誕生前已經注定它的結局，並不會因為人的意志努力而改變。

「所以我說啊，妳怎麼會輕易相信別人啊。這個世界上，所有人都是仆街……當然我都不例外。」我這樣向房宛萍直言：「不枉我潛伏在房家地下室，廿四小時監視。見到他們每晚鬼祟地走進來，逐夜搬出炸彈，我就料想他們真的要出手。只是過程未免驚險，他們將炸彈設置完畢後便留在地下室直接離開，如非我及早研究線路，都無辦法一口氣在三十秒內拆除五個炸彈。之後還要趕回地面，闖入蘭瑟的別墅，那傢伙也許不知道自己藏身的那棟物業早就曝光了。隨手一刀就宰了他，在那無人往來的別墅中攤屍，至今大家都以為他失蹤呢。呃還有一個人……」

我輕拍房宛萍的頭：「沒想到最麻煩的是管家蕭敢權，他與蘭瑟狼狽為奸，解釋很多行動中矛盾的地方。遺憾到現在我都不知道他逃到哪裏，沒法處置他，真是對不起……」

房宛萍沒有回答我，她像睡美人一樣在山洞中以地為床閉目寧靜。無呼吸，無心跳，卻不像是死屍。即使距離交通意外幾天，她的身體都沒有腐化，亦沒有出現屍斑，甚至體香尚存。

我打開斯奈德醫學化驗所那封信，上面長長的報告，其實可以簡單為一句說話：「閣下提供的樣本經本化驗所進行ＤＮＡ測試，確定不屬於人類。」

「不是人類……莫非妳是外星人？」

如今我只能將她的身軀收藏在西貢鎮附近一處山頭的洞窟中，毫無辦法令她轉醒。救人非我所長，更別說房宛萍根本不是人，過往所學習的知識完全派不上用場。

「不是外星人啊，她是魔女。」

＊＊＊＊＊

聞到洞口有人聲傳來，我匆匆彈起身，拔刀以對。明明一直提神戒備，但居然聽不到半點腳步聲，可以料想對方必然是武術高手。

刀尖所向，一位金髮的外國美女翩翩而至。觀其外貌大約十五六歲，簡單的穿著純棉藍色鑲白線邊的長袖上衣及格仔短裙，雙腳踢著粉紅運動鞋。柔軟的金髮在太陽下閃閃生輝，煞為注目。她將長髮束成側馬尾，挽在右肩前垂至腰間。配合盈盈的步姿，更添突顯其漫妙身材。碧翠的眼珠盯著我，撫媚一笑，別有一種淡雅的韻味傳來。

「魔女？」

空空如也的左手像變戲法的崩出一本厚皮精裝西洋古書，她翻開來唸道：「房宛萍只是由房兆麟隨便改的名字，她真正的身分是自未來公元二零五零年穿越回來，『溯迴』之魔女趙澄。」

「完全搞不懂你在說甚麼……」我的本能告訴我，這位少女非常危險。任憑我豎直耳朵，都聽不到她任何呼吸聲及心跳聲。

「你究竟是甚麼人？」

「對不起，忘記自我介紹。」書本憑空隱沒，雙手執起裙子，微微屈膝低頭，彷彿是教養良好的大家閨秀般行禮：「我叫『全知』之魔女，奏（カナデ）。」

SP1

原本是茂盛的森林，曾經高立聳天的樹幹，現在均以某處為中心點，像扇形般往外傾倒。至於立足的土地，更是焦黑的煉獄。

「往左……再往左……好，固定了！」

重型打樁機固定底部後，開始朝一具金屬蛋猛擊，試圖貫穿外殼。

公元一九零八年六月卅日上午七時十七分，位於貝加爾湖西北方的樹林上空，發生強烈的大爆炸，形成蕈狀雲。那時舉國混亂，腐朽的上層為應付戰爭及內亂，並無派人調查。直到蘇聯成立後，才由領導指揮，組織這支考察隊，親赴現場搜索。

前後已經相隔廿多年，他們並沒有多少信心。不過領導既已發下指示，只得硬著頭皮上路。

考察隊依據附近村民證言，以及森林地貌變化，很快找到爆炸中心。

最先是外圍所有樹幹規律的往中心外倒塌，而且寸草不生，鳥虫不至。

然後是一切化為焦炭死寂的土地，以及深陷於中心點，那具奇怪的蛋形金屬物。光是目睹這副光景，已經震驚所有人。

無論如何看，那具金屬物都是人工產品，不可能天然生成。

「ＵＦＯ！一定是ＵＦＯ！」

隊中有人如此起鬨，認定那隻金屬蛋是天外來客，特別有幹勁。

作為隊長，庫里科既驚且喜。原本他只是瞎編，說可能有隕石，能發現外星礦物，促進國家工業發展。若然是比隕石更珍稀的ＵＦＯ，豈非獲得更多研究經費？

這件事即時向領導回報，他們非常重視，希望獲得外星技術。於是考察隊穿好防護服，手持探測器，調查奇怪的金屬物，卻毫無發現。

想挖掘出來，可惜外表光滑而且沉重，根本無法動搖分毫。領導見毫無進展，決定安排重型器材，強行破壞外壁，一窺內部端倪。一輪敲打後，總算擊穿一個缺口。看上去像是駕駛艙，有上下兩張座椅，四周有無數按鈕及儀表盤。

前面的座位有一具乾屍，雖然全身枯萎嶙峋，卻依稀可辨是人類男性之貌。

外星人和人類長得一模一樣嗎？

「庫里科，你來看看！」

眾人七手八腳將屍體抬出來時，男屍的右手掉下一塊金屬匣子。有人拾起來，拿給隊長檢查。

「這是甚麼東西？」

長方狀，無隙縫，看上去像是一體成形。庫里科仔細翻看，終於在其中一面找到一行英文。

「Armored Rider System?」

為何會有帝國主義的文字呢？外星人都會英語嗎？庫里科手中顫抖，莫非這具不是ＵＦＯ，而是敵人的軍事兵器？

「不行不行，我要立即向領導報告……」庫里科緊張得結結巴巴，牢牢握住那塊金屬匣子，轉身逃命般跑出去。

SP2

月未沉星殘映，冬日畏寒不勝衣。

鬧鐘於六時正為新一天揭起響亮的啼聲。田青島推開暖洋洋的被窩，迎接料峭酷寒的世界。隔著一扇玻璃，猶聽到冷風鬼泣之號。窗外尚處於舞台幕後，紅日快將冉冉上昇。萬家窗欞如燭台點點澄亮，依稀和應公路的脈動。

「おはよ」

男人最幸福，莫過於起床張眼，見到最愛之人。

不知何時美人悄然離開田青島粗壯的臂膀，起床疏洗化妝，準備早餐，以最漂亮動人的身姿迎接所愛的男人。

「コーヒーが出来たわ」

對方笑容滿臉地遞上一個杯子，鼻子嗅一嗅，正是上星期購入的White Camel咖啡豆。起床喝一杯香濃熱咖啡，暖流入腹，雙眼閃露出精力充沛的光彩，倦容一掃而空。

「どう？」

「我特別買回來的貴價品啊……你竟然擅自拆開？」

杯中咖啡香滑，焙烘溫度及份量恰到好處，連向來挑剔的舌頭都沒有異議，只好照舊原諒她。

「細かい事は気にしないで」

望著她天使般燦爛的笑容，青島倍覺幸福，惟一不滿是脫口不離無法明白的日本語。

金髮碧瞳的西方少女瓜子臉蛋，卻有著東方人稚嫩白滑騷骨美肌。全裸的身體隨使穿著青島的長袖藍白格子襯衫，隨便扣著四粒鈕子，挺出誘人鎖骨，不若一對飽滿漲大的乳房上兩點吸睛。那是不符合十六歲應該擁有的大小，男人大手握托著仍然有所遺漏，無論形狀重量與質感俱無與倫比。

田青島親身體驗過無數遍，絕對是天下難尋之上等貨色。更別說那對柔若無骨的纖長雪腿，在襯衫下若隱若現的幼腰圓臀，教他上面與下面同樣精神亢奮，差點不能自持。

擁有一位金髮碧眼巨乳可口美少女當女朋友，是田青島自小萌生的夢想，奏活脫脫就像從夢中走出來的仙女。近距離下少女嬉笑著摟抱過來，可是他果斷用杯子抵在她的額上，劃分楚河漢界，禁止她再胡鬧下去。

「時間不早，要準備上班。」春宵一刻值千金，可惜上班萬萬不能遲：「還有拜託講廣東話。Please speck to me in cantonese.」

「誒，起床見到可愛的妻子幫你弄早餐，不是應該滿心高興，然後再來晨早一炮嗎？」

眼前這位外表百分百標準的金髮外藉美少女，偏偏半句英文法文德文都不懂，更有著一個日本人的名字。

カナデ（Kanade）——田青島習慣稱呼她為「奏」。

不可思議的是，她同樣能說一口地道的廣東話。田青島與她相處六載，都摸不透亦不想摸透她的底細。內心隱約感覺探明美人的祕密後，她會悄然離開。正是壓抑自己的好奇心，才會維持現在微妙的關係。

輕撫奏的額頭，站起身來：「今晚補償給你，好不好？」

「咕嘻嘻嘻。」奏狡猾地笑著，接過田青島遞來的杯子。那種笑聲帶著幾分邪念，叫人一聽難忘。

「你呀……果然是魔女。」

「人家本來就是魔女。」

沒錯，這位美少女不是人，而是「全知」之魔女。

「今天有點冷，拜託穿多點衣服。」

田青島以聖人姿態替她扣好襯衫首兩枚鈕扣，奏即時撅起小嘴，但沒有制止他。美人不愧是美人，連撅嘴這樣的小動作，都引人注目可憐。

穿好褲子，到洗手間梳洗。這間小屋乃他們共同的Dream House，購入時地產商在則書上著明建築面積是四百平方呎，實用面積是三百二十平方呎。後來委託家居設計師實地量度裝修，實際只有三百平方呎能夠運用：那二十平方呎是毫無用處的窗台及花圃。

區區三百多平方呎可以怎樣「物盡其用」呢？搭建一個木製假地台及假天花，預留大量儲物格子。然後全部牆壁鑿空，廚房睡房客廳完全一體化。洗手間及浴室改用磨砂玻璃間隔，附設燈飾照明，與家居融為一體。

進入洗手間內，關上磨砂玻璃趟門。奏早為他準備妥當：牙膏好好擠塗在牙刷刷毛上，份量如往常一樣。此外刮鬍刀備妥，熱毛巾捲好。懷著感激的心情，默默於鏡子中整理儀容。

盥洗畢後拉開趟門，奏早已摺合收藏床鋪，轉而拉出飯桌。麻雀細小的家，全部家具均能變型收納。從廚房端出碗碟，飯桌上擺滿巧手早飯，田青島只需要安坐就能張口吃下。只要他願意，奏甚至會幫忙餵食。不過這事太羞恥，恐防習慣後會變成廢人，故此作罷。

只有自己一人用餐，桌上的餐具及食物亦僅有一人份量。奏趁此時準備好更替的西裝，燙的整齊貼服，置在沙發上，供田青島進入洗水間更衣。體貼入微服侍周到，令天下無數丈夫稱羨，多少妻子慚愧。

不過田青島心知肚明，自己配不起她，而她亦沒有催促自己。

「那麼我要出門了。」

「いってらっしゃい」

送別田青島之後，奏懶洋洋坐在沙發上。右手騰空變出一本裝幀精美的西洋古書，攤坐起來慢慢閱讀。

「敵菁今天為勾引青島，居然穿決勝內衣，嘿嘿嘿。青島都不喜歡黑色，輸定啦。」

「陸嘉進現在才出門，趕不上巴士，要遲到了。算啦，青島大人有大量，會原諒他的。」

一邊觀察田青島同事的八卦，一邊當作笑話取樂，也只是浪費三十分鐘。確定田青島平安抵達警局後，她隨便將書本置在旁邊，打開電視機看新聞報導。

早晨新聞正在報導昨天房氏地產總裁房宛萍發生車禍遇害，警方拘捕一名貨車司機，暫時控以危險駕駛罪名。

雖然在山下發現房車殘骸，卻未見司機的屍體，反而另外發現一具死亡多年的骸骨。如今警方持續封鎖現場，擴大調查取證的範圍。

「不是官富鎮的案件，和青島沒有關係呢。」

之後還有其他國際新聞，比如關於蘇格蘭獨立公投之事，英國內部爭論不休，支持與反對者更藉機鬧事，竟然在街上毆鬥，由警方介入拘捕。

「打甚麼打啊，大家都是地球人，不要分那麼細。」

看完新聞後，奏取出一部ＧＢＡ遊戲機，插入《黃金的太陽》卡帶，愉快地進行冒險。這部古老的遊戲機及卡帶是她從二手市場購入，賣家保存良好，而且罕有地打包《黃金的太陽》一二兩集，可遇不可求，二話不說就成交。

「ＧＢＡ末代真是盛產大堆好遊戲呢。」

奏沉迷在遊戲世界中冒險時，突然身邊的iPhone 5S響起來。她瞄一瞄螢幕，見到「徒弟」二字，只好將ＧＢＡ擱在旁邊。

「もしもし」

「師父，有很嚴重的事，想麻煩你幫幫忙。」電話對面傳來蒼老而緊張的聲音，奏收起笑容問：「甚麼事？」

「祖澤他死了。」

奏收斂起輕鬆的心情，一般而言這些小事是不可能驚動她：「……怎麼死法？」

「這件事說來話長……不瞞師傅，我們接了一份委託，要殺死房兆麟。原本派宣華去辦，豈料那傢伙失手了。客人改為殺房宛萍，於是我改派祖澤他出馬，結果同樣遇害死亡……」

奏皺起眉頭。

對面聽不到回應，繼續道：「如果是失手被殺，姑且是技不如人，自己丟臉。可是祖澤他死得太怪太邪，居然變成一副白骨……」

「等一會，你不用說了。」

奏手一揚，書本自行飄起翻開，書頁上迅速顯示一堆文字。奏匆匆一覽，越讀下去越是驚心。

「師傅？」

「啪」的一聲，書本合上，然而奏的表情毫不冷靜。她抓起長髮，萬分憤怒與懊惱：「你們立即撤手，不准再跟進這宗委託。」

「師傅，你知道了甚麼？」

奏全身顫抖，呢喃好半晌，才再接續問：「這下子未來沒救了……為何現在才知道啊……畜生……」

「誒？師傅？到底是甚麼一回事？」

「這是世界末日的危機，你們幫不上忙的。」對面的人完全不敢說話，奏霍地立起身，眼神流露絕望，充滿深不可測的苦痛：「沒辦法了，這件事非同小可，看樣子我必須動身，起程赴南京找排雲她們。」

SP3

一具黑色鑲金的機械人，劃破碧藍長空，在紐約市上空穿過。

「尊貴的乘客安好，本機已經進入紐約市上空，距離抵達目的地尚餘三分鐘。在旅途的最後，由本人為大家飽覽市內景點。首先在左手邊是國際聯盟大樓，是國際聯盟總部的所在地……」

「夠了，住口！奧斯！你好吵。」

「布里特，請不要動怒。現在你處身高空，如果往下摔會死的。」

「他媽的，你在威脅我嗎？」

「這不是威脅，是建議。」

「總而言之你給我飛去捍衛者大樓樓頂就行，少廢話。」

「既然你有此要求，我當然照辦。」

不多時終於飛至一棟摩天大樓上，人形機械人雙腳噴出氣流，慢慢平穩降落於樓頂的停機坪。胸前及四肢裝甲打開，走出一位男士後，再度閉合關節，然後跟在男士身後。

「噢，布里特，你終於趕回來了。」

一位紅髮女子在大樓內歡迎他，布里特點頭：「柯拉絲，為何急急召我回來？」

身後的機械人奧斯即時搭話：「柯拉絲，布里特他原本在遊艇上脫光衣服準備與女人上床，卻被你一個電話召回來，所以他現在很火。」

布里特即時轉身罵道：「奧斯，你信不信我即時拆了你？」

「布里特，我不建議你這樣做。如果將我拆去，會議後你便沒法飛回遊艇上進行下半場。」

「你……」

柯拉絲在旁邊抿著嘴忍笑，布里特尷尬道：「看來我需要研發一個會說謊的ＡＩ。」

「快去會議室吧。」

二人一機擠入升降機，來到會議室後，有九人正圍坐在圓桌上。

「布里特，終於見到你了。」

「等等，我不是最遲的人……傑克遜呢？」

「將軍他正在趕來。」

「嘿，那位正經人居然會遲到，真罕有。」

「布里特，將軍他是有正經的事辦。他今天需要去美軍軍營演講，所以才未能臨時抽身。」

「好啦，奧斯，少廢話。」

不一會大門推開，最後一人終於抵達。

「對不起，我遲到了。」

「將軍，別客氣，請入座。」

十二人齊集後，一名黑人男子站起身。

「今天會召集大家，有一件相當重要的事要公布。」

大家滿臉疑竇時，那名男子敲動鍵盤，身後的螢幕播放一段聲帶。長長而刺耳的嗶啦嗶啦聲中，慢慢有些焦急的話聲：「……擋不住了……機上亂成一團……這邊是TD 7689，重複一次，這邊是TD 7689……有沒有控制塔收到！緊急通信！請應答！……蟲……是綠色的蟲……他們快要擠進來了！……好痛！不要咬我！……救命！救命！救命！……」

整段音帶夾雜太多雜訊，斷斷續續的，很多部分都聽不清楚。播放完接近一小時，有人率先問：「TD 7689……是星期三在太平洋失聯的航班？這是他們發出的通信？」

「沒錯，台灣蘭嶼機場的控制塔後來收到的通信，估計是TD 7689在失事前最後的通話。」男子道：「因為內容太奇怪，國際聯盟將之取走。」

「綠色的蟲咬人？有人偷帶昆蟲上機嗎？」

大家議論紛紛時，男子點擊滑鼠，顯示一張衛星俯瞰太平洋的圖片。

「如果單單是這段通信，不足以讓國際聯盟如此重視，更親自轉介到我們手上。」

「對不起，那是……」

「美國的人造衛星剛好在事發時經過TD 7689航機失事的上空，拍攝到這個畫面。」

黑人男子持續拉大圖像，電腦不斷演算修正。首先見到一具小飛機，漸漸變成大飛機，最後定格在飛機右翼上四個微小的「人」。他們站在機翼上，在陽光下斜映出影子。

眾人面面相覷，有人低呼「天呀」。

「已經無法再擴大了，但毫無疑問，TD 7689失事，絕非單純普通的意外。」男子道：「現在國際聯盟已經封鎖消息，同時加緊派遣部隊搜查，而我們都要出發去幫忙。」

傑克遜手指點著桌面，忽然舉頭道：「羅拔，在出發去太平洋前，我想先找一個人……也許她知道甚麼。」

「你想找誰？」

傑克遜俊俏的臉頰，蒙上黯淡的神色：「站立在機翼上的其中一人，那位杏色長髮的少女，我也許知道是誰。」

「誒？」「咦？」「喝。」「喂！」「開玩笑吧？」「呃！」

「她是我以前二戰時在歐洲認識的戰友，曾經一起打過納粹軍……她叫做『蒼穹』之魔女愛麗娜（Alina）。」

（第一卷　完）

要推理66　PG2314

要有光 FIAT LUX

溯迴之魔女

作　　者　有馬二
封面插畫　星遥ゆめ
責任編輯　喬齊安
圖文排版　林宛榆
封面設計　王嵩賀

出版策劃　要有光
發 行 人　宋政坤
法律顧問　毛國樑　律師
印製發行　秀威資訊科技股份有限公司
114台北市內湖區瑞光路76巷65號1樓
電話：+886-2-2796-3638　傳真：+886-2-2796-1377
http://www.showwe.com.tw
劃撥帳號　19563868　戶名：秀威資訊科技股份有限公司
讀者服務信箱：service@showwe.com.tw
展售門市　國家書店（松江門市）
104台北市中山區松江路209號1樓
電話：+886-2-2518-0207　傳真：+886-2-2518-0778
網路訂購　秀威網路書店：https://store.showwe.tw
國家網路書店：https://www.govbooks.com.tw
總 經 銷　聯合發行股份有限公司
231新北市新店區寶橋路235巷6弄6號4F
電話：+886-2-2917-8022　傳真：+886-2-2915-6275

出版日期　2019年9月　BOD一版
定　　價　380元

Printed in Taiwan

國家圖書館出版品預行編目

溯迴之魔女 / 有馬二著. -- 一版. -- 臺北市 :
要有光, 2019.09
面 ;　公分. -- (要推理 ; 66)
BOD版
ISBN 978-986-6992-18-6(平裝)

857.7　　108011862

讀者回函卡

感謝您購買本書，為提升服務品質，請填妥以下資料，將讀者回函卡直接寄回或傳真本公司，收到您的寶貴意見後，我們會收藏記錄及檢討，謝謝！

如您需要了解本公司最新出版書目、購書優惠或企劃活動，歡迎您上網查詢或下載相關資料：http:// www.showwe.com.tw

您購買的書名：________________________________

出生日期：________年________月________日

學歷：□高中（含）以下　□大專　□研究所（含）以上

職業：□製造業　□金融業　□資訊業　□軍警　□傳播業　□自由業

□服務業　□公務員　□教職　□學生　□家管　□其它_____

購書地點：□網路書店　□實體書店　□書展　□郵購　□贈閱　□其他

您從何得知本書的消息？

□網路書店　□實體書店　□網路搜尋　□電子報　□書訊　□雜誌

□傳播媒體　□親友推薦　□網站推薦　□部落格　□其他__________

您對本書的評價：（請填代號　1.非常滿意　2.滿意　3.尚可　4.再改進）

封面設計____　版面編排____　內容____　文／譯筆____　價格____

讀完書後您覺得：

□很有收穫　□有收穫　□收穫不多　□沒收穫

對我們的建議：________________________________

____

____

____

請貼
郵票

11466
台北市內湖區瑞光路 76 巷 65 號 1 樓
秀威資訊科技股份有限公司 收
BOD 數位出版事業部

（請沿線對折寄回，謝謝！）

姓　名：＿＿＿＿＿＿＿ 年齡：＿＿＿＿ 性別：□女 □男

郵遞區號：□□□□□

地　址：＿＿＿＿＿＿＿＿＿＿＿＿＿＿＿

聯絡電話：(日) ＿＿＿＿＿＿＿ (夜) ＿＿＿＿＿＿＿

E-mail：＿＿＿＿＿＿＿＿＿＿＿＿＿＿＿